महाभोज

[उपन्यास]

इस उपन्यास में वर्णित घटनाएँ, चरित्र और पात्र काल्पनिक हैं।
यदि किसी को अपना बिंब अथवा रूप इसमें
दिखाई दे जाए तो संयोगवश है।

महाभोज

मन्नू भंडारी

राधाकृष्ण प्रकाशन

ISBN : 978-81-7119-839-9

महाभोज

पहला संस्करण : 1979
पैंतीसवाँ संस्करण : 2024

मूल्य : ₹ 595

प्रकाशक
राधाकृष्ण प्रकाशन प्राइवेट लिमिटेड
जी-17, जगतपुरी, दिल्ली-110 051
शाखाएँ : अशोक राजपथ, साइंस कॉलेज के सामने, पटना-800 006
पहली मंजिल, दरबारी बिल्डिंग, महात्मा गांधी मार्ग, प्रयागराज-211 001
1, अनमोल सोराबजी संतुक लेन, धोबी तलाव, मरीन लाइंस, मुम्बई-400 002
वेबसाइट : www.radhakrishnaprakashan.com
ई-मेल : info@radhakrishnaprakashan.com

मुद्रक
बी.के. ऑफसेट
नवीन शाहदरा, दिल्ली-110 032

MAHABHOJ
Novel by Mannu Bhandari

दुर्निवार सम्मोहन-भरी उस ख़तरनाक
लपकती अग्नि-लीक के लिए जो बिसू
और बिंदा तक ही नहीं रुकी रहती...

अपने व्यक्तिगत दुख-दर्द, अंतर्द्वंद्व या आंतरिक 'नाटक' को देखना बहुत महत्त्वपूर्ण, सुखद और आश्वस्तिदायक तो मुझे भी लगता है, मगर जब घर में आग लगी हो तो सिर्फ़ अपने अंतर्जगत में बने रहना या उसी का प्रकाशन करना क्या खुद ही अप्रासंगिक, हास्यास्पद और किसी हद तक अश्लील नहीं लगने लगता ? संभवतः इस उपन्यास की रचना के पीछे यही प्रश्न रहा हो। इसे मैं अपने व्यक्तित्व और नियति को निर्धारित करनेवाले परिवेश के प्रति ऋण-शोध के रूप में ही देखती हूँ। बाक़ी प्रत्याशाएँ और आरोप तो आपके अपने हैं।

–मन्नू भंडारी

लावारिस लाश को गिद्ध नोच-नोचकर खा जाते हैं।

पर बिसेसर लावारिस नहीं। उसकी लाश सड़क के किनारे पुलिस को पड़ी मिली, शायद इसीलिए लावारिस लाश का ख़याल आ गया। वरना उसके तो माँ भी है, बाप भी। ग़रीब भले ही हों, पर हैं तो। विश्वास नहीं होता था कि वह मरा हुआ पड़ा है। लगता था जैसे चलते-चलते थक गया हो और आराम करने के लिए लेट गया हो। मरे आदमी और सोए आदमी में अंतर ही कितना होता है भला ! बस, एक साँस की डोरी ! वह टूटी और आदमी गया ! देखते-ही-देखते सारा गाँव जमा हो गया।

गाँव सरोहा शहर से ज़्यादा दूर नहीं है। मुश्किल से बीस मील। लेकिन कुछ सालों पहले तक यही दूरी बहुत ज़्यादा थी। इतनी कि गाँव में जो कुछ भी घटता, गाँव का ही होकर रह जाता। शहर उससे एकदम बेअसर रहता—बेअसर और अछूता ! पर अब यह दूरी एकदम सिमट गई और यही कारण है कि आज गाँव में जो कुछ भी घटता है, उसको लेकर अच्छे-ख़ासे पैमाने पर खलबली शहर में ही मचती है। महीने-भर पहले की ही तो बात है—गाँव की सरहद से ज़रा परे हटकर जो हरिजन-टोला है, वहाँ कुछ झोंपड़ियों में आग लगा दी गई थी, आदमियों सहित। दूसरे दिन लोगों ने देखा तो झोंपड़ियाँ राख में बदल चुकी थीं और आदमी क़बाब में। लोग दौड़े-दौड़े थाने पहुँचे, पर थानेदार साहब उस दिन छुट्टी पर थे; और जो दो लोग वहाँ ड्यूटी पर थे उन्होंने यह कहकर बात टाल दी कि थानेदार साहब के आने पर ही मौक़े पर आएँगे और तहक़ीक़ात होगी। इसके बाद पता नहीं गाँववालों को कौन-सा ज़हरीला साँप सूँघ गया कि सबके मुँह सिल गए। बस, सबकी साँसों के साथ निकला हुआ एक गुस्सा, एक नफ़रत—भारी तनाव बनकर हवा में यहाँ से वहाँ तक सनसनाता रहा !

लेकिन जैसे ही ख़बर शहर में पहुँची, वहाँ से मंत्रियों, नेताओं और अख़बारनवीसों की गाड़ियों का ताँता लग गया। आग से उठनेवाले धुएँ के बादल तो एक ही दिन में छँट गए, पर शहरी गाड़ियों से उठनेवाली धूल के बादल कई दिन तक मँडराते रहे। नेताओं ने गीली आँखों और रुँधे हुए गले से क्षोभ प्रकट किया और बड़े-बड़े आश्वासन दिए। अख़बारनवीस आए तो दनादन उस राख के ढेर की ही फ़ोटो खींचकर ले गए। दूसरे दिन अख़बार में छापकर घर-घर पहुँचा भी दिया—इस घटना का सचित्र ब्यौरा। किसी ने सवेरे खुमारी में अँगड़ाई लेते हुए, तो किसी ने चाय की चुस्की के साथ पढ़ा, देखा। देखते ही चेहरे पर विषाद की गहरी छाया पुत गई। चाय का घूँट भी कड़वा हो गया शायद। ढेर सारी सहानुभूति और दुख में लिपटकर निकला—'ओह, हॉरिबल...सिम्पली इनह्यूमन ! कब तक यह सब और चलता रहेगा ? त्...त्...त् !' और पन्ना पलट गया। थोड़ी देर बाद गाँववालों की ज़िंदगियों की तरह ही अख़बार भी रद्दी के ढेर में जा पड़ा।

पर बात इतने पर ही ख़तम नहीं हुई। इस दर्दनाक हादसे से विरोधी दल के नेताओं के हृदय तो चकनाचूर हो गए। विधानसभा में उनके फटे गले से निकली चीख-पुकार वास्तव में उनके फटे हृदय की अनुगूँज ही थी जिसने सारे सदन में धरती-फाड़ हंगामा मचा दिया। मंत्रियों ने आत्मग्लानि में डूबकर रुँधे गले से खेद प्रकट किया और भविष्य के लिए आश्वासन दिए ! उधर सत्तारूढ़ दल के असंतुष्ट विधायक अलग बिलबिलाने लगे ! ऐसी अमानुषिक घटना ! पार्टी के माथे इतना बड़ा कलंक ! अब तो मुख्यमंत्री भी त्यागपत्र देकर ही इस पाप का प्रायश्चित कर सकते हैं। लेकिन मुख्यमंत्री को लगा कि जब तक वे असली मुजरिम का पता लगवाकर सज़ा नहीं दिलवा देते, उनकी आत्मा बोझमुक्त नहीं होगी और पता तो सत्ता पर बैठकर ही लगवाया जा सकता है। क्या करते, वे आत्मा के आगे मजबूर थे और उन्होंने सारा मामला गहरी जाँच-पड़ताल के लिए बड़े अफसरों के हाथ में सौंप दिया। बड़े अफ़सरों ने अपना बड़प्पन और मुस्तैदी दिखाने के लिए तुरत-फुरत दोनों कांस्टेबलों को संस्पैंड कर दिया। गेहूँ के साथ घुन पिसने का मुहावरा पुराना हुआ, पुरानी स्थितियों पर ही लागू भी होता रहा होगा। आज तो स्थिति यह है कि गेहूँ सुरक्षित और घुन चकनाचूर !

ऊपर से नीचे तक सब लोग अपनी-अपनी जगह सुरक्षित—मारे गए बेचारे कांस्टेबल !

अभी पहलेवाली घटना से बिगड़ी हुई स्थिति पूरी तरह सम पर आई भी नहीं थी कि यह घटना घट गई। बिसेसर कोई ऐसी बड़ी हस्ती नहीं, न उसका मरना ही कोई ऐसी बड़ी घटना है कि बात तुरत-फुरत शहर पहुँचे। वैसे तो जो चमार जलकर मर गए थे और उनके भाई-बंधु जो आँसू बहाने के लिए बच गए, वे ही कौन बड़ी तोपें थीं ? पर हंगामा तो खूब मचा ही। बिसू की लाश को लेकर भी मचेगा। आसार दिख रहे हैं। इस बार थानेदार ने ज़रा भी ढील नहीं की। तुरंत मौक़े पर हाज़िर। कल से कितने बयान लिए हैं...लोगों के पेट से कितना कुछ उगलवाया है। सबकी उगलन को काग़ज़ों पर पोतकर ले गए हैं। इधर लाश चीर-फाड़ के लिए शहर गई। उधर घटना की चीर-फाड़ का सिलसिला शुरू हो गया।

सच पूछा जाए तो बड़ा न आदमी होता है, न घटना। यह तो बस, मौक़े-मौक़े की बात होती है। मौक़ा ही ऐसा आ पड़ा है। इस समय तो सरोहा में पत्ते का हिलना भी एक घटना की अहमियत रखता है। डेढ़ महीने बाद ही तो चुनाव है। यों उप-चुनाव विधानसभा की एक सीट-भर का, फिर भी है बहुत महत्त्वपूर्ण। इस सीट के लिए भूतपूर्व मुख्यमंत्री सुकुल बाबू खुद खड़े हो रहे हैं। सुकुल बाबू क्या खड़े हो रहे हैं, समझ लीजिए पिछले चुनाव में हारी हुई पूरी-की-पूरी पार्टी खड़ी हो रही है, खम ठोंककर...ललकारती हुई—सत्तारूढ़ पार्टी के पूरे अस्तित्व को चुनौती देती हुई ! वैसे पिछले चुनाव में हारने के बाद सुकुल बाबू ने बाक़ायदा ऐलान कर दिया था कि वे अब सक्रिय राजनीति से संन्यास ले लेंगे और जीवन के बचे हुए दिन जनता की सेवा में ही बिताएँगे। पर पहला अवसर आते ही वे फिर लपक लिए। क्या करते, पद से उतरने के तुरंत बाद उन्होंने यह महसूस किया कि जनता की सच्ची सेवा उच्च पद पर बैठकर ही की जा सकती है, और जनता की सेवा का संकल्प उन्होंने अपनी उस कच्ची उम्र में लिया था, जिस उम्र के संकल्प-विकल्प अनचाहे ही आदमी के जीवन का अभिन्न अंग बन जाते हैं।

सुकुल बाबू ने खड़े होकर ही इस चुनाव को इतना महत्त्वपूर्ण बना दिया है। सीट केवल एक, पर पूरे मंत्रिमंडल के लिए जैसे एकदम निर्णायक ! यही कारण है कि आज हर घटना को इस सीट से जोड़कर ही देखा-परखा जा रहा है। वरना और दिन होते तो क्या बिसू और क्या बिसू की मौत !

पर आज स्थिति यह है कि इधर बिसू की लाश जली और उधर शहर के कोने-कोने में खलबली !

शहर के सबसे महत्त्वपूर्ण व्यक्ति दा साहब अपने निजी कमरे के एक कोने में अकेले बैठे हैं—मौन, गंभीर। कुछ-कुछ चिंतित और परेशान भी। पर चिंता है कि उसके कोई आसार बाहर नहीं हैं ! चेहरे की सौम्यता ने उसे भीतर ही ठेल रखा है। फिर भी इतना ज़रूर लग रहा है कि गहरे में डूबे हुए हैं। हाँ, बीच-बीच में फ़ोन की घंटी बजती है तो कुछ क्षणों को उबर आते हैं। पर बातों में कहीं कोई हड़बड़ी या परेशानी नहीं। वही उनका अपना ख़ास अंदाज़—कम शब्द, सधी आवाज़ ! बात को अपने से, अपने मन में होनेवाली उथल-पुथल से काटकर भी किया जा सकता है—यह गुर कोई दा साहब से सीखे। सीखना चाहे तो इतनी विशेषताएँ हैं दा साहब में कि सीखनेवाला मजे में पूरी ज़िंदगी खपा सकता है। पर आज के इस हाय-हाय वाले ज़माने में किसके पास रखा है इतना धैर्य ! तभी तो कोई छाया तक नहीं छू सकता है उनकी !

दा साहब का पूरा व्यक्तित्व ही जैसे भव्यता के फ्रेम में मढ़ा हुआ है। गौर वर्ण, सुता हुआ शरीर ! कहीं भी एक इंच फ़ालतू चरबी नहीं दिखाई देती शरीर पर। दीखती है तो केवल गरिमा। जीवन में संयम और आहार-व्यवहार में नियम—यही असली राज़ है उनकी गठी हुई देह और गरिमामय व्यक्तित्व का। बोलते भी हैं तो आवाज़ में अधिक उतार-चढ़ाव नहीं आता। एक ही स्वर में बोलते हैं—धीरे-धीरे ! शब्द मात्र जीभ से फिसले नहीं लगते। लगता है, हर शब्द जैसे किसी गहरे सोच-विचार की उपज है। हलकी बात कभी किसी ने नहीं सुनी होगी दा साहब के मुँह से—अपने विरोधियों के लिए भी नहीं। व्यवहार में ऐसा संतुलन-संयम बड़ी साधना से ही आता है और दा साहब का जीवन—साधना का इतिहास ! साधना की आग में तपकर ही कुंदन-सा निखर आया है उनका व्यक्तित्व।

उनका निजी कमरा भी बहुत सादा है। तड़क-भड़क, ताम-झाम—कहीं

कुछ भी नहीं। यह सादगी उनके पद के अनुरूप क़तई नहीं, पर उनके व्यक्तित्व के अनुरूप ज़रूर है। कमरे में क़ालीन नहीं, मोटी दरी है, जिसके एक सिरे पर दीवार में सटा मोटा-सा गद्दा बिछा है। ऊपर झकझक चादर और गाव-तकिए पड़े हैं। एकदम देशी पद्धति। दा साहब को जितना देश प्रिय है, उतनी ही देशी पद्धति भी। लड़के-बच्चे ज़रूर अँगरेज़ियत में सन गए हैं। इम्पोर्टिड वस्तुएँ और इम्पोर्टिड भाषा का ही इस्तेमाल करते हैं। पर यह बच्चों की अपनी रुचि और चुनाव है, और किसी की स्वतंत्रता पर अपने को आरोपित नहीं करते दा साहब। बच्चे छोटे थे और साथ रहते थे तब भी नहीं...अब तो वैसे भी बड़े होकर सब अपने-अपने घरों में चले गए। सजावट के नाम पर केवल दो बड़ी-बड़ी तस्वीरें टँगी हैं दीवार पर—गाँधी और नेहरू की। इन्हें अपना पथ-प्रदर्शक और अपनी प्रेरणा मानते हैं दा साहब। गीता का उपदेश उनके जीवन का मूल मंत्र है। घर के हर कोने में गीता की एक प्रति मिल जाएगी। वैसे वे कभी किसी को उपहार देते नहीं—व्यर्थ के ढकोसलों में क़तई विश्वास नहीं है उनका। पर फिर भी कभी उपहार देना ही पड़ गया तो सदा गीता की प्रति ही दी है।

चिंतन-मनन के क्षणों में अपने कमरे में ही बैठते हैं दा साहब। यहाँ सबका प्रवेश संभव नहीं। हाँ, जो अपने ख़ास आदमी हैं, वे आ सकते हैं। इसीलिए लखनसिंह बिना किसी रोक-टोक के सीधा भीतर चला आया। दा साहब का अपना आदमी है लखनसिंह। बहुत भरोसे का और उनका स्नेह-भाजन ! दसवीं पास करने के बाद से ही लखन दा साहब की सेवा में नियुक्त हो गया था। उनका थैला उठाए-उठाए उनके पीछे चलता था हर समय, और आज उसे ही दा साहब ने सरोहा के चुनाव-क्षेत्र से खड़ा किया है। अपने साथ काम करनेवाले छोटे-से-छोटे आदमी को भी तरक़्क़ी का पूरा मौक़ा देते हैं दा साहब—बल्कि उसकी तरक़्क़ी में भरसक सहायक होते हैं। उसूल है दा साहब का कि जिसे सहारा दो उसे मंज़िल तक पहुँचा भी दो। पर आज जहाँ उसूल टके सेर बिकते हों, वहाँ कौन क़दर करता है दा साहब के उसूलों की ! सब एक स्वर से विरोध करने लगे हैं लखन का। एक ही तर्क था सबका—सुकुल

बाबू के मुक़ाबले खड़ा होनेवाला व्यक्ति उनकी ही टक्कर का होना चाहिए। आख़िर दस वर्ष तक मुख्यमंत्री रहे हैं सुकुल बाबू इस प्रांत के। हारने के बाद भी रुतबा है उनका। उनके सामने लखन की औक़ात ही क्या भला ! मुँह की खाएगी पार्टी ! तर्क बिलकुल ठीक था विरोध करनेवालों का—एकदम ठोस और वज़नदार। पर दा साहब की भेदक-दृष्टि तर्क पर ही नहीं अटकती—मंशा तक पहुँचती है सीधी। सब अपने-अपने आदमियों को घुसाने की तिकड़म में लगे हुए थे। मन बहुत क्षुब्ध हुआ था दा साहब का। लोगों में दिनों-दिन बढ़ती यह पद-लोलुपता कहाँ ले जाकर पटकेगी देश को ? काम करने को कोई तैयार नहीं, पर पद के लिए सभी उत्सुक-उतावले। लखनसिंह को जैसे-तैसे टिकट तो दिलवा दिया, पर इतने से ही निश्चिंत होकर नहीं बैठा जा सकता है। विरोधियों के साथ-साथ अपनी पार्टी के असंतुष्ट लोगों को भी सँभालकर रखना पड़ता है। वरना कोई आश्चर्य नहीं कि पार्टी के झंडे के नीचे-ही-नीचे उनकी जड़ें काटने का काम भी चालू रहे। आजकल चुनाव में दोहरी लड़ाई लड़नी पड़ती है। एक क्षण को भी आदमी चैन से नहीं बैठ सकता। हमेशा सतर्क-सावधान। अपनों से, परायों से—सभी से सचेत ! एकदम चौकस।

लखन को देखकर दा साहब ने स्नेह से स्वागत किया, 'आओ लखन, क्या समाचार है ?' पर लखन के तमतमाए चेहरे पर नज़र पड़ी तो पूछा, 'क्या बात है, बाहर बहुत गर्मी है क्या ?'

'बाहर क्या, गर्मी तो मेरे भेजे में घुसी हुई है। यह जोरावर बाज़ नहीं आएगा अपनी हरकतों से। खुद तो मरेगा ही, हमको भी ले डूबेगा।'

गुस्से से लखन की कनपटियों की उभरी हुई नसें तक फड़क रही हैं। कोई विश्वास करेगा कि यह दा साहब के संरक्षण में पला हुआ आदमी है ? एकदम उनके विपरीत। केवल रंग और क़द-काठी में ही नहीं, स्वभाव और आदतों में भी। छोटी-छोटी बातें उसे बेहद उत्तेजित कर देती हैं। बोलता है तो इतने आवेश में कि हकलाने लगता है। दा साहब कभी नाराज़ नहीं होते उसकी इस बदमिज़ाजी पर। हँसकर इतना ही

कहते हैं, 'तुम मेरे पूरक हो, भाई।' यों भी दूसरों को उनकी कमज़ोरियों के साथ स्वीकार करना स्वभाव है दा साहब का ! कहना चाहिए, उदारता है उनकी। इसी उदारता ने लखन को एक हद तक ढीठ बना दिया है—बस, फनफनाता रहता है।

'अभी तो कुछ नहीं हुआ, बहुत मामूली-सी बात हुई है। सरोहा में बसेसर नाम के एक आदमी को मरवा दिया गया है। लाश पुलिया पर पड़ी मिली। असली बात तो तब होगी जब हरिजनों के सारे वोट सुकुल बाबू के नाम पड़ जाएँगे। सब लोगों का अनुमान है कि जोरावर का है यह काम !'

'हूँऽऽ !' चेहरे पर किसी तरह का कोई विकार नहीं आया दा साहब के।

'मालूम है आपको ?'

'अभी थोड़ी देर पहले ही सुना।' स्वर इतना सहज और सपाट, जैसे कहीं कुछ हुआ ही नहीं हो !

'और यह भी सुना कि सारे गाँव में भारी तनाव है जोरावर को लेकर। उसके सिवाय कोई नहीं करवा सकता यह काम। आगजनीवाली घटना पर किसी तरह लीपा-पोती करके गाँववालों को सँभाले हुए थे—ऊँचे स्तर पर तहक़ीक़ात हो रही है...प्रमाण जुटाए जा रहे हैं... असली मुजरिम का पता लगते ही कड़ी-से-कड़ी सज़ा दी जाएगी। घरेलू उद्योगों के लिए आर्थिक सहायता की योजना के मरहम ने घावों को काफ़ी कुछ भर दिया था...इसी स्थिति में चुनाव हो जाता तो ठीक था...।'

'कैसी बातें करते हो ?' दा साहब ने वाक्य पूरा नहीं करने दिया—'घरेलू उद्योग की इस योजना से उनकी ग़रीबी पर ज़रूर मरहम लगाया जा सकता है, पर प्रियजनों के बिछुड़ने के दुख पर नहीं। आदमी का दुख जिस दिन पैसे से दूर होने लगेगा—इंसानियत उठ जाएगी दुनिया से।'

पर लखन तो अपनी ही रौ में बोलता चला गया, 'ऐन मौक़े पर इस बेवकूफ़ ने बिसू को मरवा दिया। अब कुछ नहीं होने का।'

आवेश के मारे मुँह से थूक की छोटी-छोटी फुहारें छूटने लगीं लखन के, और साँवला चेहरा एकदम बैंगनी हो उठा। पर इतना सब सुनकर

भी दा साहब के चेहरे पर किसी तरह का कोई भाव-परिवर्तन नहीं हुआ। उतने ही सहज स्वर में बोले, 'पुलिस तो अभी बयान ही ले रही है और तुम नतीजे पर भी पहुँच गए ? इतनी अधीरता अच्छी नहीं। थोड़ा... ।'

पर लखनसिंह में तो पूरी बात तक सुनने का धीरज नहीं। बीच में ही तमककर बोला, 'मैं नहीं नतीजे पर पहुँचा। सारा गाँव कह रहा है !'

'क़ानून अनुमान पर नहीं, प्रमाण पर चलता है और पुलिस प्रमाण जुटा रही है। क़ानून के सामने मेरी-तुम्हारी हस्ती ही क्या है भला ?'

'जुट जाएँगे इस बार प्रमाण भी। आख़िर कब तक ख़ैर मनाएगा जोरावर ?'

'प्रमाण जुट जाएँगे तो अवश्य ही सज़ा भी पाएगा अपने जुर्म की।'

'वह तो सज़ा पाएगा अपने जुर्म की, पर उससे भी बड़ी सज़ा तो हम पाएँगे...वह भी बिना कोई जुर्म किए।' स्वर एकदम रुआँसा हो आया लखन का।

'होता है कभी-कभी ऐसा भी। एक की मूर्खता का फल दूसरे को भुगतना पड़ता है।'

'और आप हैं कि इसी मूर्ख का पल्ला पकड़े हुए हैं। मारा है ग़रीबों को तो भुगतने दीजिए सज़ा। नहीं चाहिए हमें जोरावर के वोट। अब इसके वोटों के चक्कर में हरिजनों के सारे वोट तो गए ही...गाँव के दूसरे लोगों के वोट भी नहीं मिलेंगे। सारा हिसाब लगाकर देख लिया है मैंने, ले डूबेगा जोरावर का साथ। माथे पर कलंक और आत्मा पर बोझ, सो अलग।'

आत्मग्लानि और अपने ही प्रति उभरे हुए धिक्कार-भाव से लखन का सारा चेहरा ही विकृत हो उठा। लगा जैसे भारी बोझ के नीचे कसमसाकर आत्मा बोलने लगी है उसकी आज। और आत्मा की आवाज़ में बड़ा ज़ोर होता है। ज़ोर भी और तेज भी।

पर दा साहब में ऐसा ज़ोर और ऐसी तेज़ी सहज भाव से झेल जाने का अनंत धैर्य है। वे तनिक हँसे ! हँसे क्या, बस होंठों का बायाँ कोना ज़रा-सा फैल गया। ऐसा ही होता है उनका हँसना। खिलखिलाकर हँसते तो उन्हें शायद ही कभी किसी ने देखा हो।

'तुमने तो सारा हिसाब भी लगाकर देख लिया। पर क्या करूँ, मेरा तो स्वभाव इतना हिसाबी-किताबी है नहीं। मन हिसाब के आँकड़ों में रमता ही नहीं। बस, सही-ग़लत में ही उलझा रहता है।'

'तो सही किया है जोरावर ने ? किसी को मरवा देने को सही कहेंगे आप ?' गुस्से के मारे लखन ने पीठ-पीछे का तकिया खींचकर गोद में रख लिया और उसी पर हाथ फटकारने लगा।

'बहुत आवेश में हो। दोष तुम्हारा नहीं, उम्र का है।' ज़रा भी विचलित हुए बिना दा साहब ने कहा और चुप हो गए ! लखन टुकुर-टुकुर उनका चेहरा ताक रहा है। इस समय वह स्थिति का विश्लेषण चाहता है, अपनी उम्र और आवेश का नहीं।

'आवेश राजनीति का दुश्मन है। राजनीति में विवेक चाहिए। विवेक और धीरज !' प्रवचनीय मुद्रा में दा साहब ने जीवन के अनुभवों से निचुड़ा हुआ वाक्य उछाला। फिर कुछ क्षण रुककर हौसला बँधाते हुए बोले, 'आएगा, पद पर बैठोगे तो पद की ज़िम्मेदारी स्वयं सब सिखा देगी।'

'कहाँ रखा है पद-वद ! भूल जाइए अब सब। विरोधी दल के नेता इस घटना को ऐसा भुनाएँगे कि हम सब टापते ही रह जाएँगे। यह बिसू की नहीं, समझ लीजिए एक तरह से मेरी हत्या हुई है, मेरी।' लखन ने खुले पंजे से छाती पीटकर अपनी हत्या की घोषणा करके दा साहब को दहला देना चाहा।

'हूँऽ !' दा साहब ने कुछ इस भाव से हुंकार भरी जैसे स्थिति का नए सिरे से पूरा-पूरा जायज़ा ले रहे हों।

'नौ तारीख़ को यानी तीन दिन बाद ही मीटिंग का ऐलान हो गया है उनकी तरफ़ से। सुकुल जी खुद आ रहे हैं, भाषण देने। जानते तो हैं सुकुल जी के भाषण का करिश्मा। आग उगलते हैं, आग ! गाँव वैसे ही सन्नाया बैठा है; एक ही भाषण में बहाकर ले जाएँगे सारे गाँव को अपने साथ।' लखन ने भी जैसे कमर कस ली है कि आज दा साहब की इस संतई-मुद्रा को तोड़कर ही रहेगा।

'एक इन 'मशाल' वालों को छूट मिली हुई है, उल्टा-सीधा जो मरजी आए छापने की। इमरज़ेंसी में बंद हो गया था, ठीक था। ऐसे अख़बार पर तो आपको भी...।'

'ग़लत बात है।' दा साहब ने अंकुश लगा दिया एकदम। 'यह तुम

नहीं, तुम्हारा स्वार्थ बोल रहा है। स्वार्थ को इतनी छूट देना ठीक नहीं कि वह विवेक को ही खा जाए। अख़बारों को तो आज़ाद रहना ही चाहिए। वे ही तो हमारे कामों का, हमारी बातों का असली दर्पण होते हैं। मेरा तो उसूल है कि दर्पण को धुँधला मत होने दो। हाँ, अपनी छवि देखने का साहस होना चाहिए आदमी में। बड़ी हिम्मत और बूता चाहिए उसके लिए। इससे जो कतराता है, वह दूसरे को नहीं, अपने को ही छलता है।'

'कैसे-कैसे संपादकीय छापे थे, कैसी-कैसी तस्वीरें छापी थीं उस आगजनी की घटना की ! और अब क्या चुप रह जाएँगे ? आने दीजिए उनका अगला अंक। देखिए, क्या सनसनीखेज़ बनकर आती है सारी बात !'

'हूँऽऽ !' आवेश का एक क़तरा तक कहीं नहीं दिखाई दे रहा है—न दा साहब के चेहरे पर, न स्वर में।

और लखन है कि भीतर-ही-भीतर झल्ला रहा है बुरी तरह। इस घटना की सारी खतरनाक संभावनाओं को सामने रखकर वह विचलित कर देना चाहता है दा साहब को, हिला देना चाहता है उन्हें। एक और तुरप का पत्ता चला उसने—

'जानते तो हैं, लोचन भैया कितने दिनों से अपनी खिचड़ी अलग पका रहे हैं। देखिए, इस घटना से कैसा उफान आता है उनकी खिचड़ी में। जोड़-तोड़ करके अविश्वास का प्रस्ताव ले आए तो आपको भी लेने-के-देने पड़ जाएँगे...मैं कहे देता हूँ...।'

'लखन !' आवाज की हल्की-सी सख़्ती ने ज़बान की लगाम खींच दी लखन की, 'जिस दिन अपने लोगों का विश्वास खो दूँगा...उस दिन कुर्सी पर नहीं बैठूँगा। सबके विश्वास पर ही टिकी हुई है मेरी कुर्सी। सबके सद्भाव पर ही ज़िंदा हूँ मैं। विश्वास-सद्भाव ही नहीं रहा तो मेरे रहने का क्या मतलब ?'

'ठीक है, सबके विश्वास पर आप अपनी कुर्सी जमाइए...सुकुल बाबू अपनी मीटिंग जमाएँ...दत्ता बाबू अपना अख़बार जमाएँ...बस, हम ही अपनी क़बर खोद देते हैं !' हथियार डालने के अंदाज़ में लखन बोला। उसके आवेश पर दुख, निराशा और पराजय की गहरी परत चढ़ आई थी।

तभी फ़ोन की घंटी बजी। दा साहब ने बग़ल से चोंगा उठाकर कान पर रख लिया और बदन को तकिए पर ज़रा-सा ढीला छोड़कर पसर-से गए। दूसरे हाथ से अपना अधगंजा सिर सहलाते हुए बड़े इत्मीनान से फुनियाते रहे। दा साहब की इस आश्वस्ति पर लखनसिंह भीतर-ही-भीतर कुढ़ता-तिलमिलाता रहा। जैसे ही बात ख़त्म हुई, लखनसिंह फिर झपट पड़ा...।

'माफ़ करिए दा साहब, इस बार आप न जोरावर को दबा पाएँगे और न ही यह सीट जीत पाएँगे। इस बार आपका दाँव...।' बात अधूरी छोड़ दी लखन ने।

दा साहब का दाँव खाली गया या नहीं, पर दा साहब को भड़काने के लिए फेंका गया लखनसिंह का हर वार खाली हो गया। वे मौन साधक की तरह स्थिर बैठे रहे—शांत, अविचलित और निर्विकार। ऐसा नहीं कि लखन के भीतर की खीझ और परेशानी को वे समझ नहीं रहे, पर वे उसे क़तई बढ़ावा नहीं देना चाहते। उन्होंने हलके-से अपना आसन बदला और शरीर को ढीला करके तकिए के हवाले किया।

'कुछ ठंडा पिओगे ? फालसे का शरबत ? पिओ, इसकी तासीर बड़ी ठंडी होती है।'

जवाब की प्रतीक्षा वे नहीं करते। अपनी कही बात ही उनके लिए अंतिम होती है। शरबत का आदेश फ़ोन के तार पर चढ़कर भीतर चला गया तो उन्होंने नज़रें शून्य में टाँग दीं। गरदन ज़रूर उनकी बड़े नामालूम-से झटकों से आगे-पीछे झूलने लगी। नज़रें उनकी शून्य में ही एक अनदेखा-सा नक़्शा तैयार करने लगीं। नक़्शे की एक हलकी-सी रूपरेखा उभरी तो चेहरे पर क्षण-भर के लिए चमक-सी आ गई, पर उसे बखूबी ज़ब्त कर गए दा साहब।

लखन अच्छी तरह जानता है कि दा साहब की नज़रें जब शून्य में गड़ जाएँ तो समझ लो, वे खुद समस्या में गहरे धँस गए। और जब धँसे हैं तो कोई-न-कोई सिर-पैर तो खोजकर लाएँगे ही। दा साहब की

सूझ-बूझ का वह शुरू से ही बड़ा क़ायल है...बड़े-बड़े संकट और घातक स्थितियों से उन्हें उभरते हुए देखा है उसने ख़ुद अपनी आँखों से। केवल देखा ही नहीं, एक हद तक साझीदार रहा है उनका; पर बस, एक यही साधुई-मुद्रा खिझा देती है उसे। नौकर आया तो बिना ज़रा भी आवाज़ किए उसने अपना गिलास ले लिया। किसी तरह का व्यवधान नहीं डालना चाहता था वह इस समय।

थोड़ी देर बाद दा साहब ने अपनी नज़रें शून्य में से खींचकर लखनसिंह के चेहरे पर गड़ा दीं। भीतर तक उतरती नज़रों के पैनेपन से असहज-सा होने लगा लखनसिंह। इतनी देर से बैठा-बैठा मन-ही-मन कोसे जा रहा था दा साहब को। कहीं वे भाँप न लें। यह तो लखनसिंह भी जानता है कि अपनी योग्यता से नहीं, दा साहब की कृपा से ही उसे इस चुनाव के लिए टिकट मिला है। बहुत उठा-पटक करनी पड़ी है दा साहब को उसके लिए। सुकुल बाबू के मुक़ाबले तो उसकी कोई हस्ती नहीं; अपनी पार्टी के और लोगों के सामने भी बहुत हलका पड़ रहा था। पर दा साहब ने बाँह थामी तो सारे विरोधियों को चित्त करते हुए ला पटका किनारे पर। वरना उसकी अपनी लियाक़त तो पार्टी-दफ़्तर में कुर्सियाँ उठाने-बिछाने तक की ही है। यही उसका इतिहास भी रहा है। और यदि वह चुनाव जीता तो वह दा साहब की सूझ-बूझ और प्रयत्न से ही होगा। पर अब तो कोई उम्मीद ही नहीं। फिर भी...।

'क्या नाम है इस लड़के का जो मरा ?' समाधि से उबरते हुए दा साहब ने पूछा।

'बिसेसर। बिसू कहते हैं गाँववाले।' ठंडी तासीरवाला शरबत पीकर भी लखनसिंह की आवाज़ में घुली खीझ और निराशा कम नहीं हुई। जाने क्यों, उसे बार-बार लग रहा था कि खेलने से पहले ही वह बाज़ी हार गया। कितना तो सीधा-सा हिसाब था...पता नहीं, दा साहब कैसे चूक गए ?

चंद क्षणों के लिए फिर मौन, और दा साहब की नज़रें शून्य में।

'यह लड़का आठ महीने पहले ही तो जेल से छूटकर आया था न ? चार साल तक काटी है इसने जेल ?'

'आपको कैसे मालूम ?' लखन हैरान हो आया। तो दा साहब

सक्रिय हो चुके हैं इस दिशा में !

'मालूम तो करना ही होता है, भाई। न मालूम करने से जिस पद पर बैठा हूँ, उसके साथ न्याय कर सकता हूँ भला ?'

पर इतना सुनकर भी लखन के चेहरे पर अटका सवालिया निशान जैसा-का-तैसा बना रहा तो दा साहब बोले, 'डी. आई. जी. ने फ़ोन किया था सवेरे।'

'क्या बताया ?' सब-कुछ जान लेने की उत्सुकता ने एकदम अधीर कर दिया लखन को।

'किस बारे में ?'

'यही बिसू की मौत के बारे में। मालूम हुआ है, इस केस के सारे काग़ज़ात डी.आई.जी. के पास पहुँच गए हैं।'

दा साहब ने केवल गरदन हिला दी।

'आपने कोई आदेश नहीं दिया...मेरा मतलब है कोई संकेत कि रिपोर्ट तैयार करते समय...।'

दा साहब से नज़र मिलते ही लखन का वाक्य अधूरा ही रह गया।

'कैसी बात करते हो, लखन ?' थोड़ी सख़्त आवाज़ में दा साहब ने कहा, 'पुलिसवालों का काम है कि बयानों और प्रमाणों के आधार पर रिपोर्ट तैयार करें और ईमानदारी से करें। इसी बात की तनख़्वाह दी जाती है उन्हें। ऊपर से आदेश थोपा जाएगा तो न्याय कैसे करेंगे ? इन्हीं स्थितियों के ख़िलाफ़ लड़ने के लिए तो इतनी बड़ी क्रांति की हमने ! और तुम...।' फिर एक क्षण रुककर चुभती-सी नज़र से उन्होंने लखन को देखा और सख़्त आवाज़ में बोले, 'अपनी आकांक्षाओं को थोड़ी लगाम दो लखन, वरना मेरे साथ चलना मुश्किल होगा।'

लखन एक क्षण को सिटपिटा गया। दा साहब खुद ही बता दें कि इस सारे मामले को कैसे निबटाने जा रहे हैं तो वह इतना सब कहे-पूछे ही क्यों ? पर दा साहब ने फ़ोन उठा लिया और वित्तमंत्री से किसी योजना के बारे में बात करने लगे। लखन बैठा भीतर-ही-भीतर कुढ़ता-तिलमिलाता रहा। उसे तो इस समय दुनिया की सबसे महत्त्वपूर्ण बात बिसू की मौत ही लग रही है। उसके प्रति कोई उदासीन कैसे रह सकता है भला ? या फिर उसे इतने सहज-सामान्य ढंग से कैसे ले सकता है ? जैसे बिसू की मौत कोई मामूली बात हो—सिर्फ़ एक आदमी

का मरना-भर। फ़ोन ख़तम हुआ तो फिर हिम्मत करके पूछा—

'डी.आई.जी. का फ़ोन आया किसलिए था ?'

'स ऽ ऽ ब अपने-अपने को लेकर परेशान हैं। वह भी प्रमोशन के लिए छटपटा रहा है। स्वभाव है आदमी का। जो जहाँ है, वहाँ से संतुष्ट नहीं। और चाहिए...और चाहिए...।'

'पर आई.जी. का तबादला तो रुक गया था, तब इसका प्रमोशन कैसे होगा ?'

लखन की हर बात में शंका-लिपटी जिज्ञासा क़ायम है बदस्तूर।

पर उस ओर से एकदम लापरवाह हो, दा साहब सहज ढंग से ही बात कर रहे हैं, 'मैं ही रोके हुए था अब तक। माना, थोड़ी-बहुत ज़्यादतियाँ कीं उसने, पर क्या करता, मजबूर था बेचारा। ऊपर से हुकुम आता, उसे बजाना पड़ता। गुलामी आत्मा का क्षय तो करती ही है !'

'वैसे आदमी तो अच्छा ही था... आगजनीवाले मामले में...।' वाक्य पूरा नहीं करने दिया दा साहब ने। बीच में ही बोले—

'क्या करें, हमारे पास भी ऊपर से आदेश आया कि तबादला करो। यह ऊपर का चक्कर ही बुरा होता है।'

'तो प्रमोट हो रहे हैं डी.आई.जी. ?' लखन के मन में एक क्षण को कुछ कौंधा। वह भूल ही गया कि अभी-अभी दा साहब से फटकार खा चुका है। उमगकर बोला, 'तब तो आप बुलाकर इशारा...।'

'लखन !' एक सर्द, सख़्त-सी आवाज़ निकली और लखन की जीभ जैसे तालू से चिपक गई। एक क्षण रुककर फिर सहज हो आए दा साहब।

'पद के प्रलोभन से इतने अविवेकी मत बनो। कर्मचारियों को इस तरह के आदेश देना उनके अधिकार में हस्तक्षेप करना है। मुझसे यह सब होगा नहीं, भाई ! मैं तो चाहता हूँ, सबको अपने-अपने अधिकार सौंपकर अपने अधिकारों को शून्य में बदल दूँ।'

'तब कुछ नहीं होने का।' लखन का स्वर गहरी हताशा में डूबा हुआ था, 'ठीक है, फँसे जोरावर। मैंने तो पिछली बार ही कहा था कि इसको बचाना बहुत बड़ी ग़लती होगी।'

'तुम तो बहुत बड़े मूर्ख हो, भाई। जब से एक ही बात पीसे जा रहे हो। भला बताओ, मैं कौन होता हूँ बचानेवाला ? वह क़ानून का

मामला था। लोगों ने गवाही नहीं दी...पुलिस प्रमाण नहीं जुटा सकी तो कैसे कुछ होगा ?'

आज पहली बार लखनसिंह को लग रहा है कि दा साहब को पूरी तरह जानना मुश्किल है। जितना वह जानता है उस हिसाब से वे इतने निर्लिप्त नहीं रह सकते सारी घटना से...जैसे वे इस समय दिखाई दे रहे हैं। और यदि नहीं हैं तो उसे कुछ बताते क्यों नहीं ? उनके चुनाव के दिनों में कैसे जान झोंककर काम किया था उसने। आज उसका मौक़ा आया तो गाँधी बाबा बनकर बैठ गए !

'बहुत जल्दी हौसला पस्त हो जाता है तुम्हारा। अच्छी बात नहीं है यह।' लखन के भीतर की बेचैनी और घबराहट को भाँपकर स्नेहिल नज़रों से उसे सहलाया दा साहब ने।

क्या जवाब दे लखनसिंह इस बात का ? भीतर-ही-भीतर मन सुलग रहा है उसका गुस्से से। दा साहब की कुर्सी अभी सुरक्षित है, इसलिए आदर्श और उपदेश सूझ रहे हैं। जब इनकी कुर्सी पर बनेगी तब हौसले का हाल पूछेगा। यदि यह चुनाव हार गए... और जो इसी तरह गाँधी बाबा बनकर बैठे रहे तो निश्चय ही हार भी जाएँगे...तब देखूँगा। उलट जाएगा सारा मंत्रिमंडल। सुकुल बाबू को कौन नहीं जानता ? जब तक इनका पटड़ा नहीं बिठा देंगे...न खुद एक दिन चैन से रहेंगे, न इन्हें ही रहने देंगे। दा साहब को क्यों नहीं यह ख़तरा नज़र आ रहा ?

'मेरा हारना चाहे अहमियत न रखता हो, सुकुल बाबू का जीतना ज़रूर अहमियत रखता है और इस बार पिछले चुनाव में खोए हुए हरिजनों के सारे वोट बड़ी आसानी से ले जाएँगे सुकुल बाबू। आप खुद सोच लीजिए।'

पर इस ख़तरे से भी विचलित नहीं हुए दा साहब !

'अगर जनता को विश्वास है सुकुल बाबू पर और वह उन्हें अपना वोट देती है तो सबसे पहले मैं उनका स्वागत करूँगा। यह सुकुल बाबू का नहीं, जनता की राय का स्वागत होगा। और जनता तो हमारे लिए... ।'

'ठीक है तब फिर... ।' लखनसिंह ने अधीरता और आवेश में दा

साहब के वाक्य को बीच में ही काटा, पर अपना वाक्य भी अधूरा ही छोड़ दिया।

दा साहब एक क्षण लखन का चेहरा देखते रहे, फिर आवाज़ को स्नेह से सींचकर समझाते हुए बोले, 'देखो भाई ! मेरे लिए राजनीति धर्मनीति से कम नहीं। इस राह पर मेरे साथ चलना है तो गीता का उपदेश गाँठ बाँध लो—निष्ठा से अपना कर्त्तव्य किए जाओ, बस। फल पर दृष्टि ही मत रखो।' फिर एक क्षण ठहरकर पूछा, 'पढ़ते हो गीता या नहीं ? पढ़ा करो। चित्त को बड़ी शांति मिलती है।'

लखनसिंह का मन हुआ कि उठाकर कोई ऐसा वज़नी जवाब दे कि पन्ने-पन्ने बिखर जाएँ गीता के। अपने चुनाव के दिनों में कैसी हाय-तोबा मचा रखी थी। जीत गए तो अब गीता सूझ रही है। पर ज़ब्त कर गया। ढिठाई भले ही कर ले, अशिष्टता करने की हिम्मत आज भी नहीं है।

एकाएक उसने देखा, दा साहब की नज़रें उसी के चेहरे पर टिकी हुई हैं। भीतर-ही-भीतर सहम गया वह इस नज़र से। कई बार उसने महसूस किया है कि उनके चश्मे के भीतर कोई खास लेंस लगा है—आदमी के भीतर तक का सब-कुछ देख-समझ लेते हैं।

एक लंबी हुंकार के साथ दा साहब ने अपनी नज़र फिर शून्य में गड़ा दी और फिर जैसे वहीं से कोई मुद्दा खींचकर लाए हों...

'सुकुल बाबू की मीटिंग नौ तारीख़ को है ? तो ऐसा करो कि चार-पाँच दिन बाद अपनी भी एक मीटिंग रख लो। बात करेंगे गाँववालों से। वैसे भी एक हादसा हुआ है—जाना तो चाहिए ही। बिसू के माँ-बाप को भी तो तसल्ली देनीचाहिए। बेचारे...।'

'आप जाएँगे ? ज़रूर जाइए...बहुत असर होगा आपके जाने का। यों भी चुनाव के बाद एक बार भी जाना नहीं हो सका आपका।' एकाएक बहुत उत्साह में आ गया लखनसिंह। लेकिन दूसरे ही क्षण जैसे कुछ याद आ गया हो, ठंडे स्वर में बोला, 'बस एक ही डर है। सुकुल बाबू के बाद वहाँ जमना मुश्किल होगा। मैं खुद देखकर आया हूँ...बहुत तनाव है गाँव में। यों भी अब गाँववाले इतने मूर्ख नहीं रह गए।'

'यह तो बड़ी खुशी की बात है। कितने बरसों की साधना का

परिणाम है यह कि हमारे गाँववाले चेते। यही तो सपना था बापू का !' और आँखें मूँदकर दा साहब बापू के सपनों की दुनिया में डूब गए।

खिसियाया हुआ-सा लखन टुकुर-टुकुर मुँह ताकता रहा दा साहब का कि कब दा साहब की समाधि टूटे और कब आगे के लिए आदेश मिले। जो भी है, निर्भर तो अंत तक उन्हीं पर करना है।

आँख खोलकर दा साहब ने घड़ी देखी—नौ बज गए।

'अच्छा तो तुम पांडे को बोल दो, मीटिंग की तैयारी करवाएँ। होशियार आदमी है, स्थिति सँभालना जानता है।'

फिर उठते हुए बोले, जैसे अचानक याद आ गया हो, 'और हाँ, जाओ तो ज़रा 'मशाल' के दफ्तर होते जाना। दत्ता बाबू ही नाम है न संपादक का ? कोई तीन-चार महीने पहले इंटरव्यू लेने के लिए समय माँगा था।...पर कहाँ था उन दिनों समय ? कहना, अब समय लेकर मिल लें किसी दिन मुझसे।'

फिर पास आए और बड़े स्नेह से लखन की पीठ पर हाथ रखकर बोले, 'लखन, आज का तुम्हारा आवेश देखकर अच्छा नहीं लगा मुझे। मेरे साथ चलना है तो भाई, ज़बान पर लगाम और व्यवहार में ठहराव चाहिए... समझे ?'

दा साहब यह बात केवल कहते ही नहीं, अमल में भी लाते हैं। उनके पूरे व्यक्तित्व में, उनकी हर बात और हर काम में ज़बरदस्त ठहराव है। और इस ठहराव की वजह से ही वे शायद कुर्सी पर भी ठहरे हुए हैं। वरना पिछले दस महीनों में विरोधियों ने और उनके अपने दल के असंतुष्ट लोगों ने जैसी-जैसी तिकड़में की हैं, कभी की कलामुंडी खा गए होते !

शहर का दूसरा महत्त्वपूर्ण कोना—सुकुल बाबू का निवास-स्थान। दस वर्ष तक मुख्यमंत्री रहे हैं सुकुल बाबू इस प्रांत के। बिना किसी बाधा-व्यवधान के। एकछत्र राज था उनका। कभी सोचा ही नहीं था कि दस वर्ष की लंबी अवधि ने जिस राज की नींव को एकदम पुख़्ता कर दिया था वह एक झटके से ऐसे उखड़ जाएगा जैसे कोई जड़ें ही न हों उसकी। पर होनी बड़ी बलवान। यों सुकुल बाबू भी कम बलवान नहीं। सचमुच ऊँची चीज़ हैं। प्रांत के लोग दा साहब के पासंग पर रखते हैं सुकुल बाबू को। वैसे दा साहब की किसी भी बात से कोई समानता नहीं है सुकुल बाबू की। साँवला रंग, नाटा क़द। थोड़ा थुलथुल शरीर। दा साहब की तरह सौम्य-संयत भी नहीं। सुरा-सुंदरी से किसी तरह का कोई परहेज़ नहीं, बल्कि कहना चाहिए अनुरागी हैं दोनों के। जग के 'सकल पदारथ' न पानेवाले करम-हीनों में अपने को वे शुमार नहीं करवाना चाहते। मस्त-फक्कड़ हैं एकदम। निजी दोस्तों के बीच फूहड़ भाषा का प्रयोग करते हैं धड़ल्ले से। गाली-गलौज से भी कोई परहेज़ नहीं। उनका ख़याल है कि वाक्य में गाली का बंद लगा कि बात में धार आई। पर बाहर के लोगों के बीच अपने को काफ़ी साधकर चलते हैं।

ज्योतिष पर अनंत विश्वास है सुकुल बाबू को। तरह-तरह के नग-जड़ी हुई चार बड़ी अँगूठियाँ पहन रखी हैं। गले और बाजू में गंडे-तावीज़ भी बँधे हुए मिल जाएँगे। नीलम तो अभी पिछले महीने ही पहना। पहले भी किसी ने पहनकर आज़माने को कहा था, पर हिम्मत ही नहीं पड़ी। बड़े तेज़ मिज़ाजवाला पत्थर है नीलम। माफ़िक़ न आए तो एकदम पटड़ा ही बिठा दे। लेकिन पटड़ा बैठा न पहनने से, तो पहन लिया। और देखो, रंग लाया। बिसू की मौत...लगता है जैसे थाली में परसकर मौक़ा आ गया है उनके सामने। अपनी हार को जीत में

बदलना है उन्हें इस मौक़े का फ़ायदा उठाकर। मौक़ा तो पहले भी आया था, इससे भी कहीं ज़्यादा अच्छा और मौजूँ—पर उस समय तो अपनी पार्टी का महाभारत सुलटाने में लगे हुए थे। बासठ वर्ष की उमर में क्या कुछ नहीं झेला है सुकुल बाबू ने राजनीति में ! पर इस बार का अनुभव...तौबा ! एक गड़रिए के डंडे के नीचे कैसे सारी भेड़ें रिरियाती-मिमियाती एक झुंड बनाकर चल रही थीं। पर जैसे ही डंडा टूटा, आपस में ही वो मार-काट मची कि विश्वास करना मुश्किल हो गया कि ये एक झुंड की ही भेड़ें थीं। कैसी-कैसी मशक़्क़त झेली है उन्होंने इस बार। कोई ऐसा-वैसा होता तो दम तोड़ गया होता अभी तक। यह तो सुकुल बाबू ही हैं कि टिके हुए हैं। केवल टिके हुए ही नहीं, सबको ठिकाने लेकर टिके हुए हैं। पर मन बेहद क्षुब्ध हो गया है उनका। उन्हें खुद लगने लगा कि राजनीति गुंडागर्दी के निकट चली गई है। जिस देश में देव-तुल्य राजनेताओं की परंपरा रही हो, वहाँ राजनीति का ऐसा पतन ! कभी-कभी मन में एकदम वैराग्य जाग जाता है, पर राजनीति में जहाँ तक अपने को धँसा लिया, वहाँ से निकल भी तो नहीं सकते। निकलने का सीधा अर्थ है—हार मान लेना। और जीवन में एक यही तो बात है जिसे वो कभी नहीं मान सकते। पिछले चुनाव में हारकर भी मन से वे उस हार को एक दिन के लिए भी स्वीकार नहीं कर सके। उस हार को जीत में बदलना ही है—जो भी हो...जैसे भी हो। कृतसंकल्प हैं उसके लिए !

आज सारे दिन सुकुल बाबू अपनी गोटियाँ ही बिठाते रहे। शाम के भाषण में कौन-कौन-से मुद्दे उठाने हैं...कितने वोट खोने हैं और कितने पाने हैं ? अभी तक हरिजनों के बूते पर ही चुनाव जीतते आए थे। पिछली बार इन लोगों ने आँख फेरी तो मुँह की खानी पड़ी। पर इस बार कैसे आँख फेरेंगे ? और आख़िर क्यों फेरेंगे ? बिसू सारी ज़िंदगी इन्हीं लोगों के लिए तो लड़ता रहा था। वे बिसू की मौत का हिसाब ही तो माँगेंगे सरकार से...इस पर भी लोग उनके सुर-में-सुर नहीं मिलाएँगे ? ज़रूर मिलाएँगे। और हरिजनों का सुर मिल गया तो फिर से सुगम-संगीत बजने लगेगा—कम-से-कम उनकी अपनी ज़िंदगी में तो।

एकाएक उनका मन बिसू के प्रति कृतज्ञता से भर गया। बस, एक ही डर है अब ! जोरावर हुड़दंग न मचवा दे ! एकदम उजड्ड आदमी

है—बीहड़। पर पूरे गाँव और पंचायत में दबदबा है उसका ! सारा गाँव थर्राता है उससे। सरपंच भी तो उसका चाचा ही है। बस, एक बार किसी तरह बिना किसी गड़बड़झाले के रंग जमाने को मिल जाए तो लोगों को पूरी तरह अपने साथ बहाकर ले जाएँगे। बहाकर ले जाने का मतलब अब वे खूब अच्छी तरह समझ गए हैं, और बहाव की ताक़त भी ! कुछ अरसे पहले जो आया था, वह बहाव ही तो था। बहाव नहीं, बवंडर ! एक ज़ोरदार बवंडर ! कुर्सियों पर बैठे सारे लोग धड़ाधड़ नीचे जा गिरे। बड़ी-बड़ी हस्तियाँ तक नहीं टिक पाईं। उसके बाद से तो जैसे देश में बवंडरों का सिलसिला ही शुरू हो गया...आन्ध्र में बवंडर, दिल्ली में बवंडर...उड़ीसा में बवंडर ! उस बवंडर ने इतिहास बदला तो ये बवंडर भूगोल बदलने में लगे हैं। और यदि वे बवंडर ले आए तो ? वह शायद उनकी क़िस्मत बदल देगा। एक बार जीतकर किसी तरह विधानसभा में पहुँच जाएँ तो फिर वहाँ बवंडर का सिलसिला शुरू करेंगे ! जोड़-तोड़ करने की अपनी क्षमता पर काफी भरोसा है सुकुल बाबू को। फिर सत्तर दरारवाली खोखली नींव पर खड़े इस मंत्रि-मंडल को गिराना यों भी कोई मुश्किल बात नहीं। अपने लोग ज़रा-सा साथ दें तो बाएँ हाथ का खेल है यह उनके लिए !

सुकुल बाबू के भाषण की सूचना से गाँव में तनाव-भरा सन्नाटा तो टूटा ! वरना अजीब मायूसी छाई हुई थी गाँव में।

जब तक बिसू की लाश गाँव में रही, बड़ी खलबली मची रही वहाँ। भीड़...बातें...और भीड़, और बातें ! जितने मुँह उतने अनुमान। किसने मारा बिसू को, और कैसे मारा ? शरीर पर कहीं भी तो चोट या प्रहार का कोई निशान नहीं। रात में अच्छा-भला घर में सोया था और सवेरे पुलिया पर लाश मिली। जहाँ लाठी-फावड़े या सीधे बंदूक से मरने-मारने का रिवाज़ हो, वहाँ ऐसी रहस्यमय मृत्यु बेहद सनसनी पैदा कर रही थी सबके मन में।

पुलिसवालों की ऐसी चुस्ती तो गाँववालों ने पहले कभी नहीं देखी। शायद पिछली घटना का सबक़ भूले नहीं थे—अभी तक। इधर ख़बर पहुँची और तुरंत ही थानेदार साहब अपने कांस्टेबलों को लेकर मौक़े पर हाज़िर। जाने कितने लोगों के बयान हुए। लाश सबसे पहले किसने देखी...किस हालत में देखी ? बिसू की पूरी जन्म-पत्री खुली। कब इसने

क्या कहा...क्या किया ? इसकी दोस्ती...इसकी दुश्मनी...इसके मिलने-जुलनेवाले—ज़िंदगी की पूरी डायरी, जो शायद बिसू कभी नहीं लिखता, पुलिस लिखकर ले गई।

लेकिन लाश के जाते ही एक अजीब तरह का सन्नाटा छा गया वहाँ। तनाव-भरा सन्नाटा। गाँव के पूरब में एक बड़ा-सा अखाड़ा है जुम्मन पहलवान का जिसमें तीस-चालीस पट्ठे लाल लँगोटे बाँधकर वर्ज़िश करते रहते हैं रात-दिन। दंड पेलना, लाठी भाँजना, मुग़दर घुमाना, कुश्ती लड़ना...कुछ-न-कुछ चलता ही रहता है। शाम के समय काम से लौटते हुए लोग कुछ देर खड़े होकर तमाशा ज़रूर देखते। यह अखाड़ा गाँववालों के मनोरंजन का केंद्र भी है, और आतंक का स्रोत भी। इसी अखाड़े की आबादी जब अपनी तेल-पिलाई हुई लाठियाँ लेकर गाँव के गली-बाज़ारों में उतर आती है तो सारे गाँववालों को साँप सूँघ जाता है और सबकी जीभ तालू से चिपक जाती है। जैसे ही बिसू की लाश चीर-फाड़ के लिए शहर गई, अखाड़े के ये लठैत गश्त लगाने लगे गाँव में। उसके बाद लोगों के मुँह से आहें भले ही निकलती रही हों, बात नहीं निकली। बिसू के मारने का तरीक़ा चाहे न समझ में आ रहा हो, पर मरवानेवाले का नाम शायद सबके मन में बहुत साफ़ था। नाम भी, कारण भी। पर केवल मन में। बयान के समय भी ज़बान पर कोई नहीं लाया। बिसू का बाप भी नहीं।

लेकिन आज दोपहर से ही गाँव एक नई चहल-पहल से भर गया है। भोंपू-लगी जीप गली-गली गुहारती फिर रही है—'आज शाम छह बजे हरिजन भाइयों के हमदर्द दोस्त श्री सुकुल बाबू आप लोगों से बातचीत करने आएँगे। बिसेसर की मौत सरासर जुलुम है, इसे बरदाश्त नहीं किया जाएगा। आइए और सुकुल बाबू की आवाज़ में आवाज़ मिलाकर बिसू की मौत का जवाब तलब कीजिए। शाम छह बजे।'

लग रहा था जैसे बिसू हीरा का बेटा नहीं, सुकुल बाबू का अपना बेटा है और उसकी मौत का दुख, उनका अपना दुख है—जिसे बँटाने के लिए

वे गाँववालों से याचना कर रहे हैं।

चार बजे तक गाँव एक अच्छे-ख़ासे आयोजन के लिए तैयार हो गया। मैदान में दो तख़्त जोड़कर मंच बना दिया गया। मंच पर गद्दा बिछ गया, गाव-तकिए लग गए। बस, उस पर बिराजने के लिए सुकुल बाबू की काया की प्रतीक्षा है। कोई सौ-डेढ़ सौ नए चेहरे भी गाँव में उतर आए हैं। जोरावर की ओर से कोई गड़बड़ी हो तो बचाव करेंगे...नहीं तो मज़मे की संख्या ही बढ़ाएँगे। कल के अख़बारों में यह तो छप सकेगा कि सुकुल बाबू का भाषण सुनने के लिए जनता उमड़ पड़ी। आज कुर्सी पर नहीं हैं तो इससे क्या...कोई मामूली हस्ती तो नहीं सुकुल बाबू।

गाँव की मायूसी से मुरझाए बच्चों के चेहरे खिल उठे हैं। उन्हें मेले जैसा मज़ा आ गया है। पहले जीप के पीछे-पीछे दौड़ते रहे, अब काग़ज़ के भोंपू बनाकर खुद चिल्लाते फिर रहे हैं। यह मौक़ा ग़मी की वजह से आया है या खुशी की वजह से, उन्हें कोई मतलब नहीं—उनके लिए तो एक शग़ल हो गया।

ठीक छह बजे सुकुल बाबू की एंबेसेडर गाँव में प्रवेश कर गई। समय के पाबंद हैं सुकुल बाबू। दो गाड़ियाँ और भी आई हैं। और तीन जीप। सब लोग धड़ाधड़ उतरे। पार्टी की ओर से स्वागत करने के लिए पहले से ही तैयार हैं कुछ लोग। पर स्वागत सूखे अभिवादनों से ही हुआ है। मालाबाज़ी एकदम नहीं। मौक़ा ग़म का जो है। इन छोटी-छोटी बातों का बड़ा ध्यान रखना पड़ता है। सब लोग मंच पर चढ़े। सुकुल बाबू की चाल विशेष रूप से धीमी है। कुछ तो उनके शरीर का भारीपन आड़े आता है, कुछ आज का यह मातमी मौक़ा !

ऊपर चढ़कर अभिवादन की मुद्रा में उन्होंने हाथ जोड़े। नज़रों ने संख्या का अनुमान लगाते हुए भीड़ के विस्तार को अपने में समेटा।

'मज़मा ठीक ही जुड़ गया' का भाव चेहरे पर संतोष की हलकी-सी परत पोत गया। बस सारा आयोजन शांति से हो जाए और उनकी बात लोगों तक पहुँच जाए। इस घटना से लोगों के दिमाग़ ज़रूर उस ज़मीन जैसे हो रहे होंगे जो वर्षा के स्पर्श मात्र से फूट पड़ने को तैयार रहती है। आज वे ऐसी वर्षा करके जाएँगे कि फ़सल उनके हिस्से ही पड़े। मन-ही-मन उन्होंने उँगली में पड़े नीलम को नमस्कार किया और 'मत चूके चौहान' के भाव से माइक सँभाल लिया।

बोलते अच्छा हैं सुकुल बाबू ! विरोधी को काटने में माहिर। गला साफ़ करके आवाज़ को साधकर उन्होंने बोलना शुरू किया—

'प्यारे भाइयो और दोस्तो,

'आपके दुख में शामिल होने के लिए आज मैं यहाँ आया हूँ। दुख तो आप लोगों पर इससे पहले भी पड़ा था और इससे कहीं अधिक बड़ा दुख था वह। दुख शब्द तो बड़ा हलका है उसके लिए। सरेआम इतना जुलुम—ऐसा अमानुषिक अत्याचार ! सुना था तो तिलमिला गया था भीतर-ही-भीतर, और आज तक किसी को कोई सज़ा नहीं हुई !'

क्षणिक विराम !

'क्या दोष था इन हरिजनों का ? यही न कि सरकारी रेट पर मज़दूरी माँग रहे थे ? गुनाह था यह ? पर शायद था—तभी तो ज़िंदा जला दिए गए और जिन्होंने जलाया, उन पर कोई उँगली उठानेवाला तक नहीं। बेचारे बिसू ने उँगली उठाने की कोशिश की तो हमेशा के लिए चुप कर दिया गया उसे। अब होगी किसी की हिम्मत जो चूँ भी कर जाए ! हो ही नहीं सकती। पुलिस गवाही लेने आई। तब भी किसी की हिम्मत नहीं हुई कि सच बात कह दे। जानते हैं, सच बोलते ही गला दबा दिया जाएगा और जहाँ सच का ही गला दबता हो, वहाँ न्याय की उम्मीद की जा सकती है ? भूल जाइए कि आपको कभी न्याय मिलेगा।'

अपनी बात की प्रतिक्रिया जानने के लिए सुकुल बाबू ने मज़मे की ओर देखा, पर मज़मा चुप बैठा था—सूने-सपाट चेहरे लिए। सुकुल बाबू ने बात आगे बढ़ाई—

'बयान लेने का नाटक तो हो ही गया और इस बार बहुत मुस्तैदी से भी हुआ ! अब मामला गहरी छानबीन के लिए ऊँचे अफ़सरों के हाथ में सौंप दिया जाएगा जो कभी किसी नतीजे पर पहुँचेंगे ही नहीं। कम-से-कम चुनाव तक तो नहीं पहुँचेंगे। आप लोग मरें या जिएँ, इन्हें तो चुनाव जीतना है—हर हालत में। और चुनाव जीतने के लिए गाँव के धन्नी किसानों के वोट भी चाहिए और पैसा भी। इसलिए अभी उनकी हर ज़्यादती पर, हर अन्याय पर परदा डाला जाएगा...उन्हें बचाया जाएगा। इसलिए अच्छी तरह जान लीजिए कि इस हत्या के लिए कुछ नहीं होने जा रहा है। कौन करेगा ? पंचायत इनकी...पुलिस इनकी, और अब तो विश्वास हो गया होगा आपको कि सरकार भी इन्हीं की है। तब कौन लड़ेगा आपकी लड़ाई ?... आपको न्याय दिलाने के लिए...आपका हक़ दिलाने के लिए कौन आएगा ?'

सुकुल बाबू ने तैश में लिपटा हुआ प्रश्न मज़मे के बीच उछाल दिया, इस उम्मीद से कि भारी प्रतिक्रिया होगी उनकी बात की या कि उनके नाम के नारे ही लग जाएँ, पर वैसा कुछ हुआ नहीं। बस, एक कोने से बड़ी रिरियाती-सी आवाज़ आई—

'का बताई... हमार दुख मुला कोई नहीं जानता...' कि तभी बग़ल में खड़े आदमी ने हाथ की लाठी को ज़मीन पर ठोंका तो वह रिरियाती आवाज़ भी डूब गई।

तब सुकुल बाबू ने आवाज़ को और भी ऊँचा चढ़ाकर चेतावनी देते हुए कहा, 'गाँठ बाँध लीजिए कि यह सरकार आप लोगों के लिए कुछ नहीं करने जा रही। इसे लगाव आपसे नहीं, अपनी कुर्सियों से है और कुर्सियों का तक़ाज़ा यही है कि अभी ऐसी बातों को गोलमोल करके ही छोड़ दो। कुर्सी और इंसानियत में बैर है। इंसानियत की खाद पर ही कुर्सी के पाए अच्छी तरह जमते हैं।'

मज़मे में एक सिरे पर जहाँ नए-नए चेहरेवाले लोग बैठे थे, तालियाँ बजने लगीं।

'शांत रहिए...शांत रहिए... !' उस ज़रा-से शोर के लिए सुकुल बाबू ने ऐसे कहा जैसे भारी शोर मच रहा हो। फिर अपनी बात जारी रखते हुए कहा—

'चुनाव जीतने के लिए सारा ज़ोर लगा दिया है सरकार ने। पर मैं पूछता हूँ कि क्यों ? मैं तो हारा हुआ आदमी हूँ—मुझसे भला कैसा डर ? अरे जनता ने भरोसा करके आपको कुर्सी पर बिठाया और कुर्सी पर बैठकर आपने जो कुछ किया, जनता के हित में ही किया होगा...फिर डर काहे का ? काहे सफ़ेद को काला और काले को सफ़ेद करने में लगे हो ?'

क्षणिक विराम।

'इस हारे हुए सुकुलवा से डरने की ज़रूरत नहीं, पर भगवान से ज़रूर डरो। इन बेज़बान, बेगुनाहों पर इतना ज़ोर-जुलुम मत करो !'

मज़मे में हलकी-सी सुरसुराहट होने लगी तो सुकुल बाबू के चेहरे पर चमक और आवाज़ में तेज़ी आ गई—'मैं मानता हूँ कि हमसे ग़लतियाँ हुईं। आपने दिखा दीं और हमने मान लीं ! क्योंकि जनता कभी ग़लती नहीं करती। इस सरकार ने आपकी सुख-शांति, उन्नति-समृद्धि के लिए बड़े-बड़े आश्वासन दिए...हम आश्वस्त हुए, क्योंकि जनता के कल्याण में ही हमारा सुख है !'

सभा एकदम स्तब्ध।

'सच मानिए, यदि मुझे लगता कि इस सरकार के हाथों आपका भला-ही-भला होना है तो आज आप लोग मुझे यहाँ कभी नहीं पाते। इस सत्कार्य में दा साहब का सहयोगी न बनकर विरोधी बनूँ, इतना नीच नहीं हूँ। पर बातें कुछ, और काम कुछ ! दिन-दहाड़े के इस जुलुम को चुपचाप बरदाश्त कर लूँ, इतना गया-गुज़रा भी नहीं हूँ।'

क्षणिक विराम।

'यह मत सोचिए कि मैं यहाँ आपसे वोट माँगने आया हूँ। एक बार हारने के बाद अब हार-जीत का अंतर ही मिट गया मेरे लिए।'

हाथ में लाठी लिए कोई पच्चीस-तीस आदमी मज़मे में इधर-उधर बिखरे हुए थे, उन्हीं में से एक बोला—

'तो कउन हकीम बोले रहा खड़े होने को ?'

सुकुल बाबू सिटपिटाए नहीं। तुरंत ही जवाब पकड़ाया, तैश के साथ—'खड़ा हुआ हूँ आप लोगों के हक़ की लड़ाई लड़ने के लिए। बिसू की मौत का हिसाब पूछने के लिए। बात केवल बिसू की मौत की नहीं है...यह आप सब लोगों के ज़िंदा रहने का सवाल है...अपने पूरे हक़ के साथ ज़िदा रहने का। यह मौत कुछ हरिजनों की या एक बिसू की नहीं...आपके ज़िंदा रहने के हक़ की मौत है। आपका यह हक़ ज़रा-से स्वार्थ के लिए गाँव के धनी किसानों के हाथ बेच दिया गया है...और यही हक़ मुझे आपको वापस दिलवाना है। जुलुम ने आप लोगों के हौसले तोड़ दिए हैं, इसलिए मैं लड़ँगा आपकी यह लड़ाई।...आखिरी दम तक लड़ूँगा। आप लोग साथ देंगे तो भी...नहीं देंगे तो भी...।'

'सुकुल बाबू, जिंदाबाद !...हरिजनों के हमदर्द, जिंदाबाद !'

उसी कोने में नारे लगने लगे। बाक़ी लोग नारे लगाने के बजाए नारे लगानेवालों को देखते रहे और लट्ठधारी अपनी-अपनी लाठियाँ ज़मीन पर ठकठकाते रहे। पर मज़मे में अब काफ़ी सरगर्मी फैल गई और लोगों के चेहरे पहले की तरह सूने और सपाट नहीं रह गए।

सुकुल बाबू ने आवाज़ और अदा बदलकर बड़ी नाटकीय मुद्रा में कहा, 'आप लोग मुझसे नाराज़ हुए...हक़ था आपका। पर बदले में मैं भी नाराज़गी दिखाता तो गुनाह होता मेरा। कैसे भूल सकता हूँ कि दस साल तक आप लोगों का होकर रहा हूँ...आप लोगों के लिए रहा हूँ...हक है आप लोगों का मुझ पर और अब हक-अदायगी का अवसर आया है तो यह सुकुलवा चूकेगा नहीं। चूके तो जूते मारिए उसके मुँह पर।'

क्षणिक विराम।

'मुझे दा साहब से न्याय माँगना है। बातें और आश्वासन नहीं, नौ-नौ आदमियों को मारनेवाला मुजरिम चाहिए। बिसू को मारनेवाला हत्यारा चाहिए !'

तभी एक कोने में कुछ गोलमाल होने लगा। बात कुछ ठीक से समझ में नहीं आई, उससे पहले ही दूसरे कोने से फिर नारे लगने लगे।

'और धाँधली—नहीं चलेगी, नहीं चलेगी।'

'सुकुल बाबू—जिंदाबाद !'

और तय हुआ कि अगले सप्ताह ही कोई दिन तय करके एक जुलूस दा साहब के यहाँ जाएगा, जिसका नेतृत्व सुकुल बाबू करेंगे। मज़मा उखड़ने तक लोगों में काफ़ी उत्तेजना आ गई थी और सुकुल बाबू को लगा कि उनका तालमेल लोगों के साथ बैठ गया।

बड़े संतुष्ट और गद्गद से सुकुल बाबू गाड़ी में बैठे। उनके सहयोगी बिहारी भाई ने कहा—

'आख़िर आपने रंग जमा ही दिया, सुकुल बाबू !'

'हूँऽऽ।' सुकुल बाबू का मन फिर आँकड़ों में उलझ गया ! जोरावरवाले दल के वोट तो गए। क़रीब पैंतालीस प्रतिशत वोट हैं जोरावर के—एकदम बँधे-बँधाए। एक नहीं फूटने का उनमें से। अब बचे हुए सारे वोट अपने पक्ष में करने पड़ेंगे—तब बात बनेगी। पर इन नीची जातवालों का कुछ भरोसा नहीं। घेर-घारकर लाने पर भी कुछ तो वोट देने आएँगे ही नहीं और जो आएँगे उनका कब रुख़ बदल जाए और वे फूट लें, कुछ ठीक नहीं ससुरों का। अब सारे हरिजन और बिसू की जातवाले एकजुट होकर सुकुल बाबू के साथ नहीं आए तो बहुत महँगा पड़ जाएगा यह भाषण।

और सुकुल बाबू को लगने लगा कि गाँववालों की ओर से जैसी प्रतिक्रिया होनी चाहिए वैसी हुई नहीं। उनकी पार्टी के लोग ही थे जो थोड़ी गर्माहट फैलाए हुए थे। बाक़ी लोग तो दबे-सहमे-से ही बैठे रहे। लाठियाँ लिए दस-बीस लोग जो दिखाई दे रहे थे, ज़रूर जोरावर के आदमी रहे होंगे। उन्होंने अपनी ओर से कोई गड़बड़ नहीं की, पर माहौल को गर्म भी नहीं होने दिया। इससे तो साले कुछ कर देते। खलबली भी मचती और मज़मे का रुख़ अपने-आप उनकी तरफ़ हो जाता ! लगता है आतंक तगड़ा है जोरावर का, वरना अपने हित की

बात पर भी ऐसे बेजान-से होकर बैठे रहें, इतने बौड़म तो अब नहीं रहे गाँववाले...बल्कि कहना चाहिए, शहरियों के भी कान काटनेवाली चतुराई आ रही है उनमें आजकल। पिछले साल इन्हीं ने कान काटकर रख ही दिए थे उनके, उनकी अपनी हथेली पर।

एकाएक कुछ ख़याल आया सुकुल बाबू को—ड्राइवर से बोले—'गाड़ी वापस घुमाओ।'

गाड़ी रुकी तो ड्राइवर ने पूछा—'किधर चलें ?'

'बिसू के घर तो गए ही नहीं। उसका बाप तो सभा में नहीं आया होगा शायद, और आया भी हो तो घर जाकर मिलने और दिलासा देने का और ही असर होता है। गाँववाले तो इन छोटी-छोटी बातों पर बिक जाते हैं बेचारे।'

गाड़ी वापस आई देखकर बिखरे मजमे के कुछ लोग फिर सुकुल बाबू के इर्द-गिर्द जमा हो गए। दो लठैत भी मजमे के साथ आ खड़े हुए, वैसे चुपचाप, पर उनके तेवर पर एक प्रश्न बहुत साफ़ लिखा हुआ था—'घंटे-भर बकवास कर ली, अब और क्या बाक़ी रह गया है जो फिर पलट आए ?'

लेकिन जब सुकुल बाबू की मंशा मालूम हुई तो दल-का-दल सुकुल बाबू के साथ चल पड़ा। गाड़ी जाने का सवाल ही नहीं था उस रास्ते पर सो पद-यात्रा करनी पड़ी। जुलूस के रूप में सब हीरा के घर पहुँचे, पर बेकार हो गया जाना। घर पर केवल दो बच्चे ही मिले।

पूछने पर बोले—'दद्दा और माँ शहर गए हैं दोपहर से ही। रात में लौटेंगे।'

'शहर ? किसके साथ...क्यों ?' एकाएक ढेर सारी शंकाएँ उभर

आई सुकुल बाबू के मन में। कहीं दा साहब ने ही न बुलवा लिया हो ! वे इधर भाषण ही देते रह गए हों और उधर उन्होंने दूसरी ही घुट्टी पिला दी हो !

'क्या जाने ? बिंदा जीजा ले गया है।'

'कौन बिंदा जीजा ?'

'रुक्मा जीजी वाला।'

ख़ैर पूछताछ करने पर मालूम हुआ कि बिंदेसरी बिसू का ख़ास दोस्त है। आदमी पढ़ा-लिखा ज़रूर है, पर है बेहद बदमिज़ाज और बदज़बान !

सुकुल बाबू थोड़ा ठनकते माथे से ही गाड़ी पर लौटे। बिसू के बाप को घर पर मिलना चाहिए था। वे आख़िर बिसू की ग़मी में ही तो आए थे। कल से ऐलान करवा दिया था। उसके बावजूद कम्बख़्त शहर चला गया। इन देहातियों का कोई भरोसा नहीं—किस करवट बैठें। आज उसे सुकुल बाबू की बातें सुननी चाहिए थीं। बातें न भी सुनता तो कम-से-कम उन्हें अपने घर आया तो देखता। ख़ैर, गाँववालों ने तो देखा ही है—कैसे इतनी दूर पैदल चलकर वे गए। गाँववालों पर तो ज़रूर इसका असर हुआ होगा।

लेकिन खा-पीकर लेटे तो दिमाग़ के एक कोने में टँगा हुआ यह प्रश्न फिर कुरेदने लगा। बिसू के माँ-बाप शहर क्यों गए ? वह भी ख़ास उस दिन जब उनका भाषण था। ज़रूर दा साहब ने ही कोई चाल चली होगी। इस बार दा साहब की हर चाल की जवाबी चाल उन्हें चलनी है और वह भी सवाई चाल। यह मौक़ा गया तो फिर चार साल तक कोई उम्मीद नहीं। और चार साल ! आज तो सब तरफ़ जैसी हालत हो गई है उसमें चार दिन का भरोसा नहीं !

उँगली आँखों के सामने लाकर सुकुल बाबू मुग्ध भाव से नीलम को देखते रहे—'बस, अब तेरा ही भरोसा है...तू ही पार लगाना !' फिर उठे और सीधे बैठकर ज़ोर-ज़ोर से एक मंत्र का जाप करने लगे। नींद अच्छी आती है इस जाप से।

जिस समय गाँव में पूरे जोश-खरोश के साथ सुकुल बाबू अपना भाषण दे रहे थे, दा साहब सचिवालय से लौटकर घर में अपना ऑफ़िस खोले बैठे थे। नियम है उनका। सात से नौ बजे तक वे ज़रूर अपने घरेलू-ऑफ़िस के कमरे में बैठते हैं। क़ाबिले-ग़ौर फ़ाइलों को वे यहीं देखते हैं। फ़ाइलें निपटाने की अपनी मुस्तैदी के लिए बड़ा यश है दा साहब का। उनका विश्वास है कि काम वही अच्छा जो अपने हाथों से हो, और अपनी नज़रों के नीचे हो। दफ़्तरों और अलग-अलग महकमों में फैली काहिली और ग़ैरज़िम्मेदारी पर मन बड़ा क्षुब्ध रहता है दा साहब का, और चाहते हैं कि केवल उपदेश न देकर वरन् अपना उदाहरण सामने रखकर नसीहत दें लोगों को। बापू यों ही इतने बड़े देश को अपने साथ त्याग के रास्ते पर चलाकर नहीं ले गए थे...पहले खुद चले थे उस रास्ते पर। 'आस्था से कही बात और आस्था से किया काम दूसरे तक न पहुँचे, यह हो ही नहीं सकता। नहीं पहुँचता है तो समझो, कहीं तुम्हारी अपनी आस्था में कमी है।' बापू की हर बात, हर आदर्श को गाँठ बाँधकर रखा है दा साहब ने।

तभी चपरासी ने आकर सूचना दी, 'दत्ता बाबू आए हैं 'मशाल' वाले, और बड़े अदब से दत्ता बाबू का कार्ड पेश कर दिया।

कुछ क्षणों के लिए कोई प्रतिक्रिया नहीं हुई दा साहब के चेहरे पर। लगा जैसे चेहरा तो ऊपर उठा लिया है, पर दिमाग़ कहीं फ़ाइलों में ही अटका रह गया है !

चपरासी हुक्म की प्रतीक्षा में बुत बना खड़ा रहा।

'हूँऽ !' कुछ सोच में पड़ गए दा साहब ! सामान्यतः वे इस समय 'विशेष प्रकार' के लोगों से ही मिलते हैं। पर दा साहब ने ही तो बुलवाया था दत्ता बाबू को !

'ठीक है, ले आओ अंदर !' सोच में से उबरे तो आदेश दिया।

फिर एकाएक जैसे कुछ याद आया हो, बोले, 'और सुनो, रत्ती से कहना कि पाँच-सात मिनट में डी.आई.जी. से फ़ोन पर बात करवा देगा !'

चपरासी बाहर निकला तो दा साहब ने फ़ाइल बंद करके एक ओर सरका दी। फ़ाइल मेज़ पर से ही नहीं सरकी—दिमाग़ और चेहरे पर से भी सरक गई। उसूल है दा साहब का कि जिससे भी मिलो, पूरी तरह से मिलो। यह नहीं कि दिमाग़ तो कहीं और अटका है और आनेवाले को 'हाँ-हूँ' करके टरका रहे हैं। नहीं समय है तो साफ़ मना कर दो। साफ़गोई में वे विश्वास रखते हैं और दूसरे से भी उसकी अपेक्षा करते हैं।

दत्ता बाबू घुसे तो एक ही मुसकराहट में उनका स्वागत भी कर दिया और अभिवादन का जवाब भी दे दिया। फिर बड़े हलके-फुलके ढंग से कहा, 'आइए दत्ता बाबू, आइए ! पर इस समय कैसे ?'

दत्ता बाबू हलके-से सकपका गए। उनका बढ़ता क़दम एक क्षण को वहीं थम गया। तब लगा जैसे ग़लत समय पर आ गए हों। थोड़ा हकलाते हुए बोले, 'जी, वो आपने याद फ़रमाया था...कल लखन बाबू ने... ।'

दत्ता बाबू की सकपकाहट भाँप गए दा साहब। उन्हें सहज बनाने के लिए बोले, 'हाँ भाई, हाँ ! मैंने ही मिलने के लिए बुलवाया था। आप लोग भले ही भूल जाएँ, पर मुझको तो सबका ही ख़याल रखना पड़ता है...सबकी ही ख़ैर-ख़बर लेनी पड़ती है।'

'नहीं...नहीं, कैसी बात फ़रमा रहे हैं...भला ऐसा कभी...आप हुक्म करते... ।' शब्द नहीं सूझ रहे हैं दत्ता बाबू को।

दा साहब ने ही उबारा उन्हें, 'कोई पाँच-छः महीने हुए इंटरव्यू के लिए समय माँगा था आपने, नहीं दे सका था। समय के अभाव की बात तो अपनी जगह थी ही...पर मैं चाहता ही नहीं था।'

'जीऽऽ ?' भौंचक भाव से दत्ता बाबू चेहरा देखने लगे दा साहब का। योजनाएँ हैं...मैं ये करूँगा, वो करूँगा...मेरे शासन काल में ये होगा, वो होगा...यही सब। पर यह गा-गे-गी वाली भाषा मुझसे बोली नहीं जाती। अरे भाई, पहले कुछ कर दो, फिर उस पर बात करो, दूसरों से

भी बात करने को कहो...आलोचना करने को कहो...।'

'जी, वो बात ऐसी है कि मैं आना तो...अब क्या बताऊँ...।'

'मैं उलाहना नहीं दे रहा। जानता हूँ, काम बढ़ गया है आप लोगों का अब। बीच में तो यह स्थिति थी कि बनी-बनाई ख़बर आ गई ऊपर से और छाप दी। आप लोगों के लिए तो कुछ काम ही नहीं रह गया था। फिर ज़रा ठहरकर बोले, 'प्रजातंत्र में अख़बार पर पाबंदी हो, अशोभनीय स्थिति लगती है यह।'

दत्ता बाबू को तो जैसे बढ़ावा मिल गया। अख़बार बंद हो जाने की भड़ास निकालने का मौक़ा आ गया। भभककर बोले, 'अशोभनीय ? मैं कहता हूँ, काले अक्षरों में लिखा जाएगा उन शर्मनाक ज़्यादतियों का इतिहास...गला घोंटकर रख दिया था सबका ! मैं तो...।'

'न...न...दत्ता बाबू !' अंकुश लगा दिया दा साहब ने, 'आपका इस तरह टिप्पणी करना भी कोई ख़ास शोभनीय नहीं है। आप लोगों ने जो भूमिका अदा की, उसे किन अक्षरों में लिखेंगे आप ? चापलूसी और जी-हुजूरी की भूमिका तो नहीं है अख़बारनवीसों की !'

दत्ता बाबू की साँस भीतर ही खिंची रह गई। दा साहब ने पैनी नज़र से देखते हुए कहा, 'फिर आपका अख़बार तो अश्लीलता के आरोप पर बंद हुआ था। सो भाई...।' बात अधूरी ही छोड़ दी दा साहब ने।

दत्ता बाबू की नज़रें ज़मीन पर और मन गड्ढे में। फिर भी किसी तरह साहस बटोरकर बोले, 'जी, वो झूठा आरोप था...असल में हमारे अख़बार ने...अब मैं...।'

'खैर, छोड़िए। जो कुछ हुआ उस पर टीका-टिप्पणी करना अच्छा लग सकता है, पर उचित नहीं है। उस सबके लिए मैंने बुलाया भी नहीं है आपको। बेहतर यह है कि अब मौक़ा मिला है...लोगों ने भरोसा करके कुछ ज़िम्मेदारियाँ सौंपी हैं तो उन्हें अच्छी तरह निभाएँ। पूरी लगन और निष्ठा के साथ। हम लोग भी...।' क्षणांश का विराम देकर, एक-एक अक्षर पर ज़ोर देते हुए वाक्य पूरा किया, 'आप लोग भी।'

शब्दों में तो ऐसा कुछ नहीं था, पर पता नहीं दा साहब के लहजे में कुछ था या उनकी नज़रों में कि एकदम सकते में आ गए दत्ता बाबू। मन-ही-मन याद करने की कोशिश करने लगे कि कहाँ क्या गुनाह हो

गया ! पर दा साहब ने तुरंत ही उबार लिया। बड़े सहज भाव से पूछा, 'अब तो गला घुटने का अहसास नहीं होता है आपको ? किसी तरह का कोई अंकुश तो नहीं महसूस होता अपनी बात कहते समय ?'

'जी नहीं...बिलकुल नहीं।' पर इतनी-सी बात कहते समय भी आवाज़ घुटी-घुटी ही निकल रही थी दत्ता बाबू की ! सहज नहीं हो पा रहे थे।

'खुलकर टिप्पणी कीजिए। हम ग़लती करें तो खुलकर निंदा कीजिए हमारी भी।'

दत्ता बाबू टुकर-टुकर दा साहब का मुँह ही ताकते रहे।

'मैं तो भाई, कबीर के दोहे का क़ायल हूँ कि 'निन्दक नियरे राखिए'। प्रशंसक से निन्दक ज़्यादा हितैषी होता है हमेशा। आपको सत्पथ पर रखता है। आदमी एक बार इस गुर को समझ ले तो हमेशा के लिए भटकने से बच जाए। पर स्वभाव है आदमी का—प्रशंसा ही अच्छी लगती है उसे।' हँस पड़े दा साहब, तो दत्ता बाबू ने भी राहत की साँस ली। नहीं, ऐसी कोई ख़ास बात नहीं, बेकार ही इतना सिटपिटा गए थे वे।

तभी फ़ोन की घंटी बज उठी। दा साहब ने चोंगा उठा लिया, 'हूँ ? कौन सिन्हा ? हाँ बोलो...।'

'हूँ...हूँ...अच्छा !' चेहरा कुछ तनने लगा दा साहब का। 'देखो, भाई, तुम मामले की तह तक जाओ और दूध को दूध और पानी को पानी करो ! यह काम है तुम्हारा। समझे ?'

'हूँ...हूँ... !'

'देखो सिन्हा, मैं चाहता हूँ कि घटना की सही-सही तहक़ीक़ात हो। कोई क्या कहता है, इसकी चिंता मत करो। मेरे कहने की भी चिंता मत करो। बस अपना फ़र्ज़ निभाओ, ईमानदारी और सच्चाई के साथ !'

'हूँ...हूँ... !'

'सो तो होगा, इसे कौन रोक सकता है ? और देखो, किसी अफ़सर को भेजकर फिर से बयान लेने को कहो। सुना है, लोगों ने डर के मारे सही बयान नहीं दिए।'

फिर आवाज़ में हल्की-सी सख़्ती लाकर कहा, 'पुलिस के सामने जनता को अधिक सुरक्षित महसूस करना चाहिए...आतंकित नहीं !

जनता यदि डरती है तो कलंक है यह पुलिसवालों के लिए। मेरे अपने लिए भी। यह मैं बरदाश्त नहीं करूँगा।' फिर आदेश देते-से बोले, 'जाइए, जैसे भी हो उन्हें भरोसा दीजिए...निडर बनाइए कि वे सच बात कहें।'

'...'

'ऐसी घटनाएँ घटें और पुलिस ठीक-ठीक पता न लगा पाए तो मतलब क्या हुआ पुलिस का ? इससे तो बेहतर है कि आप और हम इस्तीफ़ा देकर बैठ जाएँ।

'...'

'नहीं...नहीं ! अपना दोष दूसरों पर मढ़ने से काम नहीं चलेगा। जनता बयान नहीं देती तो क्यों ? कौन ज़िम्मेदार है इसके लिए ?... नहीं...नहीं, मैं बहाने नहीं, काम चाहता हूँ। पिछली बार की बात बरदाश्त कर गया, पर इस बार यदि मुजरिम नहीं पकड़ा गया तो मैं सज़ा आपको दूँगा, अपने को दूँगा, समझे ?'

'...'

'हाँ, यह हुई न कुछ बात !...अच्छा, तुम एक काम करो। कल शाम को फ़ाइल लेकर मेरे पास आओ, मैं खुद देखूँगा। इन छोटी-छोटी बातों को लेकर गाँववालों में तनाव हो, यह ठीक नहीं। तीन-चार दिन में मैं भी जा रहा हूँ वहाँ...बात करूँगा लोगों से ! पर जाने से पहले पूरी जानकारी होनी चाहिए वाक़िये की।'

दा साहब ने फ़ोन रख दिया। और दोनों हथेलियों में अपना सिर थाम लिया। लगा जैसे किसी गहरी चिंता में डूब गए हों।

दत्ता बाबू बेचारे इस दौरान अजीब-से पशोपेश में बैठे रहे। समझ ही नहीं पा रहे थे कि उनका यहाँ बैठे रहना सही भी है या नहीं ? और नहीं है, तो जाएँ भी कैसे ?

पर कुछ ही क्षणों में दा साहब ने अपना चेहरा उठाया। क्षण-भर पहले के तनाव, परेशानी और सख़्ती का कहीं नामोनिशान भी नहीं था। वही

सहज-संयत भाव। शांत-गंभीर मुद्रा।

'डी.आई.जी. सिन्हा का फ़ोन था,' बड़ी लापरवाही से दा साहब ने कहा।

दत्ता बाबू के चेहरे पर असमंजस का जो भाव पुता हुआ था उसमें कौतूहल और आ मिला।

'जी, कोई ख़ास बात ?' बातचीत से अनुमान तो लगा लिया था दत्ता बाबू ने, फिर भी पूछा, पर पूछते ही एक विचित्र-से संकोच में भी पड़ गए। पता नहीं, यहाँ बैठकर यह पूछना उनके अधिकार की सीमा में है भी या नहीं ?

दा साहब की नज़रें जाकर शून्य में टँग गईं और दत्ता बाबू असमंजस में बैठे रहे। थोड़ी देर में दा साहब अपने में लौटे और दत्ता बाबू के प्रश्न का सूत्र पकड़कर ही बोले, 'ख़ास क्या...वही सरोहावाली वारदात...मालूम होगा आपको तो ?'

'जी हाँ, जी हाँ, वो बिसेसर नाम के किसी नौजवान की हत्या का मामला... ।'

'हत्या का मामला ?' चुभती-सी नज़र से देखा दा साहब ने तो दत्ता बाबू बीच से ही थम गए।

'हत्या के प्रमाण मिल गए आपको ?' सख़्त-सी आवाज़ में पूछा दा साहब ने।

'नहीं, वो वहाँ के लोग... ।'

'लोग नहीं, विरोधी पार्टी के लोग। यही तो कह रहे हैं डी. आई. जी. कि घटनावाले दिन के सारे बयानों से नतीजा कुछ ऐसा निकल रहा है कि लड़के ने आत्महत्या की है और सुकुल बाबू के लोग दूसरे दिन से ही वहाँ चिल्लाते फिर रहे हैं कि हमें इस हत्या का जवाब चाहिए। अभी कोई घंटा-भर पहले सभा करके धुआँधार भाषण दे दिया सुकुल बाबू ने। पुलिस की रिपोर्ट आई नहीं, उनकी रिपोर्ट आ गई !'

दत्ता बाबू थोड़े असहज हो चले। फिर भी ख़ैर मनाते रहे कि 'मशाल' का अंक अभी नहीं निकला। कल निकलनेवाला है और उसमें भी हत्या की ही बात लिखी हुई है। बल्कि हेडलाइन ही है वह।

'ठीक है भाई, तुमको चुनाव जीतना है...पर लोगों की शांति और आपसी सद्भावना पर तो मत जीतो। होगा क्या, गाँव में पहले ही तनाव

है, और बढ़ जाएगा। आपस में ही मार-काट मचेगी। और इस सबका परिणाम ? पिसेगा बेचारे ग़रीबों का तबका। संपन्न लोग तो जैसे-तैसे बच ही जाते हैं—पैसे के ज़ोर से, ताक़त के ज़ोर से। मरता तो ग़रीब ही है न ? नहीं...नहीं...।'

दा साहब की आत्मा जैसे चीत्कार कर उठी, 'यह तो ग़रीबों की क़ब्र पर अपना महल खड़ा करने की बात हो गई।'

दा साहब की आवाज़ दुख और क्षोभ में भीग उठी। चेहरे पर भी विषाद की हलकी-सी छाया पुत गई। दत्ता बाबू ने भी प्रत्युत्तर में दा साहब के चेहरे से थोड़ा-सा विषाद लेकर अपने चेहरे पर पोत लिया और 'त्...त्...' करके अपनी चिंता प्रकट कर दी।

'दुहाई ग़रीबों की सब देते हैं, पर उनके हित की बात कोई नहीं सोचता। जनता को बाँटकर रखो...कभी जात की दीवारें खींचकर, तो कभी वर्ग की दीवारें खींचकर ! जनता का बँटा-बिखरापन ही तो स्वार्थी राजनेताओं की शक्ति का स्रोत है। कुछ ग़लत कह रहा हूँ मैं ?'

दत्ता बाबू ने बड़ी मुश्किल से थूक निगला। बेचारे समझ ही नहीं पाए कि किन शब्दों में दा साहब की इन ऊँची-ऊँची बातों का समर्थन करें !

पर दा साहब को उनके समर्थन की अपेक्षा भी नहीं थी। गहरी निष्ठा से उपजी हुई बातें बाहरी समर्थन की मोहताज नहीं होतीं। कभी-कभी पराकाष्ठा में दा साहब कुछ-कुछ दार्शनिक हो जाते हैं।

'लेकिन मैं क्यों किसी के विवेक-अविवेक पर टिप्पणी करूँ ? बस, अपने कर्त्तव्य पर चल सकूँ और अपनी आत्मा की आवाज़ को कभी अनसुना न करूँ, यही बहुत है मेरे लिए। गीता से एक यही तो सीख ली है मैंने।'

और आँख मूँदकर मन-ही-मन जैसे गीता को नमस्कार किया दा साहब ने। दुबारा जब आँख खुली तो न चेहरे पर परेशानी थी, न विषाद, न आरोप। लगा, जैसे गीता ने क्षण-भर में ही सब-कुछ पोंछकर उनकी अपनी गरिमा लौटा दी उन्हें। वही सौम्य, शांत, संयत चेहरा।

सारे प्रसंग को स्थगित करके उन्होंने नए सिरे से दत्ता बाबू के साथ जोड़ा अपने को।

'ख़ैर, छोड़िए। आप से तो मैं पूछ रहा था कि अब तो किसी तरह की कोई पाबंदी...कोई अंकुश तो नहीं महसूस होता आप लोगों को ? होता हो तो साफ़ कहिए। साफ़गोई का आदर करता हूँ मैं।'

दत्ता बाबू कुछ कहते, उसके पहले ही दा साहब फिर चालू हो गए, 'पिछली सरकार ने कुछ अख़बारों को विज्ञापन न देने का आदेश दे रखा था सरकारी महकमों में। सही बात कहने का साहस दिखलाया था इन अख़बारों ने। उसी की सज़ा थी यह शायद। पर भाई मेरे, साहस को तो पुरस्कृत होना चाहिए। मैंने वे सारी पाबंदियाँ हटा दी हैं। अख़बारों पर किसी तरह की भी पाबंदी हो, प्रजातंत्र की हत्या है यह।'

दा साहब एक क्षण रुके। अपनी बात की प्रतिक्रिया देखने के लिए दत्ता बाबू की ओर देखा। दत्ता बाबू चेहरे पर अनंत श्रद्धा-संभ्रम लपेटे बैठे थे। उसी भाव से लिपटा एक वाक्य निकला, 'जी, इस बात को कौन नहीं जानता ? हम लोग तो बहुत-बहुत शुक्रगुज़ार हैं आपके...।'

'नहीं...नहीं, शुक्रिया की कोई बात नहीं। यह तो कर्त्तव्य था मेरा। इसे तो करना ही था।' फिर ज़रा चेतावनी के स्वर में बोले, 'आपके अख़बारों को पूरे हक़ मिल गए, अब आप लोगों को पूरा कर्त्तव्य भी निभाना चाहिए अपना—देश के प्रति, समाज के प्रति और ख़ास करके इस देश की ग़रीब जनता के प्रति। बहुत भारी ज़िम्मेदारी होती है अख़बारनवीसों के कंधों पर। और मैं चाहता हूँ कि उसके प्रति पूरी तरह सचेत हों...आप...।'

और 'आप' कहने के साथ ही दा साहब ने गरदन को हल्का-सा आगे करके ऐसी नज़रों से देखा कि दत्ता बाबू को लगा, जैसे नज़रों से ही ज़िम्मेदारी की पोटली सरकी और दत्ता बाबू के कंधों पर लद गई।

'जी...सही फ़रमाया है आपने।' फिर ज़िम्मेदारी के बोझ के नीचे दबे-दबे ही पूछा, 'जी, मेरे लायक कोई हुक्म ?'

'क्या ?' कुछ इस तरह पूछा दा साहब ने जैसे कोई बहुत ही अपरिचित और अनसुना-सा शब्द सुन लिया हो—हलकी-सी सख़्ती के साथ बोले, 'दूसरों के हुकुम पर चलकर अपना वजूद रख सकेंगे आप ? मैंने हुकुम देने के लिए नहीं, केवल आपका कर्त्तव्य बताने के लिए बुलाया था आपको यहाँ।' फिर आवाज़ को थोड़ा मुलायम बनाकर कहा,

'चाहता हूँ, कम-से-कम इस भाषा को भूल जाएँ आप लोग।'

दत्ता बाबू खिसियाकर रह गए। मन में कहा, यह आदमी तो हाथ ही नहीं रखने देता कहीं। अब कहें तो क्या ?

'सरकारी विज्ञापन मिलने लगे...काग़ज़ का कोटा मिल रहा है... ?'

'जी, उसी में थोड़ी दिक़्क़त पड़ रही है। बात यह...।'

'तो बताइए न अपनी दिक़्क़त। दिक़्क़त दूर करने के लिए ही तो मैं यहाँ बैठा हूँ।'

एकदम कृतज्ञ हो गए दत्ता बाबू। मुख्यमंत्री खुद बुलाकर उनसे दिक़्क़तों की बात पूछ रहे हैं।

'जी, अगर आप कोटा बढ़वा दें तो...।'

'हो जाएगा...हो जाएगा। उसके लिए जो खानापूरी करनी है कर दीजिए। और कुछ परेशानी हो तो बताइए।' और दा साहब ने बग़ल में रखी फ़ाइल उठाकर सामने कर ली।

दत्ता बाबू ने संकेत समझ लिया और बड़े अदब से उठते हुए पूछा, 'तो अब आज्ञा है ?'

'हूँ... !' फ़ाइल के पन्ने पलटते हुए दा साहब ने कहा, 'जा सकते हैं अब आप, पर ध्यान रखिए, काम बहुत ज़िम्मेदारी से हो अब ?' फिर नज़रों को दत्ता बाबू के चेहरे पर टिकाकर और आवाज़ में हलकी-सी सख़्ती लाकर बोले, 'आपके साप्ताहिक के कुछ अंक देखे हैं मैंने ! बात की असलियत पर उतना ध्यान नहीं रहता आपका। जासूसी क़िस्से-कहानियों की तरह बहुत चटपटा और सनसनीखेज़ बनाकर छापते हैं आप बातों को। आगे से ऐसा न हो।'

खड़े होने के साथ ही पड़ी इस दुलत्ती ने लड़खड़ा दिया दत्ता बाबू को। हकलाकर बोले, 'जी, वो बात...।'

'जो हुआ उसकी सफ़ाई नहीं माँग रहा। आगे सावधानी बरतिए।'

और दा साहब ने अपना सिर फ़ाइल में गड़ा दिया।

दत्ता बाबू दा साहब के यहाँ से निकले तो भय और प्रसन्नता के बोझ से दबे जा रहे थे। उन्होंने सीधे प्रेस का रास्ता लिया।

अंक क़रीब-क़रीब छप ही गया होगा। हत्या की बात तो उन्होंने

भी लिखी है और काफ़ी सनसनीखेज बनाकर ही लिखी है। दा साहब की अंतिम बात और उनका उस समय का तेवर याद आते ही भीतर तक थरथरा गए। अभी जाकर रुकवाते हैं। जैसे भी होगा, रात-भर में दुबारा छपवा लेंगे। सरोहा से सुकुल बाबू के भाषण की रिपोर्ट तो अभी तक आई नहीं होगी। यह भी मालूम नहीं कि भवानी ने भेजा किसे हैं वहाँ ? वैसे तो अगले ही अंक में देते उसे, पर यदि रात में आ जाती है तो इसी अंक में दे देंगे। ऐसा निकालना है इस अंक को कि दा साहब भी मान जाएँ। एक बार नज़रों में चढ़ जाए 'मशाल' तो पौ-बारह !

प्रेस पहुँचकर देखा, भवानी आख़िरी फ़र्मे का मैटर ओ. के. करके मशीन पर चढ़वा चुका था और घर जाने की तैयारी में था। वैसे ऐसा कभी हो नहीं पाता। जिस दिन अंक निकलनेवाला होता है, उसके पहलेवाली रात प्रेस में ही गुज़ारनी पड़ती है भवानी को। उसे बाहर जाने को तैयार देख दत्ता बाबू ने पूछा, 'यह अभी से कहाँ चले ?'

भवानी ने तुरंत जेब से सिनेमा के तीन पास निकालकर मेज़ पर फैला दिए और हँसकर कहा, 'आज नौ बजे के बाद का समय भवानी की भवानी ने अपने नाम कर लिया है। वैसे आख़िरी फ़र्मा मशीन पर चढ़वा दिया है...सवेरे अंक तैयार।'

'ऐसी की तैसी तुम्हारी और तुम्हारी भवानी की ! आज जाना नहीं हो सकता, मालूम भी है मैं कहाँ से आ रहा हूँ ?' दत्ता बाबू ने कंधा दबाकर खड़े हुए भवानी को फिर कुर्सी में धाँस दिया।

'तुम कहीं से भी आ रहे हो, मेरा जाना नहीं रुक सकता। नहीं गया तो आज क़त्ले-आम हो जाएगा।' दत्ता बाबू की गिरफ़्त से छूटने की कोशिश करते हुए भवानी ने कहा।

'क़त्ले-आम तो तुम्हारा होना ही है। यह अंक फिर से छपेगा।'

'क्याऽऽ ?' बात का कुछ सिर-पैर नहीं समझ आया भवानी के।

और तब दत्ता बाबू ने पहले मशीन रुकवाई और बाद में बैठकर भवानी को अपने और दा साहब के बीच हुए वार्तालाप का ब्यौरा बताया।

'दा साहब ने खुद बुलाकर कहा, यह सब तुमसे ? दा साहब की कृपा हो जाए तो देर नहीं लगेगी 'मशाल' की रोशनी को देश के कोने-कोने में फैलने में !' जाने को उत्सुक भवानी पसरकर बैठ गया

और जूते खोलकर पैर भी ऊपर चढ़ा लिए।

'सच यार, मैं तो सोच रहा था कि 'मशाल' के बंद होने को आपातकाल के मत्थे मढ़कर मैं भी कोई लंबा हाथ मार लूँगा। पर बुढ़ऊ है तेज़ चीज़। उसे मालूम था असली कारण...। मुझ पर ही उलट आया। एक मिनट को तो सचमुच ही हवा खिसक गई मेरी। लेने-के-देने पड़ने लगे। पर बात को ज़्यादा तूल नहीं दिया।'

'तुम तो सबसे पहले जाकर कागज़ का अपना कोटा डबल करवा लो।'

'ख़ैर, यह सब बाद में होगा...सबसे पहले नए अंक की तैयारी करो। सरोहा किसे भेजा था ? कोई रिपोर्ट आई सुकुल बाबू के भाषण की ?'

'अभी कहाँ से आएगी ? इसी अंक में तो जाना भी नहीं था उसे। नरोत्तम लौट भी आया होगा तो भी सवेरे ही संपर्क होगा उससे तो।'

'नहीं, यह रिपोर्ट भी इसी अंक में जाएगी। नहीं हुआ तो अंक शाम तक निकालेंगे। पर अंक ऐसा निकले कि बस धाक जाम जाए।'

'हाँ, कम-से-कम दा साहब पर तो धाक जम ही जाए।'

अंक निकालकर देखा कि पहला और अंतिम पेज बदल देने से बात बन जाएगी।

भवानी के घर आदमी भेजकर ख़बर करवा दी गई। दो कंपोज़िटरों को वापस बुलवाया गया। दत्ता बाबू कागज़-कलम लेकर बैठ गए। रोज़ ही कागज़ रँगनेवाले के लिए भी लिखना इतने संकट का काम हो सकता है, यह पहली बार महसूस किया दत्ता बाबू ने। बाएँ हाथ से कुछ भी घसीट देनेवाले दत्ता बाबू ज़िम्मेदारी के बोझ के नीचे कुछ ऐसे दबे कि क़लम ही कुंठित हो गई उनकी। दो लाइनें लिखते और चार लाइने काटते।

इस समय अपने लिखे को अपनी नज़रों से नहीं, वरन दा साहब की नज़रों से देखकर तौल-परख रहे थे दत्ता बाबू !

दत्ता बाबू लिख-लिखकर दे रहे थे...कंपोज़िटर कंपोज़ करता जा रहा था। रात में ही भवानी ने जाकर नरोत्तम को जगाया। नरोत्तम की

रिपोर्ट तैयार नहीं थी सो नरोत्तम को ही पकड़ लाया भवानी। वहीं बैठकर रिपोर्ट तैयार की जाएगी...दत्ता बाबू के सहयोग से।

और इस तरह बिसू की मौत को लेकर शहर का यह तीसरा कोना जो बहुत साधारण और निष्क्रिय था—एकाएक महत्त्वपूर्ण और सक्रिय हो उठा। रात-भर एक अजीब-सी खलबली मची रही इस कोने में भी—एक उत्तेजनापूर्ण खलबली।

दूसरे दिन 'मशाल' का अंक आया—बिलकुल नए तेवर के साथ। हेडलाइन बिसेसर की मौत की ख़बर की ही थी। साथ लंबा वक्तव्य दिया गया था, जिससे पुलिस की अभी तक की तहक़ीक़ात के आधार पर यह संकेत दिया गया था कि यह हादसा हत्या का नहीं, आत्महत्या का है। साथ ही दा साहब के सख़्ती से दिए गए उस आदेश का हवाला भी था, जिसमें उन्होंने पुलिस को गहरी छानबीन करके एक बेबाक रिपोर्ट तैयार करने की ताक़ीद की थी।

अंत में सुकुल बाबू के भाषण को एक ज़िम्मेदार व्यक्ति की निहायत ग़ैर-ज़िम्मेदाराना हरकत बताते हुए यह आरोप लगाया था कि उन्होंने एक छोटी-सी घटना को महज़ अपने राजनीतिक स्वार्थ के लिए मनमाने ढंग से विकृत करके लोगों में बिला वजह तनाव बढ़ाने का निंदनीय काम किया है।

संपादकीय में, संक्षेप में पर अधिक तीखी भाषा में इन्हीं सब बातों को समेटते हुए जनता को आगाह किया था कि और अधिक समय तक वह इस तरह की राजनीतिक चालों और चुनाव जीतने के हथकंडों का शिकार न बने।

यानी मि. बिसू की मौत ने एकाएक 'मशाल' को प्रजातंत्र की ज़िम्मेदारियों से लैस करके एक महत्त्वपूर्ण अख़बार बना दिया और दत्ता बाबू को एक ज़िम्मेदार संपादक।

शिक्षा-मंत्री त्रिलोचनसिंह रावत की कोठी। पर इस नाम से कम ही लोग जानते हैं इन्हें। सबके बीच तो लोचन भैया के नाम से जाने-पहचाने जाते हैं। केवल नाम से ही लोचन नहीं, कुछ समय पहले सचमुच ही जनता के प्रिय-लोचन हो गए थे। बात कोई बहुत पुरानी भी नहीं, मुश्किल से चार साल पहले की है। उस समय सुकुल बाबू भी विधान सभा के सदस्य थे। तभी राजनीति में एक ऐसी मारक हवा चली जिसने बड़े-बड़े राजनेताओं की रीढ़ को नीचे खींचकर दुम में बदल दिया था, जो अपने से ऊपर वाले के सामने केवल हिलती रहती थी। ढोल पीटने और दुहाई देने के लिए तो ज़रूर प्रजातंत्र था, पर उसकी असलियत यह कि प्रजा बिलकुल बेमानी और तंत्र मुट्ठी-भर लोगों की मनमानी। ऐसे समय में लोचन बाबू सुकुल बाबू के विरोध में खम ठोंककर खड़े हो गए—अपनी रीढ़ पर। खड़े होने की क़ीमत तो चुकानी ही थी—चुकाई भी। पर उस दिन से वे जनता के प्रिय लोचन भैया बन गए। मुक़द्दर के ऐसे सिकंदर निकले कि चुकाई क़ीमत को भरपूर वसूलने का मौक़ा भी आ खड़ा हुआ—तुरत-फुरत। मौक़ा आते ही जनता ने प्रिय लोचन भैया को भारी बहुमत से जिताकर वापस विधान सभा में बिठाया—बाइज़्ज़त। अपने प्यार को सबूत दे दिया जनता ने, तो अब लोचन भैया को वफ़ादारी निभानी है। बहुत बड़ी-बड़ी बातें की थीं—लम्बे-चौड़े आश्वासन दिए थे और अब अपना ही कहा हर शब्द चुनौती बनकर खड़ा है उनके अपने सामने। कतराना क़तई नहीं चाहते इस चुनौती से, पर डटकर सामना कर सकें, इस स्थिति में भी अपने को नहीं पा रहे।

जिस दिन हरिजन बस्ती में आग लगी उस दिन से यह कोठी भी एक

तरह से सुलग ही रही है। कोठी नहीं, कहना चाहिए लोचन भैया का मन सुलग रहा है। सरोहा-चुनाव के लिए सुकुल बाबू के वज़न के जितने भी नाम प्रस्तावित हुए, उन सबको धराशायी करके जिस बेशर्मी और ढिठाई के साथ दो कौड़ी की औक़ातवाले लखन को खड़ा किया गया, उसने उस आग को और भड़का दिया। लेकिन बिसू की मौत से तो एकदम लपटें उठने लगी हैं उनके मन में। आत्मा के साथ बलात्कार करने की व्यथा क्या होती है, यह इन दिनों में ही जाना है लोचन भैया ने ! देश की ग़रीब जनता के प्रति पूरी तरह समर्पित उनका व्यक्तित्व उनके अपने लिए एक भारी समस्या बन गया है। 'बहुत बरदाश्त कर लिया, अब तिल-भर भी और नहीं' वाली मुद्रा अपनाए घूम रहे हैं पिछले हफ़्ते से।

केवल लोचन भैया ही नहीं, दा साहब के मंत्रिमंडल से और भी अनेक विधायक असंतुष्ट हैं और असंतोष के अपने-अपने कारण भी हैं। वैसे ईमानदारी की बात तो यह है कि असंतोष का सिलसिला तो मंत्रिमंडल बनने के पहले दिन से शुरू हो गया था, पर उस समय परिस्थिति की माँग कुछ ऐसी थी कि सबने अपने-अपने चेहरों पर स्नेह, सद्भावना, संतोष और एकता के मुखौटे चढ़ा लिए थे कसकर, और आदर्शों के लबादे ओढ़ लिए थे। असंतोष भीतर—अपने लिए, और बाक़ी सब बातें बाहर—दूसरों के लिए। पर घटनाएँ कुछ इस तरह घटती रहीं कि मुखौटों पर दरार-पर-दरारें पड़ने लगीं और लबादों के चिथड़े बिखरने लगे। बिसू की मौत ने तो जैसे चकनाचूर ही कर दिया इन मुखौटों को। इतने दिनों से भीतर-ही-भीतर कसमसाते सबके असली चेहरे निकल आए हैं, अपने पूरे नंगेपन के साथ—असंतोष से पुते हुए और कुछ भी कर गुज़रने को तत्पर। कल रात को दो बजे तक इन्हीं नंगे-असंतुष्ट चेहरों की ऐसी आवाज़ाही मची रही है इस कोठी में कि लगा कुछ बहुत ही महत्त्वपूर्ण घटने जा रहा है। और अब सचमुच घटाकर ही रहेंगे लोचन भैया ! उनके भीतर पाँच साल पुराना लोचन जाग उठा है इस समय।

रात-भर जागने की थकान ज़रूर है चेहरे पर—पर शरीर में शिथिलता

कहीं नहीं। अंग-प्रत्यंग चुस्त-दुरुस्त—मोर्चा लेने को तैयार। पार्टी-अध्यक्ष सदाशिव अत्रे की—जिन्हें लोग अप्पा साहब कहते हैं—प्रतीक्षा में बैठे हैं। सवेरे लोचन बाबू ने मिलने के लिए समय माँगा तो अप्पा साहब ने बताया कि वे इधर ही आ रहे हैं किसी काम से, और ठीक नौ बजे खुद ही पहुँच जाएँगे। कहा है तो ज़रूर पहुँचेंगे और नौ बजे ही पहुँचेंगे। कुछ ऐसी विपरीत स्थितियों में जीवन जिया है अप्पा साहब ने कि बात के पाबंद तो हो नहीं सके चाहकर भी, पर समय की पाबंदी का यह हाल कि लोग चाहें तो घड़ी मिला लें उनके आने-जाने से।

ठीक नौ बजे प्रकट हुए अप्पा साहब। क़लफ़-इस्त्री से चुस्त-दुरुस्त शुभ्र-वर्णी खादी की पोशाक और गाँधी टोपी। शरीर के एक अविच्छिन्न अंग की तरह हमेशा सिर से ही चिपकी रहती है यह टोपी। शायद ही कभी किसी ने नंगे सिर देखा हो अप्पा साहब को। छड़ी लेकर चलते हैं—उम्र के कारण नहीं—बाएँ पैर में हलकी-सी लँगड़ाहट है। 'बयालीस के आंदोलन में मिला हुआ तमगा'—बड़े गर्व से परिचय देते हैं अपनी इस टाँग का और एकाएक अपनी पीढ़ी की प्रशस्ति में दो-एक वाक्य उछाल देते हैं—'हमारी पीढ़ी ने तो केवल त्याग करना ही जाना था—आकांक्षा-अपेक्षा तो कुछ रखी ही नहीं कभी। और आज की पीढ़ी—त्याग करेंगे कन-भर और बदले में चाहेंगे मन-भर।' बात ठीक भी है। अप्पा साहब की पीढ़ी के उन लोगों के लिए तो शत-प्रतिशत ठीक है जो त्याग करते-करते ही एक दिन चोला समेटकर शहीद हो गए। जो बच गए वे बेचारे क्या करें...इस कलजुगी हवा के आगे मजबूर !

लोचन बाबू ने बढ़कर बिना ज़रूरत के हाथ का हल्का-सा सहारा देकर सोफ़े पर बिठाया अप्पा साहब को—शायद आदर-भरी आत्मीयता दिखाने के लिए।

'रात बड़ी देर तक बैठक होती रही तुम्हारे यहाँ, बहुत उखाड़-पछाड़वाली बैठक !' एक पैर उठाकर सोफ़े पर रखते हुए कुछ इस तरह कहा अप्पा साहब ने कि पता नहीं लग सका कि यह प्रश्न था या आरोप ? पर बात सीधे ही शुरू की उन्होंने। फ़ालतू की भूमिका में ज़ाया करने के लिए न समय है उनके पास, न शायद धैर्य !

'हाँ, उसी सिलसिले में मैं मिलना चाह रहा था आपसे।' फिर एक

क्षण रुके लोचन बाबू। मानो अगला वाक्य कहने से पहले उसे तौल रहे हों, 'कल अंतिम रूप से यह निर्णय लिया गया है कि अब हम लोग एक दिन के लिए भी इस मंत्रिमंडल का हिस्सा बनकर नहीं रहेंगे। स्थितियों को और अधिक बरदाश्त करना अब संभव नहीं।' अपनी बात की प्रतिक्रिया देखने के लिए अप्पा साहब के चेहरे को ग़ौर से देखा, फिर अपनी बात पूरी कर दी, 'और अब दा साहब का मंत्रिमंडल भी नहीं रह सकेगा।'

'हम लोग कौन ?' चेहरे पर बिना किसी तरह का विकार लाए सीधा-सा प्रश्न पूछा अप्पा साहब ने।

'जैसे आप जानते ही न हों ? ख़ैर, नाम तो बाद में भी मालूम होते रहेंगे...अभी संख्या जानना काफ़ी होगा आपके लिए। पार्टी के एक सौ चालीस सदस्यों में से पिचासी सदस्य हैं हमारे साथ—स्पष्ट बहुमत।'

'और तुम नेतृत्व कर रहे हो उनका ?' इस बार स्वर में सीधा आरोप था और आरोप में अध्यक्ष-पद के रौब की अनुगूँज।

'उससे कोई फ़रक नहीं पड़ता। सरेआम जिस तरह के जुल्म और ज़्यादतियाँ हो रही हैं...उन सबके साझीदार हों हम भी...लानत है हम पर...।'

आवेश के मारे लोचन बाबू का चेहरा तमतमाने लगा।

'अत्याचारी को संरक्षण दो और पीड़ितों को कुचलो। यही थे हमारे आदर्श—हमारे सिद्धांत, जिन्हें लेकर चले थे हम ?' स्वर में जैसे चुनौती भरी हुई है लोचन बाबू के।

'सिद्धांतों और आदर्शों में तो यह भी नहीं था कि हम अपने व्यक्तिगत स्वार्थ और हित को पार्टी की एकता और उसके हित से ऊपर रखेंगे।'

बात बेहद ठंडे लहज़े में ही कही गई थी, पर लोचन बाबू एकदम भुन गए। तमककर पूछा, 'कौन देख रहा है अपना स्वार्थ ? ग़रीब तबक़ों के हित की बात करना अपने हित की बात करना है ? जातिवाद का विरोध करना अपना स्वार्थ है ?'

'मुख्यमंत्री बनने का आश्वासन मिला है ?' स्वर में आक्रोश नहीं, पर चीर देने वाले व्यंग्य का पैनापन ज़रूर है।

क्षण-भर को तिलमिला गए लोचन बाबू। लेकिन तुरंत ही अपने

पर ज़ब्त कर लिया उन्होंने। यह अतिरिक्त आवेश कहीं उनकी अपनी कमज़ोरी का प्रमाण न बन जाए ! भरसक अपने को तनाव-मुक्त करके सहज बनाया लोचन बाबू ने, फिर चेहरे पर एक बहुत ही महीन क़िस्म की, अभिजात्य में लिपटी व्यंग्यात्मक मुसकान पोती और बोले, 'अधिकतर समय दा साहब के साथ उठने-बैठने के कारण इस नतीजे पर पहुँचे आप तो कोई आश्चर्य नहीं।'

तभी लोचन बाबू की बिटिया चाय लेकर आ गई। कप थामने के बाद बिटिया को बड़े स्नेह से बाँह से थामकर अपने पास बिठाया अप्पा साहब ने।

'अरे, तू तो बहुत जल्दी-जल्दी बड़ी हो रही है, सोना। अच्छा है, जल्दी से बड़ी हो जा और अपने बाबूजी को कंट्रोल में रखना शुरू कर दे। बहुत फनफनाते रहते हैं।' और एक बुज़ुर्गाना हँसी !

सोना बिना कुछ जवाब दिए अप्पा साहब की गिरफ़्त में से छूटकर भागी और भीतर ग़ायब हो गई। इस वाक्य से बातचीत में जो एक हलका-फुलकापन आया था, सोना के साथ ही वह भी ग़ायब हो गया।

अपने-अपने कपों से चाय की चुस्कियाँ लेते हुए दोनों एक-दूसरे के बोलने की प्रतीक्षा करते रहे। चाय का अंतिम घूँट समाप्त करके कप एक ओर सरकाया अप्पा साहब ने और रूमाल निकालकर हलके-से ओठों से छुआकर उसे वापस जेब के हवाले किया। इसके बाद बात को बिलकुल दूसरे सिरे से पकड़ा। ब़ात का केवल सिरा ही नहीं बदला था...अप्पा साहब का स्वर, तेवर और लहजा भी एकदम बदला हुआ था, 'देखो लोचन, तुम सब लोगों के असंतोष की बात तो उठती ही रहती है...बल्कि कहूँ कि हर दूसरे-तीसरे दिन ही उठती रहती है। बहुत ग़लत भी नहीं कहता मैं तुम लोगों को। तुम क्या सोचते हो, मेरे अपने मन में असंतोष नहीं है ? जो कुछ हो रहा है, जिस तरह हो रहा है—बहुत खुश हूँ मैं उससे ?'

और सचमुच ही असंतोष और दुख की हलकी-सी छाया उभर आई अप्पा साहब के चेहरे पर।

'ग़लत बातें हुई हैं और ग़लत बातें सभी को असंतुष्ट करती हैं।

पर यह मत भूलो कि हम एक ऐसे चौराहे पर खड़े हैं, जहाँ से बिना दुविधा के कोई एक रास्ता चुन पाना संभव नहीं।'

एक क्षण चुप रहकर फिर अप्पा साहब ने अपनी बात आगे बढ़ाई, 'जानते हो, इस समय तुम लोगों के आपसी मतभेद उभरकर सामने आएँ या कि मंत्रिमंडल गिराया जाए तो सरोहा-चुनाव पर क्या असर पड़ेगा उसका? बात केवल एक सीट की नहीं...सुकुल बाबू के आने की है। उनकी जीत हमारी नालायकी का डंका-पीट ऐलान होगा कि नहीं ? पार्टी के लिए अच्छा होगा यह, या उसके हित में होगा ? क्या इमेज बनेगी उसकी ? ज़रा ठंडे दिमाग़ से सोचकर देखो !'

लेकिन ठंडे दिमाग़ से सोचते कैसे, लोचन बाबू का दिमाग़ तो इस समय भट्ठी बना हुआ था, सो अप्पा साहब की इतनी महत्त्वपूर्ण बात भी उसमें भुनकर राख हो गई। उनके उठाए प्रश्नों को मन में उतारने की बजाए लोचन बाबू ने अपनी तरफ़ से उसी तर्ज़ का एक प्रश्न जड़ दिया, 'मज़दूरों को सरकारी-रेट पर मज़दूरी न मिलना...आदमियों को ज़िंदा जला दिया जाना...दिन-ब-दिन बढ़ते अत्याचार...असुरक्षा...बिसू की मौत...इन सबसे तो चार चाँद लग रहे हैं न पार्टी की इमेज पर ? पार्टी का ध्यान ही किसे रह गया है आज ?'

आवेश है कि रह-रहकर उभर ही आता है लोचन बाबू के स्वर में। क्या करें, उनके व्यक्तित्व की बनावट ही ऐसी है।

तनिक भी आहत नहीं हुए अप्पा साहब इस आवेश से। पार्टी की सुरक्षा और सुनाम दोनों को बनाए रखना उनका दायित्व है, और वे काफ़ी सचेत भी हैं अपने इस दायित्व के प्रति।

'हाँ, प्रतिष्ठा पर ठेस तो लगी ही है इन सब बातों से और अब जो थोड़ी-बहुत प्रतिष्ठा बची है, उसे तुम मटियामेट कर दो।'

एक बड़ी ही असहाय-सी कातरता उभर आई उनके चेहरे पर, 'जनता के अनंत विश्वास, प्यार और सद्भावनापूर्ण समर्थन के मज़बूत पायों पर खड़े होकर भी हमारी पार्टी की उम्र—जुम्मा-जुम्मा आठ दिन—बस !' और इस विडंबना पर उन्होंने कंधे उचकाकर हाथ झटक दिए।

'लगता है, आप लोग इस बात को तो शायद बिलकुल भूल ही गए हैं कि दा साहब के व्यक्तित्व से परे भी पार्टी का कोई अस्तित्व है ?'

लोचन बाबू के स्वर में आरोप स्पष्ट था और क्षण-भर को सकपका भी गए अप्पा साहब। पर फिर बात को सँभालते हुए बोले, 'तुम ग़लत समझ रहे हो। मेरा मतलब केवल इतना ही था कि सुकुल बाबू का आना पूरी पार्टी के लिए ख़तरनाक साबित हो सकता है, इसे मत भूलो।'

'पार्टी...पार्टी...पार्टी ! जैसे पार्टी के अस्तित्व को बनाए रखना ही हमारा लक्ष्य हो गया है। इस पार्टी के माध्यम से हमने कुछ बहुत बड़ी-बड़ी बातें करने के दावे भी तो किए थे। क्या हुआ उन सबका ?'

अपनी कही बातें न कर पाने का क्षोभ साफ़ झलक रहा है लोचन बाबू के चेहरे पर भी, उनके स्वर में भी। पर अप्पा साहब पर कोई ख़ास असर नहीं हुआ उस क्षोभ का ! बड़े सहज स्वर में बोले, 'होता है कभी-कभी ऐसा भी। मंज़िल तक पहुँचने के लिए हम सड़क बनाते हैं...पर जब सड़क बन रही होती है, उस समय वही हमारा लक्ष्य होती है, वही हमारा केंद्र। मंज़िल पर पहुँचने का माध्यम तो वह बनने के बाद ही बनती है।'

अपनी इस उपमा की सटीकता पर वे खुद ही गद्‌गद हो गए। लगा जैसे अपने भीतर उठते हुए सारे प्रश्नों का समाधान भी उन्हें मिल गया। पर लोचन बाबू ने एक वाक्य में ही चाक कर दिया उनके सारे सोच को।

'जो सड़क रोज़ एक गज़ बनती है और दो गज़ खुदती है, उसके पूरी होने की बात पर क्या आप सचमुच विश्वास करते हैं ? आप भ्रम में रहना चाहते हैं, ज़रूर रहें, पर अब यह दोहरी ज़िंदगी जीना मेरे बस का नहीं।'

मानो अंतिम फ़ैसला सुना दिया लोचन बाबू ने ! अप्पा साहब बोले कुछ नहीं। बस, एकटक लोचन बाबू का चेहरा देखते रहे, मानो अपनी नज़रों से ही लोचन बाबू के निर्णय का वज़न तौल रहे हों।

तभी फ़ोन की घंटी बजी। लोचन बाबू ने ज़रा-सा झुककर रिसीवर उठाया और बिना पूरी तरह यह सुने कि फ़ोन किसका है, घंटे-भर बाद फ़ोन करने का आदेश देकर रिसीवर रख दिया।

'हम चाहते हैं कि विधायक दल की बैठक बुलाकर जल्दी-से-जल्दी शक्ति-परीक्षण की तारीख़ तय कर दें आप !'

यह अनुरोध था, आग्रह था या आदेश—समझ पाना मुश्किल था !

'हूँऽऽ ! दा साहब भी विधायक दल की बैठक बुलाने का आग्रह कर रहे हैं ! कुछ मंत्रियों को बर्ख़ास्त करना चाहते हैं। इतने विरोध के साथ काम करना मुश्किल हो रहा है उनके लिए।' अपनी बात की प्रतिक्रिया देखने के लिए एक उड़ती-सी नज़र डाली उन्होंने लोचन के चेहरे पर।

'मैं ही रोके हुए हूँ। कम-से-कम चुनाव तक ये आपसी मतभेद दूर ही रखे जाएँ तो बेहतर होगा। अध्यक्ष के नाते अभी मैं केवल यही कह सकता हूँ कि इस समय एकजुट होकर हमें चुनाव-अभियान में लग जाना चाहिए।'

'लखन के लिए ?' होंठों पर व्यंग्य और विद्रूप-भरी मुसकान उभर आई लोचन बाबू के।

'नहीं, पार्टी के लिए।'

'भीतरी मतभेद और आपसी कटुता को अब आप इन बाहरी कारणों से दबा नहीं पाएँगे। दबाना उचित भी नहीं है। हम पाँच मंत्री अपना त्यागपत्र देने जा रहे हैं, और इस बार पार्टी और एकता की आड़ लेकर आप हमें निर्णय से डिगा नहीं पाएँगे।'

सारी बात का उपसंहार करते हुए अंतिम बात कह दी लोचन बाबू ने। अप्पा साहब लोचन के चेहरे को देखते रहे, फिर उन्होंने झुककर अपनी छड़ी उठाई और दोनों हाथों से पकड़कर उसे यों ही ज़मीन पर ठोंकते हुए बोले, 'तुम जिन लोगों के भरोसे त्यागपत्र देने जा रहे हो, उन पर विश्वास कर सकते हो इतना कि और ज्यादा बड़ा प्रलोभन मिलने पर भी वे तुम्हारा साथ नहीं छोड़ेंगे ? फ़ेन्स पर बैठकर हर दिन अपना मोल-भाव करनेवाले लोगों के बूते पर तुम यह निर्णय ले रहे हो...मुझे डर है, तुम्हें कहीं मुँह की न खानी पड़े !'

अप्पा साहब ने जैसे अपने अनुभव के निचोड़ से लोचन बाबू को

एक बार और आगाह करना चाहा !

'मैंने न किसी को प्रलोभन दिया है, न ख़रीदा है। अपने सिद्धांतों के प्रति जिनके मन में ज़रा-सी भी निष्ठा बाक़ी बची रह गई है, वे खुद-ब-खुद एक होकर आ गए हैं हमारी तरफ़ !'

'सिद्धांत !' हलके-से हँसे अप्पा साहब। फिर समझाते हुए बोले, 'देखो, विरोधी पार्टी के लोग बिसू की मौत को एक राजनीतिक हथकंडा बनाएँ, यह तो समझ में आता है, पर...।' बात अधूरी छोड़ दी अप्पा साहब ने और छड़ी पर अपने शरीर का सारा वज़न डालकर उठ खड़े हुए।

लोचन बाबू भी खड़े हो गए तो अप्पा साहब ने खुद अपना एक हाथ बढ़ाकर उनके कंधे पर टिका दिया।

'तुम्हारी रातवाली मीटिंग को लेकर सवेरे दिल्ली से बात हुई थी। इस महत्त्वपूर्ण चुनाव के मौक़े पर तुम्हारे इस आचरण पर काफ़ी रोष है वहाँ। न चाहते हुए भी मुझे कोई सख़्त क़दम उठाने को मजबूर किया गया तो ?' धीरे-धीरे चलते हुए ही उन्होंने यह संकेत दे दिया लोचन बाबू को।

क़तई विचलित नहीं हुए लोचन बाबू ! केवल इतना ही कहा, 'बहुत महँगा पड़ेगा।'

बढ़ता हुआ क़दम थम गया अप्पा साहब का। बहुत ही पैनी नज़र डाली उन्होंने लोचन बाबू के चेहरे पर, मानो भीतर तक डूबकर इस बात का असली मतलब जानना चाहते हों। लेकिन लोचन बाबू के चेहरे पर किसी तरह का कोई भाव नहीं था।

अपनी नज़र के पैनेपन को बरक़रार रखते हुए आखिर वह प्रश्न पूछ ही डाला अप्पा साहब ने, जिसे वे इतनी देर से टालते आ रहे थे, 'सुकुल बाबू के साथ ही कोई समझौता हो रहा है न ? सुना है, चुनाव में गुप्त रूप से तुम सुकुल बाबू का काम कर रहे हो ?'

इस बार ठहाका लगाकर हँसे लोचन बाबू। हँसी थमी तो केवल इतना ही कहा, 'लगता है, सारा ध्यान अपने गुप्तचर विभाग पर ही केंद्रित कर रखा है दा साहब ने ! शायद इसीलिए गृह-मंत्रालय भी खुद ही

दबाकर बैठे हैं—किसी और को नहीं देते ! ख़ैर, कम-से-कम इस विभाग की अतिरिक्त सजगता-सक्रियता के लिए तो बधाई देनी ही चाहिए उन्हें।'

ड्राइवर ने तपाक से फाटक खोला तो हाथ का सहारा देकर लोचन बाबू ने भीतर बैठाया अप्पा साहब को।

लोचन बाबू की इस अप्रत्याशित हँसी और उनके कहे हुए वाक्य ने पश्चात्ताप-मिला असमंजस बिखेर दिया अप्पा साहब के चेहरे पर। शायद यह बात उन्हें नहीं कहनी चाहिए थी। वे खुद भी कभी विश्वास नहीं कर पाए थे इस बात पर।

लोचन बाबू गाड़ी का फाटक बंद करने लगे तो अप्पा साहब ने बीच में ही रोक दिया। बड़े आग्रह से हाथ पकड़कर भीतर की ओर खींचते हुए कहा, 'दो मिनट के लिए बैठो ज़रा !'

बैठे नहीं लोचन बाबू। खड़े-खड़े ही पूछा, 'कहिए ?'

लोचन के हाथ को अपने हाथ से सहलाते हुए बड़े स्नेह और याचना-भरे स्वर में कहा अप्पा साहब ने, 'देखो, इस पार्टी को बनाने में तुम्हारा बहुत सहयोग रहा है और मैं जानता हूँ कि इस पार्टी में आस्था है तुम्हारी...बल्कि कहूँ कि मोह है तुम्हें। अपनी बनाई चीज़ से होता ही है। इसलिए कह रहा हूँ कि अपने इस निर्णय को थोड़े समय के लिए स्थगित ही रखो। चुनाव के बाद जैसा चाहोगे, वैसा ही होगा। निश्चय ही दा साहब को नए सिरे से अपने विधायकों का विश्वास प्राप्त करना होगा।'

रुके अप्पा साहब ! सोच रहे थे कि तुरंत ही उलटकर जवाब थमाएगा लोचन, पर लोचन बाबू कुछ नहीं बोले। सामने गाड़ी के शीशे के पार ही कुछ देखते रहे। थोड़ा और हौसला बढ़ा अप्पा साहब का। 'बात केवल मंत्रिमंडल के टूटने तक की ही होती तो मैं कभी इतना आग्रह करने नहीं आता तुम्हारे पास। लेकिन इस समय नासमझी में उठाया गया तुम्हारा क़दम पूरी पार्टी को ही ले डूबेगा। मुझे विश्वास है कि कम-से-कम तुम पार्टी के साथ ऐसा...।' बात अधूरी छोड़ दी अप्पा साहब ने।

लोचन बाबू ने नज़र घुमाकर अप्पा साहब के चेहरे की ओर देखा और देखते ही रहे। फिर बहुत ही सहज स्वर में पूछा, 'अपने प्रति आपके इस विश्वास को सच मानूँ या कि दो मिनट पहले ही व्यक्त किए गए अविश्वास को ?'

'केवल इतना सच मानो कि आज हम सब बहुत-बहुत अवश हो उठे हैं—अपने आपसे—अपने आसपास से—अपने ऊपर से !'

और एकाएक अप्पा साहब का स्वर किसी गहरी मजबूरी के कारण भीग-सा उठा। उन्होंने जल्दी से लोचन बाबू का हाथ छोड़ा और फाटक बंद करके गाड़ी चलाने का आदेश दे दिया।

गाड़ी की घरघराहट के बीच एक वाक्य और कहा, 'फ़ोन करूँगा।'

गाड़ी चली गई और निष्प्रभ-से लोचन बाबू जहाँ-के-तहाँ खड़े रह गए। अप्पा साहब के अनेक तेवर उन्होंने देखे हैं—आक्रोश के, आरोप के, व्यंग्य के, काँइयाँपन के पर यह तेवर ! एकाएक इसे नाम नहीं देते बना कुछ।

पर इतना ज़रूर महसूस किया कि किसी गहरी असहायता में भीगा अप्पा साहब का यह स्वर उनकी अपनी ही किसी दुखती रग को छू गया। पिछले तीन महीनों से क्या वे खुद अपने को किसी ऐसी ही मजबूरी में घिरा हुआ नहीं पा रहे ? चाहते कुछ हैं, करते कुछ। एक दोहरी ज़िंदगी जीने की लाचारी ! लेकिन नहीं, अब और नहीं।

स्वास्थ्य-मंत्री राव और विकास-मंत्री चौधरी ने बड़े ध्यान से अप्पा साहब और लोचन बाबू के बीच हुई बातचीत का एक-एक शब्द सुना ! 'मंत्रिमंडल गिराओ' अभियान में दोनों दाएँ-बाएँ हाथ बने हुए हैं लोचन बाबू के। व्यक्तित्व में चाहे कोई साम्य नहीं है, पर इस समय एक ही ज़मीन पर खड़े हैं, इसलिए कहीं बहुत निकट हैं। अंतिम बात सुनने के बाद सीधे ही पूछा राव ने, ''तो आपका इरादा कुछ डगमगा तो नहीं रहा, लोचन भैया ?'

'नहीं, नहीं।'

'हाँऽऽ ! अब ज्यादा सोच-विचार में मत पड़िए। आगजनी वाली घटना के बाद ही हम लोग अड़ गए होते तो सरोहा-चुनाव में आज हमारा आदमी खड़ा होता। पर हर बार हमें दबा दिया गया और हम दब गए। कभी अनुशासन के नाम पर, तो कभी पार्टी की एकता के नाम पर। कभी अप्पा साहब के घुटने के नीचे, तो कभी दिल्ली के अँगूठे के नीचे। लेकिन इस बार...।'

'इस बार चूके तो बस चूके !' बीच में ही बात लपक ली चौधरी ने।

'यही सही मौक़ा है। जिस तरह की घटनाएँ घटी हैं, उससे साख तो गिरी है दा साहब की सबकी नज़रों में। अभी हम अपने असंतोष की बात करते हैं, तो उसे वज़न मिलेगा। कल को सरोहा-चुनाव जीत गए तो साख फिर बुलंदी पर और हमारा असंतोष बेबुनियाद। जहाँ पल में तोला, पल में माशा वाली स्थिति हो, वहाँ ज़्यादा सोच-विचार में पड़ना ही नहीं चाहिए। आप ज्ञापन का मसविदा तैयार कीजिए !'

इन दोनों की बातों से लोचन बाबू के मन में उभर आए दुविधा-द्वंद्व अपने-आप बह गए। उत्साह में भरकर ही उन्होंने कहा, 'ठीक है, मसविदा तैयार कर लेते हैं हम, और अधिक-से-अधिक लोगों के हस्ताक्षर करवाकर दे देते हैं अप्पा साहब को।'

'हूँऽऽ !' इस बार सोच का पुट राव के स्वर में था। लेकिन बहुत प्रतीक्षा नहीं करनी पड़ी उसे बाहर आने में। सीधे ही पूछा राव ने, 'ज्ञापन देने से पहले हम लोग आपस में भी कुछ बातचीत कर लें तो क्या ज़्यादा अच्छा नहीं होगा ? बहुत साफ़ बातचीत बिना किसी लाग-लपेट के।' और उसकी मँजरी आँखों में एक स्पष्ट-सी धूर्तता उभर आई।

राव का मतलब समझने में देर नहीं लगी, और न ही उन्होंने नासमझ बनने की कोशिश की। केवल इतना ही कहा, 'ये सब बातें तो बाद में ही हो सकती हैं, पहले बहुमत तो प्राप्त कर लो।'

लोचन बाबू की आवाज़ की सख़्ती और सर्दी का कोई ख़ास असर नहीं पड़ा राव पर। बेझिझक हो कहा उसने, 'बहुमत प्राप्त कहाँ से होगा ? हवा में तलवार भाँजने को कौन तैयार होगा भला ? पाँच मंत्री त्यागपत्र देने को तैयार हुए हैं...आख़िर किस आधार पर ?'

'क्यों ? दा साहब की नीतियों से असहमति के कारण।'

ज़ोर से हँसा राव, मानो कोई बहुत ही मज़ेदार बात कह दी हो लोचन बाबू ने। जब हँसी थमी तो अपनी मँजरी आँखों को लोचन बाबू के चेहरे पर टिकाकर बोला, 'यहाँ आप जनता के सामने नहीं बोल रहे लोचन भैया, बलि चढ़ाए जाने वाले दो बकरों के सामने बोल रहे हैं। घास-पात की कुछ व्यवस्था तो करेंगे या नहीं ?'

अनायास ही लोचन भैया के मन में अप्पा साहब का कहा हुआ वाक्य कौंध गया, 'हर दिन अपना मोल-भाव करनेवाले लोगों के बूते पर तुम यह निर्णय ले रहे हो...' और क्षण-भर पहले उमड़े जोश पर फिर ठंडे छींटे पड़ गए।

'लगता है आप लोग तो सारा हिसाब-किताब करके ही आए हैं। तो फिर अपनी क़ीमत भी बता दीजिए।'

बात में नहीं, पर कहने के लहजे में भीतर तक काट देनेवाली व्यंग्य की धार ज़रूर थी। मगर राजनीति में रहकर जिनकी खाल गैंडे की तरह हो गई हो, वे कटते नहीं इतनी आसानी से।

'करके तो नहीं आए, पर करने ज़रूर आए हैं।' स्वर में न कहीं संकोच था, न दुविधा। राव की हर बात पर चौधरी की गरदन जिस तरह हिल रही थी, उससे साफ़ लग रहा था कि दोनों अपनी-अपनी गोटियाँ बिठा चुके हैं।

'मैं कौन होता हूँ घास-पात डालनेवाला ?' क्षोभ-भरी कातरता उभर आई लोचन बाबू के स्वर में।

'बस, आपकी इस तरह की बातें ही मन में शंका जगा देती हैं, लोचन भैया। अब कौन नहीं जानता कि असंतुष्टों में आपके समर्थकों की संख्या ही सबसे अधिक है ? बागडोर आपके हाथ में रहेगी... घास-पात कोई दूसरा आएगा डालने ?'

राव की इस बात से मन एकदम खिंच आया लोचन बाबू का, फिर भी अपने को ज़ब्त करके इतना ही कहा, 'शाम को तो सब लोग मिल ही रहे हैं। आप लोग जो चाहें, जैसा चाहें, तय कर लीजिए...मुझे बहुत बड़ी बाधा नहीं पाएँगे उसमें।'

आवाज़ में कुछ ऐसी उदासीनता थी सारे प्रसंग के प्रति कि राव और

चौधरी असमंजस में पड़े टुकुर-टुकुर मुँह ही देखते रहे एक-दूसरे का। फिर सारी बात को निहायत ही हलके-फुलके स्तर पर ले जाकर कहा राव ने, 'ठीक है, हम आपके हुकुम के गुलाम हैं, लोचन भैया। आप ज्ञापन तैयार कीजिए...हम हस्ताक्षर करेंगे और करवाएँगे।'

और अंत में चलने से पहले राव ने विजेता की मुद्रा में कहा, 'राव या तो किसी काम को हाथ में लेता नहीं और लेता है तो फिर किनारे लगाकर ही छोड़ता है। समझ लीजिए कि बिसू की यह मौत दा साहब के मंत्रिमंडल की मौत बनकर ही रहेगी अब।'

अपनी इस घोषणा से लोचन बाबू के मन में अपने क़ीमती होने का पूरा-पूरा अहसास जगाकर चले गए वे दोनों।

पर लोचन बाबू हैं कि मंत्रिमंडल की मृत्यु की घोषणा से पुलकित हो रहे हैं, न राव-चौधरी की क़ीमत से चमत्कृत। एक ही प्रश्न है जो उन्हें तरह-तरह से मथ रहा है—यह सब वे किसलिए कर रहे हैं—क्यों कर रहे हैं ?

क्या इसी परिवर्तन के लिए सुकुल बाबू की पार्टी और विधानसभा छोड़ी थी उन्होंने ? इसी क्रांति का सपना देखा था ? और क्या इसी टुच्चेपन की सौदेबाज़ी के लिए मंत्रिमंडल गिराने की बात सोच रहे हैं वे ? नाम, चेहरे, लेबुल भले ही अलग-अलग हों—पर अलगाव है कहाँ—सुकुल बाबू...दा साहब...राव...चौधरी...।

तब ?

पौ अभी पूरी तरह फटी भी नहीं ! वातावरण में धुँधलका शेष है। दा साहब नंगे पैर हरी दूब पर चहलक़दमी कर रहे हैं। ओस-भीगी दूब पर घूमने से केवल नेत्रों की ज्योति ही नहीं बढ़ती, मन-मस्तिष्क में भी ऐसी तरावट आती है कि सारा दिन आदमी तनाव-मुक्त होकर काम कर सकता है। मन शांत, चित्त प्रफुल्लित !

पांडेजी भी साथ हैं दा साहब के। भोर का सुहाना समाँ, ठंडी बयार और सुकून देने वाला दा साहब का साथ—फिर भी चिंता और परेशानी की लकीरें हैं कि पांडेजी के चेहरे पर मिट नहीं रहीं !

लोचन बाबू के घर रात दो बजे तक होनेवाली बैठक का पूरा ब्यौरा सुनाने के बाद भी जैसे बोझ हलका नहीं हुआ पांडेजी का।

आज ही अप्पा साहब से मिलनेवाले हैं लोचन बाबू और लगता है, इस बार पहले की तरह माननेवाले भी नहीं हैं ये लोग ! सुकुल बाबू के कारण यह चुनाव ही काफी बड़ा सिरदर्द बना हुआ है—ज़रूरत तो इस समय यह है कि सब लोग एकजुट होकर काम करें।...सो मदद तो दूर, ऐन इसी मौक़े पर... ।' स्वर में क्षोभ इतना गहरा हो गया कि बाक़ी शब्द उसी में डूब गए।

बात बहुत ध्यान से ही सुन रहे हैं दा साहब और मन में कहीं गहरे उतर भी रही है, पर चेहरे पर किसी तरह का कोई विकार नहीं, कोई प्रतिक्रिया भी नहीं।

'पिचासी लोग समर्थन करने जा रहे हैं लोचन बाबू का।'

'बहुत आशावादी है लोचन ! अच्छा है, इस उम्र में आशावादी होना चाहिए व्यक्ति को ! मात्र उम्मीद की डोर से बँधा हुआ आदमी भी बहुत कुछ कर गुज़रता है कभी-कभी !'

पांडेजी इस समय इस तरह की प्रतिक्रियाओं की अपेक्षा नहीं कर रहे ! सीधे ही पूछा, 'लोचन बाबू से मिलेंगे आप ? समय तय करूँ ?

अप्पा साहब से शायद इस बार...।'

'पांडे ?' बात बीच में ही तोड़ दी दा साहब ने, 'तुम्हें सरोहा चुनाव-क्षेत्र की ज़िम्मेवारी दी है, तुम उसे ही सँभालो ! इधर की चिंता से अपने को परेशान करने की ज़रूरत नहीं !'

बहुत चौकस रहते हैं दा साहब कि हर व्यक्ति अपनी ज़िम्मेदारी और अधिकार की सीमा के भीतर ही रहे ! उसमें जहाँ तक संभव हो दा साहब हस्तक्षेप नहीं करते, पर दूसरे भी अपनी सीमाओं का अतिक्रमण करें, इसकी छूट क़तई नहीं देते।

पांडेजी का यह काम ज़रूर है कि शहर के हर कोने में होनेवाली गतिविधि की सूचना दा साहब को दें, पर मात्र सूचना दें। उनसे दा साहब पर होनेवाली प्रतिक्रिया जानना या दा साहब की योजनाओं को जानना उनके अधिकार की सीमा में नहीं आता ! हाँ, सरोहा का काम उन्होंने खुद पांडेजी को सौंपा है पूरे विश्वास के साथ, और पूरे अधिकार देकर। सो बात को उसी प्रसंग में लाकर उन्होंने पूछा, 'सरोहा में भाषण पंद्रह तारीख़ को है न—यानी परसों ?'

'जी हाँ !'

'तैयारी ?'

'घरेलू-उद्योग-योजना का प्रचार पूरे ज़ोर-शोर के साथ हो रहा है। हमारे लोग घर-घर जाकर समझा रहे हैं और फ़ार्म भरवा रहे हैं।'

'लोगों की प्रतिक्रिया ?'

'कुछ लोगों के मन में बहुत उत्साह है—कुछ के मन में अविश्वास भी कि बातें तो कब से सुन रहे हैं, कुछ होएगा-जाएगा भी या यों ही !'

'काग़ज़ी योजनाएँ अविश्वासी तो बना ही देती हैं लोगों को !'

पांडेजी को लगा जैसे योजना के काग़ज़ तक रह जाने के लिए वे ही ज़िम्मेदार ठहराए जा रहे हैं। सफ़ाई देते-से बोले, 'पर इस मद के लिए... !'

'ख़ैर छोड़ो !' बीती बातों पर व्यर्थ ही समय नष्ट नहीं करते दा

साहब ! 'दो बातों का ध्यान रखा गया है न ? इस योजना में पंचायत कहीं नहीं आए। असंतुष्ट हैं लोग पंचायत से।'

'जी नहीं, एक अलग दफ़्तर की व्यवस्था की गई है। सरकार का सीधा नियंत्रण रहेगा उस पर।'

'उस योजना का अधिक-से-अधिक लाभ हरिजनों और खेत मज़दूरों को ही मिले।'

'आप निश्चिंत रहें।'

'तुम्हें काम सौंपने के बाद मैं निश्चिंत ही रहता हूँ। जितना सोचता हूँ उससे अधिक ही संतोषजनक मिलता है तुम्हारा काम।'

और दा साहब ने स्नेह और प्रशंसा में भीगी हुई एक ऐसी नज़र डाली कि पांडेजी भीतर तक पुलकित हो गए।

काम करनेवाले को भरपूर श्रेय तो देते ही हैं, मौक़ा आने पर यथासंभव पारिश्रमिक देने में भी नहीं चूकते दा साहब !

सुकुल बाबू की मीटिंग बर्ख़ास्त होने का धूल-धक्कड़ अभी बैठा भी नहीं था कि गाँव में नई चहल-पहल शुरू हो गई। दूसरे दिन सवेरे से ही गली-गली और घर-घर की दीवारों पर घरेलू-उद्योग-योजना के पोस्टर चिपकने लगे और शाम तक यह स्थिति हो गई कि जिधर नज़र उठाओ, मुस्कराते हुए दा साहब और नीचे योजना की रूपरेखा—मानो उनकी मुसकान से ही बहकर निकल रही है योजना ! पाँच-सात स्वयंसेवक क़िस्म के लोग घर-घर जाकर विस्तार से इस योजना के बारे में समझा रहे हैं, फ़ार्म भरवा रहे हैं और साथ ही यह बताना भी नहीं भूलते कि 15 तारीख़ को मुख्यमंत्री स्वयं आ रहे हैं इस योजना का उद्घाटन करने। दो कमरों के एक छोटे-से घर में जो अस्थायी दफ़्तर बना है—वहाँ सवेरे से शाम तक ताँता लग रहा है लोगों का ! जिस मुस्तैदी से काम हो रहा है उससे तो लगता है कि हफ़्ता बीतते-न-बीतते हर घर में छोटा-मोटा उद्योग खुल जाएगा और देखते-देखते यह गाँव सदियों के दलिद्दर से मुक्ति पा जाएगा।

चंद दिनों में ही गाँव का सारा माहौल बदल दिया है इस योजना ने। लोगों की बातचीत का भी विषय यही, सोच का विषय भी यही।

हाँ, गाँव में एक दल ऐसे लोगों का भी आया है जो सरेआम इस योजना की चिंदियाँ बिखेरकर लोगों को आगाह कर रहा है और बिसू की मौत को भरसक ज़िंदा रखने की कोशिश कर रहा है। बिसू मर गया, कोई बात नहीं, पर बिसू की मौत का प्रसंग मर गया और इस समय, तो वे कैसे ज़िंदा रहेंगे ? अजीब रस्साकशी हुई है गाँव में।

और आज तो यह रस्साकशी अपनी पराकाष्ठा पर पहुँच गई। मुख्यमंत्री दा साहब आ रहे हैं गाँव में। एक तरफ़ उनके स्वागत की तैयारियाँ हो रही हैं ज़ोर-शोर से। सादगी-पसंद दा साहब की सख़्त हिदायत के कारण किसी तरह का कोई ताम-झाम तो नहीं है, पर हाँ, उत्साह भरपूर है और चारों ओर उत्साह फैलाने का प्रयत्न भी भरपूर है। गाँव में नए चेहरों की बाढ़-सी आ गई है। काफ़ी संख्या में पुलिस भी उतर आई है—कुछ सरकारी वर्दी में, कुछ सादा वर्दी में। सुकुल बाबू के भाषण वाले दिन से दुगुनी गहमागहमी है आज। स्वाभाविक भी है। कुर्सी से उतरे हुए मंत्री और कुर्सी पर बैठे हुए मंत्री में कितना अंतर होता है ! दूसरी तरफ़ काली झंडियों और बड़े-बड़े पोस्टरों का अंबार लगा हुआ है, जिनमें आगजनी और बिसू की मौत का जवाब माँगते हुए बड़े तेज़ और तीखे नारे लिखे हुए हैं। गाँव के अधिकतर लोगों के लिए यह सारा तमाशा जुम्मन पहलवान के अखाड़े में होनेवाली कबड्डी से कम दिलचस्प नहीं।

ठीक समय से कुछ पहले ही दा साहब की गाड़ी आ पहुँची। आगे-पीछे और गाड़ियाँ भी हैं। पर सीधे मंच की तरफ़ नहीं बढ़ी दा साहब की गाड़ी, पहले पहुँची बिसू के घर। साथ आए लोग अजीब असमंजस में। निर्धारित कार्यक्रम में तो यह सब था ही नहीं। पर जो उन्हें निकट से जानते हैं उन्हें कोई आश्चर्य नहीं होता ऐसी बातों से। वे जानते हैं कि दा साहब का इंसानियती तक़ाज़ा हमेशा निर्धारित कार्यक्रमों को इसी तरह तोड़ता-मरोड़ता रहता है। गाड़ी नहीं जा सकती घर तक, इसीलिए कहा गया कि हीरा को यहीं ले आते हैं, पर दा साहब ने बात अनसुनी

कर दी। गाड़ी से उतरे और सीधे क़दमों से आगे बढ़ लिए। साथ आया अमला और कुछ वहीं के लोगों की अच्छी-ख़ासी भीड़ भी साथ हो ली।

दा साहब पहुँचें उसके पहले ही लोग जाकर हीरा को निकाल लाए। बेचारा एकदम भौंचक-सा। समझ नहीं पा रहा था कि क्या कहे, क्या करे ! दा साहब ने सहानुभूति से पीठ पर हाथ रखा तो बस, दो बूँद आँसू आँखों से चू कर झुर्रियों में समा गए।

'बहुत अफ़सोस हुआ बिसेसर का, पर अब हौसला रखो।' दा साहब ने बहुत धीमे-से कहा और हीरा को उसी तरह कंधे से थामे गाड़ी की ओर ले चले।

गाड़ी तक आकर हीरा बेचारा हाथ जोड़कर खड़ा हो गया। कहा उसने कुछ नहीं, पर बेतरह कातर, बेहद कृतज्ञ हो आया था वह। दा साहब खुद उसके घर आएँ ऐसा मान तो न उसे जीवन में कभी मिला, न आगे ही कभी मिलेगा। लेकिन जब दा साहब ने उसे गाड़ी में बैठने को कहा तो एकदम हकबका गया। ज़िंदगी में कब नसीब हुआ है उसे गाड़ी में बैठना और वह भी दा साहब की गाड़ी में ! न ना करते बन रहा था, न बैठते बन रहा था। पर दा साहब ने कंधा पकड़े-पकड़े एक तरह से भीतर की ओर ठेल ही दिया। बेहद सकुचाते हुए, सिमटकर एक कोने में बैठ गया बेचारा—बग़ल में दा साहब।

गाँव की भीड़ बड़ी हुलसकर देख रही है यह सब दृश्य। दा साहब के इस बड़प्पन के आगे सभी नतमस्तक हो आए हैं। बड़े-बूढ़ों को तो शबरी और निषाद की कथाएँ याद हो आईं। किसी-किसी को ईर्ष्या भी हो रही है हीरा से। बेटे तो जाने कितनों के मरते हैं—पर ऐसा मान ?

मंच पर भी हीरा को अपने साथ ही ले गए दा साहब। पांडेजी खुद बड़े असमंजस में पड़े हुए हैं इस सबसे। दा साहब ने खुद हिदायत दी थी कि गाँव में उनके आगमन और भाषण का प्रचार घरेलू-उद्योग-योजना के साथ जोड़कर ही किया जाए। बिसू की मौत और चुनाव की बात को इतनी अहमियत न दी जाए। लेकिन अब ?

इधर दर्शकों की भीड़ में काली झंडियाँ और पोस्टर लिए जो लोग बैठे हैं, वे लोग भी बिसू का नाम लेकर ही नारे लगा रहे हैं। नारों से विरोध का माहौल तो ख़ास नहीं बन रहा, पर बिसू का नाम रह-रहकर हवा में ज़रूर गूँज रहा है। पिछले पाँच दिनों से पांडेजी ने रात-दिन एक करके एक ही काम किया था—सुकुल बाबू के सारे पोस्टरों के ऊपर दा साहब के पोस्टर चिपकवा दिए और घर-घर में बिसू की मौत की जगह घरेलू-उद्योग-योजना की चर्चा चलवा दी। लेकिन इस बदले माहौल में वे अपनी बात कहाँ से और किससे शुरू करें ? पांडेजी का संकट शायद समझ गए दा साहब और उबार भी दिया उन्हें तुरंत ! आरंभिक औपचारिकताओं को पूरा करने का मौक़ा दिए बिना ही उन्होंने माइक सँभाल लिया और सीधे श्रोताओं को संबोधित किया—

'मेरे भाइयो,

'आज एक बहुत ही खेदजनक मौक़े पर...एक दुख के मौक़े पर आया हूँ मैं आप लोगों के बीच। चलने लगा तो लोगों ने सलाह दी कि सुरक्षा का विशेष प्रबंध करके चलूँ। बात मैं कुछ समझा नहीं। अपने भाई-बंदों के बीच आकर तो आदमी वैसे ही सुरक्षित रहता है...यह अतिरिक्त सुरक्षा कैसी ? क्यों ?'

दा साहब एक क्षण रुके और भीड़ पर एक सरसरी नज़र डाली।

'बताया गया कि आप लोग बहुत नाराज़ हैं। सुना तो लगा कि तब तो और भी ज़रूरी है कि अकेले ही जाऊँ। आप लोगों की नाराज़गी मुझ पर है तो मुझे ही झेलनी चाहिए और अकेले ही झेलनी चाहिए। दूसरों को इसमें साझीदार बनाना तो दूसरों के साथ अन्याय होगा। कुछ समय पहले आप लोगों ने अपना प्यार और विश्वास दिया था मुझे। मैंने सिर-आँखों पर ही लिया था उसे। आज यदि आप अपनी नाराज़गी देंगे तो उसे भी सिर-आँखों पर ही लूँगा। मेरी ग़लती पर नाराज़ होना आपका अधिकार है और उसे झेलना मेरा कर्त्तव्य।'

दा साहब चुप और सारा मज़मा शांत ! हाँ, सामने की ओर बैठे कुछ नौजवानों के बीच थोड़ी-सी सुरसुराहट हुई और वहीं डूब गई।

'मालूम हुआ कि बिसेसर की मौत को लेकर बड़ा तनाव है आप लोगों में। होता तो मुझे ताज्जुब नहीं होता, पर देख रहा हूँ कि ऐसा कुछ है नहीं। तनाव गाँव में नहीं है, काली झंडियों पर सवार कराके

बाहर से लाया गया है। पर मेरी प्रार्थना है आपसे, मत ओढ़िए इस बाहरी तनाव को। मैं जानता हूँ कि बिसू की मौत को लेकर तरह-तरह के संदेह उठे हैं आपके मन में। स्वाभाविक भी है। और इसीलिए मैंने डी.आई.जी. को सख़्त हिदायत दी थी कि वे खुद सारे बयानों को देखें और खूब ग़ौर से देखें। देखा उन्होंने, और उनके हिसाब से बात बहुत साफ़ है।'

एक क्षण रुके दा साहब, मानो अगला वाक्य तौल रहे हैं। फिर बड़े सहज ढंग से बोले, 'जितने भी संकेत मिले हैं इस घटना के, सब यही बता रहे हैं कि बिसेसर ने आत्महत्या की है।' दा साहब का लहजा रहस्योद्घाटन की तर्ज़ का नहीं था, पर भीड़ में इसकी प्रतिक्रिया कुछ इस तरह की हुई।

'झूठ है...झूठ है...यह सरासर हत्या है।' सामने बैठे नौजवानों में से एक खड़ा होकर चिल्लाया। बाक़ी लोगों में भी खलबली-सी मच गई।

सादी वर्दी में पास खड़े पुलिस के कुछ लोग हवा में हाथ भाँज-भाँजकर उन्हें चुप कराने लगे।

'नहीं, नहीं, कोई रोके नहीं। बोलने दो।' दा साहब ने माइक के डंडे को हाथ में थामकर आवाज़ में बुलंदी और थोड़ी कड़क घोलकर आदेश दिया। 'बोलने का, और खुलकर बोलने का हक़ सबको है। जिस हक़ को दिलाने के लिए हमने इतना संघर्ष किया...जेलें काटीं...उसे अब हम ही छीन लें ? बहुत बड़ा अन्याय होगा यह।' फिर उन्हीं नौजवानों को संबोधित करके कहा, 'आप लोग इस गाँव के तो नहीं लगते। फिर भी बोलिए, आपके मन में जो कुछ है, खुलकर कहिए।'

एक क्षण को ज़रूर सन्नाटा रहा, फिर एक नौजवान ने कहा, 'बिसेसर को मारा गया है...हत्या हुई है उसकी।'

'प्रमाण है आपके पास ?'

दा साहब ने पूछा तो नौजवान चुप। मुसकराए दा साहब, 'नहीं है न ! ख़ैर, फिर भी मैं चाहता हूँ अगर हत्या हुई है तो सामने आएगी बात। असलियत छिप नहीं सकती। और अब तो मैं भी नज़र गड़ाए बैठा हूँ। मैंने डी.आई.जी. से कह दिया है कि किसी बड़े अफ़सर को भेजकर फिर से बयान लें आप लोगों के। भेजेंगे वे किसी को। इस बार आप खुलकर अपनी बात कहिए...प्रमाण जुटाने में मदद कीजिए

पुलिस की।'

अभी कुछ देर पहले ही आया एक नौजवान...जो मज़मे के किनारे अलग-थलग-सा ही खड़ा था, एकाएक सामने आया और दा साहब को संबोधित करके ज़ोर से बोला, 'अरे दा साहब, काहे यह नौटंकी कर रहे हो यहाँ ? हरिजनों को ज़िंदा जला दिया गया और आपकी सरकार और आपकी पुलिस तमाशा देखती रही और महीने-भर से खुद तमाशा कर रही है। हुआ आज तक कुछ ?'

मंच पर बैठे लोगों की गरदनें आगे को निकल आईं। 'बिंदा आ गया...बिंदा आ गया' और 'निकालो इसे यहाँ से, हरामख़ोर कहीं का' की मिली-जुली आवाज़ों ने माहौल में थोड़ी-सी हरारत पैदा कर दी। काली झंडियाँ थामे लोगों ने भी दो-चार नारे हवा में उछाल दिए। पर दा साहब की बुलंद आवाज़ ने सारे शोर को चाक कर दिया। 'ग़लत नहीं कहते हो, मेरे भाई। आपके मन में जो गुस्सा है, बहुत सही है। अन्याय के लिए क्रोध होगा तभी तो अन्याय मिटेगा, पर बात केवल गुस्सा करने से नहीं बनती...उसके लिए हिम्मत जुटानी पड़ती है। एक आदमी नहीं मिला गाँव में गवाही देने या शिनाख़्त करने के लिए !'

'कौन देगा... गवाही...मरना है किसी को शिनाख़्त करके ? चार दिन यहाँ आकर रह लीजिए... पता चल जाएगा कि कैसा आतंक है !'

दा साहब ने बात बीच में ही से तोड़कर अपने ज़िम्मे कर ली, 'ठीक कहते हैं आप। केवल गाँव की ही नहीं, पूरे देश की यही हालत हो गई थी। आतंक ने गले दबा रखे थे सबके...कोई भी चूँ नहीं कर सकता था। हम लोग शुरू से यही तो कोशिश कर रहे हैं कि लोग दहशत से मुक्त हों...निडर बनें...खुलकर अपनी बात कहें। पर अभी भी जैसे लोगों में डर है। सही बात कहने का साहस नहीं जुटा पाते।'

क्षणिक विराम।

'और अब प्रमाण के बिना पुलिस भी करे तो क्या करे ?'

'प्रमाण की ऐसी की तैसी। कौन नहीं जानता कि आग किसने लगवाई ? आप नहीं जानते ? फिर पकड़वाते क्यों नहीं...अभी किसी ग़रीब का मामला होता तो पीसकर रख दिया जाता बेचारे को।'

बिंदा की तैश-भरी बात से मंच और मज़मे—दोनों में फिर खलबली मच गई। पर दा साहब इस बार भी बड़ी सौम्यता और धैर्य से झेल गए वार को। आवाज़ में लेशमात्र भी आवेश लाए बिना, समझाने के लहजे में बोले, 'नहीं भाई, नहीं। यह ग़रीब-अमीर का मामला नहीं, क़ानून का मामला है। और क़ानून हाथ में लेने का लालच मत दो। क़ानून हाथ में लेते ही आदमी बेताज का बादशाह हो जाता है। आप लोगों ने तो भोगा है उस बादशाह को। जब जिसकी मर्ज़ी आई उठाया और जेल में। कोई मुक़दमा नहीं, कोई सुनवाई नहीं, कोई फ़ैसला नहीं.... कोई सज़ा नहीं। क़ानून क़ब्ज़े में, पुलिस चंगुल में, जिसको चाहो उठाओ—जिसको चाहो पटको।'

'पुरानी बातों से बहकाइए मत। बिसू की मौत का हिसाब लेकर ही रहूँगा मैं आपसे...पाई-पाई का हिसाब। बिंदा डरेगा भी नहीं...चुप भी नहीं रहेगा और बिकेगा भी नहीं इन टुकड़ों से, जो आप डालने आए हैं।'

सादी वर्दी वाली पुलिस और दो-तीन लठैत बिलकुल सिमट आए बिंदा के पास। पर इसके पहले कि उसे पकड़कर बिठाने की कोशिश करते, दा साहब ने अपनी बात से ही बरज दिया।

'बहुत अच्छा लग रहा है आपका यह जोश और मैं क़दर करता हूँ ऐसे जोश की। लेकिन मैं बहका नहीं रहा। दूर क्यों जाते हैं ? जिस बिसेसर को लेकर आपके मन में इतना रोष है, उसे क्या इसी तरह जेल में नहीं डाला गया था ? एक-दो दिन के लिए भी नहीं, पूरे चार साल के लिए। और केवल डाला ही नहीं, भयंकर यातनाएँ भी दी गई थीं। इस बात को मुझसे ज़्यादा अच्छी तरह तो आप लोग जानते हैं।'

भीड़ में यहाँ से वहाँ तक चुप्पी। बिंदा दा साहब का मुँह देख रहा था और भीड़ बिंदा का मुँह देख रही थी। यह माहौल टूटे उसके पहले ही दा साहब ने अपनी बात शुरू कर दी, 'सुकुल बाबू आप लोगों के पास हमदर्दी जताने और बिसू की मौत का बदला लेने आए थे। पूछा नहीं आप लोगों ने कि क्यों साहब, आपके राज में बिना कोई कारण बताए...बिना मुक़दमा चलाए इस बिसेसर को जेल में क्यों डाल दिया

गया था ? पूछना चाहिए था। बिसेसर तो बड़ा नेक और भला आदमी था।'

चुप्पी स्तब्धता में बदलने लगी।

'बात एक अकेले बिसेसर की नहीं। ऐसे हज़ारों नेक और भले बिसेसर जेलों में ठूँस दिए गए थे। हम लोगों ने जब उन्हें छोड़ा तो एकदम पस्त ? सारी जीवनी-शक्ति ही निचुड़ गई हो जैसे। कुछ भी झेलने-सहने लायक़ नहीं छोड़ा उन्हें। इसकी आत्महत्या के पीछे यह भी एक कारण है।'

दा साहब थोड़ा रुके। मज़मे को अपनी मुट्ठी में कर लेने का श्रम और संतोष—दोनों एक साथ उनके चेहरे में झलक रहे थे। अब बात को हलका-सा मोड़ दिया उन्होंने।

'समझदार आदमी हैं सुकुल बाबू...मैं उनका आदर करता हूँ। पर उनका यह रवैया आपस में द्वेष फैलानेवाला है। मैं ठीक नहीं समझता इसे। लेकिन स्वार्थ कभी-कभी आदमी को ऐसी अविवेकी बात करने के लिए उकसाता है।'

क्षणिक विराम।

'इस बार तो देख लिया सबने कि जनता की एकता में बड़ा ज़ोर है। तूफ़ानी ज़ोर। तूफ़ान आता है तो बड़े-बड़े पेड़ों को जड़ सहित उखाड़ फेंकता है। जनता एक होती है तो बड़े-बड़े राज्य उलट देती है। फिंका हुआ आदमी ही इस बात को सबसे ज़्यादा महसूस करता है। कुर्सी पर बैठना है तो जनता में फूट डालो...कुर्सी बचानी है तो जनता में फूट डालो। जनता की एकता—कुर्सी के लिए सबसे बड़ा ख़तरा है। समझ रहे हैं न आप लोग मेरी बात ? आप लोग खुद...।'

अचानक दा साहब की बात को बीच में ही काटकर बिंदा चिल्लाया, 'तीस साल से आप लोगों की बातें ही तो सुनते-समझते आ रहे हैं। क्या हुआ आज तक ? पेट भरने के लिए अन्न नहीं, आपकी बातें... ख़ाली...बातें ! जैसे सुकुल बाबू, तैसे आप।'

तड़ाक् से उसने एक ओर थूका और मज़मे की स्तब्धता को चीरकर दनदनाता हुआ एक ओर चला गया। चारों ओर खलबली मच गई।

काली झंडीवाले लोग मौक़ा देखकर नारे लगाने लगे। पांडेजी ने माइक सँभाला और लोगों को शांत करने लगे। थोड़ी-सी स्थिति सँभली तो दा साहब ने माइक सँभाला।

'बहुत क्रोध और साहस है इस नौजवान में। मुझे बहुत अच्छा लगा है इसका यह तेवर। जिस गाँव के नौजवानों में यह गुण हो...वहाँ किसी तरह का ज़ोर-जुलुम और अन्याय नहीं चल सकता। अपने ग़रीब भाइयों का हमदर्द लगता है। मुझे तो ऐसे निर्भीक और उत्साही नवयुवकों की आवश्यकता है इस योजना के लिए। चाहता हूँ कि घरेलू-उद्योग-योजना को आप लोग ही सँभालें, आप लोग ही चलाएँ। कितना बड़ा सपना था बापू का कि हमारा हर गाँव और हर ग्रामीण आर्थिक रूप से स्वतंत्र बने...समर्थ बने। आज इस सपने की दिशा में पहला क़दम बढ़ाया है, पर पूरा तो यह आप लोगों की मदद...आप लोगों के सहयोग से ही होगा। मैंने पहल कर दी...पूरा आप कीजिए।'

फिर हीरा की ओर देखकर बोले, 'इस योजना के उद्घाटन के लिए बिसेसर के बाबा से अधिक सही आदमी और कौन हो सकता है भला ?'

पांडेजी बेचारे फिर भौंचक। उद्घाटन तो दा साहब को करना था। पर साथ ही दा साहब की सूझ-बूझ पर मुग्ध भी। बात पूरी की दा साहब ने, 'ग़रीबों का हितैषी था बिसेसर। उसकी आत्मा को बड़ी शांति मिलेगी इससे।'

'शांति तो तब मिलेगी जब असली हत्यारे को पकड़वाएँगे आप... आगजनी के असली मुजरिम को सूली पर चढ़वाएँगे।'

क्षोभ और क्रोध में डूबा हुआ एक स्वर भीड़ में से आया। बोलनेवाला साफ़ दिखाई तो नहीं दिया, पर जिधर से आवाज़ आई थी उसी दिशा को संबोधित करके कहा दा साहब ने, 'मैंने कहा न कि आप मदद कीजिए पकड़वाने में। जाते ही मैं किसी बड़े अफ़सर को भेजूँगा बयान लेने के लिए। चूकिए मत इस बार...नहीं तो दोषी मैं नहीं, आप खुद होंगे।'

पहली बार हलके-से क्रोध का पुट उभर आया था दा साहब के स्वर में। पांडेजी ने जल्दी से माइक थामकर सभा-समाप्ति की घोषणा कर दी।

सभा बर्खास्त हुई। काली झंडीवाले लोग फिर नारे लगाने लगे, 'झूठे आश्वासन नहीं चाहिए...नहीं चाहिए। बिसू की मौत का जवाब चाहिए।' पर नारों की आवाज़ चारों ओर के कोलाहल में डूब-सी गई। पांडेजी, दा साहब और हीरा एक ट्रैक्टर में बैठकर जुलूस की शक्ल में घरेलू-उद्योग-योजना के दफ़्तर तक गए। मुख्यमंत्री के फंड से निकाले हुए पचास हज़ार रुपए का एक चैक हीरा के हाथों से अस्थायी दफ़्तर के एक अस्थायी अधिकारी को दिलवाया गया। पांडेजी ने अपने छोटे-से भाषण में यह बात साफ़ कर दी कि विधान सभा में इस योजना के लिए बजट जब पास होगा, होगा। अभी तो दा साहब ने अपने फंड में से रुपया निकालकर योजना का शुभारंभ कर दिया है।

तालियाँ बजीं...हर्षध्वनि हुई और 'दा साहब ज़िंदाबाद' के नारों से सारा माहौल गूँज उठा।

बिसू की मौत के जिस प्रसंग को सुकुल बाबू घर-घर में फैला गए थे, वह फिर चार-छः घरों में सिमट गया और बाक़ी घरों में इस योजना के तहत मिलनेवाले रुपयों का हिसाब-किताब होने लगा।

तीसरे दिन ही 'मशाल' का अंक निकला। उसके प्रथम पृष्ठ पर बड़े-बड़े अक्षरों पर शीर्ष-पंक्ति थी—'खेत-मज़दूरों और हरिजनों की आर्थिक स्थिति सुधारने की दिशा में दा साहब की सरकार का ठोस और क्रांतिकारी क़दम !'

दा साहब के भाषण की विस्तृत रिपोर्ट देते हुए बड़े विस्तार से इस योजना के हर पहलू पर प्रकाश डाला गया था, साथ ही इस योजना को अन्य प्रांतों के लिए अनुकरणीय बताया गया था।

अधिकारी को चैक देते हीरा की एक बड़ी-सी तसवीर छपी थी। बग़ल में दा साहब खड़े हैं। चेहरे पर बापू का सपना पूरा करने का सुख-संतोष झलक रहा है।

पांडेजी ने गाँव के घर-घर में इस अंक की प्रतियाँ बँटवा दीं—मुफ़्त।

वैसे तो दा साहब के भाषण की रिपोर्ट कल सवेरे ही सुकुल बाबू को मिल गई थी और उनका सारा दिन काफ़ी बेचैनी में ही बीता था, पर आज सवेरे जब से 'मशाल' का यह अंक देखा है तब से तो उनके थुलथुल शरीर में उत्तेजना की लहरें थरथरा रही हैं। उन्हें तो पूरी उम्मीद थी कि इस सभा में ऐसा हुड़दंग मचेगा कि अपनी लाई सारी गोटें अपनी ही धोती में समेटकर वापस ले जानी पड़ेंगी दा साहब को। बिहारी भाई के साथ बैठकर पूरी योजना बनाई थी सुकुल बाबू ने और पिछले पाँच दिनों से लोगों को भड़काने और तनाव फैलाने में किसी तरह की कसर नहीं रखी गई थी। बिहारी भाई ने ज़िम्मा लिया था इस काम का कि ऐसा माहौल तैयार कर देंगे गाँव में कि दा साहब की सभा हो ही न पाए ! थोड़ी मार-पीट और ख़ून-खराबा होने का डर ज़रूर था...पर यह कोई ख़ास बात नहीं—यह सब तो चुनाव-अभियान का ज़रूरी हिस्सा हो गया है। बल्कि इस तरह की घटनाओं से सरगर्मी और बढ़ती है—जोश और उत्तेजना फैलती है लोगों में। बस, इतना ज़रूर है कि इस जोश-खरोश को अपने पक्ष में मोड़ लिया जाए किसी तरह। और यही आश्वासन बिहारी भाई देकर गए थे। काशी तो उनका भाषण होने के बाद से लौटे ही नहीं। सरोहा में ही डटे हुए हैं। ज़मीन तैयार कर रहे हैं सुकुल बाबू के लिए ! तेज़ आदमी हैं दोनों, और बिहारी भाई को तो इस तरह के कामों में कमाल ही हासिल है। सबसे बड़ी बात तो यह है कि भरोसे के आदमी हैं दोनों। आँख मूँदकर विश्वास किया जा सकता है दोनों पर ! सुकुल बाबू के अच्छे-बुरे सब समय में साथ दिया है इन लोगों ने और पूरी ईमानदारी और लगन के साथ दिया है। वैसे सुकुल बाबू के मुख्यमंत्रित्वकाल में फ़ायदा भी बहुत उठाया है दोनों ने...ख़ासकर बिहारी भाई ने...पर नमक खाकर नमकहरामी क़तई नहीं की, बल्कि उसकी अदायगी ही कर रहे हैं संकट के दिनों में।

अपना भाषण ख़त्म करके लौटते हुए जब बिसू के घर गए थे सुकुल बाबू और पता लगा था कि बिसू के माँ-बाप को बिंदा नाम का कोई आदमी शहर ले गया है तो उनका माथा ठनका था। पता नहीं, कहीं दा साहब ने ही तो नहीं बुलवाया...उलटा-सीधा कुछ पढ़ाकर...कुछ दे-दिलाकर चुप करा दें। इन ग़रीब लोगों का क्या है...पैसा ज़ेब में पड़ते ही आधा दुख-दर्द तो दूर हो जाता है इनका। और यदि मुख्यमंत्री खुद

बुला लें तो फिर बस...बिछ जाएँगे। लगेगा जैसे जनम सफल हो गया। और दा साहब ने जब बुलाया होगा तो केवल ज़ेब में ही कुछ डालकर तो रहेंगे नहीं...मुँह में भी ज़रूर कुछ डाला होगा। अब वही गाते फिरेंगे ससुरे सारे में। बिसू की मौत का हादसा हवा का रुख़ बदलने में बहुत कारगर हो सकता है; पर निर्भर करता है बस इस बात पर कि कौन कितनी चतुराई से इसे अपने पक्ष में मोड़ ले। कहीं ऐसा न हो कि उनकी थाली में परसा यह भोजन भी दा साहब ही गटक लें ! सुकुल बाबू ने मन की यह कचोट बिहारी भाई को बताई तो दूसरे दिन दोपहर तक ही सारी ख़बर ले आए।

बिंदा बिसू का ख़ास दोस्त है...बेहद गुस्सैल और बेधड़क। डरता नहीं किसी से और न किसी का लिहाज़ करता है। उसकी बीवी रुक्मा भी बड़ी बदमिज़ाज और बदज़बान औरत है। शादी से पहले बिसू के स्कूल में पढ़ती थी और बहुत मानती थी बिसू को। बिसू की मौत से दोनों बौखलाए फिर रहे हैं और क़ानूनी सलाह-मशवरा करने के लिए वकीलों के पास गए थे। दा साहब के हाथों बिकनेवाला जीव नहीं है वह ! सरेआम गालियाँ देता फिरता है सबको ? सुकुल बाबू ने सुना तो काफ़ी-कुछ निश्चिंत हो गए। केवल निश्चिंत ही नहीं, बल्कि बहुत-कुछ आश्वस्त भी कि बिंदा अकेला ही जुलूस निकालकर रख देगा दा साहब का। और यह एक तरह से ज़्यादा अच्छा होगा ! गाँव के लोगों में से ही कोई खड़ा होकर धज्जियाँ बिखेरे तो बात ही दूसरी होती है उसकी। पर वह साला उस दिन भी शहर में ही धकियाता रहा...सभा के बीच में आया भी तो दो-चार फ़िक़रे कसे और चलता बना ! चाहता तो मज़े से हुड़दंग मचाकर सभा में धूल उड़वा सकता था। पर इन गाँव वालों के साथ यही मुसीबत है। बस, तरंग में काम करते हैं ससुरे ! और उस दिन तो बिसू के माँ-बाप को भी साथ बाँधकर ले गया। सुकुल बाबू का तो उसके घर तक जाना ही बेकार हो गया। दा साहब मज़े से हीरा को अपनी गाड़ी में बिठाकर लाए, अपने साथ मंच पर बिठाया, उद्घाटन करवाया और आज फ़ोटो भी छप गई। मरनेवालों के मन में तो ठुक गई मोहर। मारनेवाले को शह दो और मरनेवाले को हमदर्दी—दोनों हाथों में लड्डू !

लगता है, बिहारी भाई कल लौटे ही नहीं...वरना आते ज़रूर ! असली ख़बर तो उन्हीं से लगेगी। रेडियो साला कल से दा साहब का भाषण ही गुहार रहा है, जैसे और कोई ख़बर ही नहीं रह गई दुनिया में ! जन-संचार के साधनों को अपना भोंपू बनाकर रख दिया। लगता है कि 'मशाल' के दत्ता बाबू को भी अच्छी डोज़ दे दी गई है, अब दा साहब का कीर्तन ही हुआ करेगा उसमें भी।

सुकुलजी ने बड़ी हसरत-भरी नज़र से उँगली में पड़े नीलम को देखा। पता नहीं, यह भी सुकुलवा की क़िस्मत बदलेगा या नहीं ? लगा था जैसे बिसू ने मरकर हरिजनों के खोए वोट फिर से उनकी झोली में ला पटके हैं...पर अब कल से यही लग रहा है कि वे भी दा साहब ही झटककर ले गए !

तभी बिहारी भाई प्रकट हुए। उनके चेहरे पर दो दिन की भाग-दौड़ की पस्ती स्पष्ट उभरी है—साथ ही दा साहब की सभा की कचोट भी। परसों एक तरह से सभा न होने देने का बीड़ा ही उठाकर गए थे यहाँ से। बीड़ा मुँह का मुँह में ही रह गया !

'क्या समाचार है ?' सोफ़े पर एक ओर सरककर सुकुल बाबू ने अपने पास ही जगह बना दी बिहारी भाई के लिए और पूछा, 'काशी नहीं आया ?'

'पान बनवाने रुक गया है मोड़ पर। आता ही होगा अभी।'

सुकुल बाबू उम्मीद कर रहे थे कि बिहारी भाई खुद ही शुरू करेंगे, पर बिहारी भाई तो एकदम गुम्म होकर बैठ गए। सुकुल बाबू जानते हैं कि बिहारी भाई की नाराज़गी की अदा है यह। सो खुद ही पूछा, 'सुना बहुत जमकर हुई दा साहब की सभा ! क्या करते रहे तुम लोग ?'

'झख मार रहे थे...धूल फाँक रहे थे ! गाँव में ख़ाक के सिवाय और रखा भी क्या है ?' बिहारी भाई के मन में दो दिन से जो गुस्सा बलबला रहा था, सुकुल बाबू के इस प्रश्न को सुनते ही फूट पड़ा जैसे !

'गाँववालों की ओर से विरोध नहीं हुआ ? उस समय तो लग रहा था कि बड़ा तनाव है लोगों में ?'

'ख़ाक विरोध हुआ ! अजीब अहमक हैं ये स्साले देहाती भी। परसों सवेरे से कितना समझाया...किस-किस तरह तैयार किया, पर दा साहब हीरा के घर चले गए, उसे अपनी गाड़ी में बिठा लिया तो बस

निहाल ! जुलूस बनाकर गाड़ी के पीछे-पीछे ऐसे जा रहे थे जैसे रामचंद्र जी की सवारी जा रही हो !'

'अपने आदमियों से वहीं नारे लगवाने शुरू कर देते—कुछ तो माहौल गड़बड़ाता।'

'सो सब वहाँ नहीं हो सकता था। पाँच दिन से काशी यही तो समझा रहे थे कि वहाँ कोई किसी तरह की गड़बड़ी नहीं करेगा...हुड़दंग नहीं मचाएगा। काली झंडियाँ लेकर मौन विरोध प्रकट करेंगे...बिलकुल अहिंसात्मक ढंग से।'

काशी की हू-ब-हू नक़ल करते हुए बिहारी भाई ने दोहराया और फिर भभक पड़े, 'गाँधीजी के बाद सिर छिपाने को काशी की धोती में ही तो जगह मिली है बेचारी अहिंसा को ! हूँ...!' और उन्होंने गुस्से से सिर झटक दिया।

सुकुल बाबू कुछ नहीं बोले। समझ गए कि इस गुस्से का असली कारण ज़रूर बिहारी और काशी के बीच हुई झड़प है।

'फिर क्या मालूम था कि दा साहब गाड़ी से उतरते ही सीधे हीरा के घर जाएँगे ! हीरा का घर न हुआ स्साला, कोई देव-स्थान हो गया, जहाँ माथा टेके बिना कोई काम ही न शुरू होता हो। जैसे-तैसे कुछ आदमियों को मैंने तैयार किया था...सो मंच के सामने बिठा दिया था जमाकर, वे ही कुछ बोल-बाल लिए।'

तभी मुँह में पान का बीड़ा दबाए और एक हाथ से धोती की लाँग उठाए...पसीने में सराबोर काशी प्रकट हुए।

मुँह को ऊपर उठाए, पीक को भीतर-ही-भीतर साधे हुए उन्होंने सुकुल बाबू से पूछा, 'जान लिए हो सब हाल ? बहुत भिनभिना रहे हैं बिहारी भाई...इन्हें थोड़ा शीतल करो !'

और वे पीक थूकने भीतर चले गए। कुछ देर में रूमाल से मुँह पोंछते हुए लौटे। शायद वे मुँह धोकर आए थे। कुछ तरोताज़ा लग रहा था उनका चेहरा ! सामने की कुर्सी पर बैठते हुए बोले, 'हरिजनों के बीच क्रांति करने चले थे सो तो 'मशाल' वालों के हिसाब से दा साहब ने कर दी। अब अपने लिए कोई और उपाय सोचो।'

काशी के चेहरे पर न तनाव है, न तमतमाहट। बहुत हलके-फुलके ढंग से बात कर रहे हैं वे, और उनका यह रवैया ही बिहारी भाई को जलाकर ख़ाक किए दे रहा है। बिहारी भाई के मुक़ाबले काशी का दाँव बहुत नगण्य है इस चुनाव में। शुरू से ही सुकुल बाबू का साथ दिया है—सो देते रहेंगे...पर बदले में बहुत अपेक्षाएँ न पहले कभी थीं, न अब हैं ! मस्त-फक्कड़ आदमी हैं...एकदम मौजी ! सुकुल बाबू मुख्यमंत्री थे तो खूब मौज़-मजा करने को मिलता था—चार आदमियों के बीच चौधराहट चलती थी। बस, इसी में खुश थे वे। पर बिहारी भाई के तो अनेक प्रपंच जुड़े हुए हैं सुकुल बाबू के भविष्य के साथ। कहना चाहिए कि सारे परिवार का भविष्य ही जुड़ा हुआ है एक तरह से ! इसीलिए यह चुनाव सुकुल बाबू का कम और उनका अपना ज़्यादा हो गया है। और यह काशी है कि तमाशा बना रखा है इसको। पर करें क्या, होल्ड तो काशी का ही है सरोहा पर !

'सुकुल बाबू, भोजन में तो अभी देर होगी...इस बीच कुछ चा-चू तो पिलवा दीजिए। बिहारी भाई को न हो तो कुछ ठंडा पिलवा दीजिए।'

'अरे हाँ...हाँ !' सुकुल बाबू को जैसे अपनी ग़लती का अहसास हुआ और उन्होंने बग़ल में रखी घंटी बजाई तो नौकर चाय की ट्रे के साथ ही प्रकट हुआ।

'देखो, किशन जानता है कि यह काशी आया है तो चाय तो माँगेगा ही। सुकुल बाबू भूल जाएँ, किशन नहीं भूलता।'

मंद-मंद मुसकराते हुए किशन ने चाय प्यालों में ढाली और एक-एक सबको पकड़ा दिया।

काशी ने दोनों टाँगें ऊपर चढ़ाकर कुर्सी पर ही आलथी-पालथी मार ली और चम्मच से चीनी हिलाते हुए बोले, 'देखो बिहारी भाई, अब इन गाँववालों को बहुत कोसने-गलियाने से तो कुछ होगा नहीं। जैसे हैं...हैं !' फिर एक घूँट चाय का सुड़ककर बोले, 'तुमने तो उनके लिए कभी कुछ किया भी नहीं, पर बिसू ने तो जब से होश सँभाला, इन्हीं के लिए मरता-खपता रहा था। लेकिन पाँच साल पहले जब बिना वजह पकड़कर उसे जेल में डाल दिया था तो सब साँस खींचकर बैठ गए। तब तो इमरजेंसी भी नहीं थी, फिर भी किसी ने चूँ तक नहीं की !'

फिर दूसरा घूँट सुड़ककर बात जारी रखी, 'इस आगजनी की घटना

के बाद एक हफ़्ते तक बिसू से कतराते रहे थे हरिजन टोला के लोग। अपने यहाँ आने को मना कर दिया था। डरते थे कि ज़ियादा मिलेंगे-जुलेंगे बिसू से तो कौन जाने उन्हें ही जलवा-मरवा दिया जाए। मेरी तो देखी-जानी है सारी बात !'

'तो फिर क्यों सारे दिन आप बखान करते रहते हैं कि क्रांति गाँव से आएगी...गाँव से आएगी...ग़रीबों के तबक़े से आएगी ?'

'सो तो ठीक है। जब सही माहौल बनेगा...स्थितियाँ ठीक ढंग से आकार लेंगी तो आएगी वहीं से क्रांति... ! यह जमा-खातिर रखो तुम !'

'हुँह !' गरदन झटककर बात को परे झिड़क दिया बिहारी भाई ने।

'अरे तुम्हारी हुँ-हुँ से बात नहीं उड़ेगी, समझे ? क्रांति जब भी आएगी वहीं से आएगी। हमारे-तुम्हारे किए नहीं होने की क्रांति ! और इन किराये के जुटाए हुए लौंडे-लपाड़ों से तो कभी भी नहीं !' अंतिम फ़ैसला दे दिया काशी ने।

'रहने दीजिए ! इन लोगों को आज एक पैसे का फ़ायदा दिखाई दे तो कल के लिए पूरी ज़िंदगी गिरवी रख देंगे अपनी। ये करेंगे क्रांति !'

बिहारी भाई का तैश और आक्रोश तिल-भर भी नहीं घट रहा है।

'सो तो है ही !' काशी ने चाय का दूसरा कप भरते हुए कहा, 'तुम्हारी तरह सास्तर भी नहीं पड़े और ज़ेबें भी नहीं भरी हुई हैं बेचारों की ! जो कौड़ी-कौड़ी को मुहताज हो—उसे जहाँ भी दो पैसे दिखेंगे, उधर लपकेगा तो सही।'

'तो फिर ठीक है ! जोरावर के वोट हैं ही दा साहब के, हरिजनों के वोट भी उधर ही जाते हैं तो फिर यहाँ क्यों मगजपच्ची करने बैठे हैं ? अपने-अपने घर चलकर सोइए मज़े से...चार साल बाद आँख खोल लेना !' सारी बात का उपसंहार करते हुए बिहारी भाई ने कहा और शरीर को एकदम ढीला छोड़कर पीठ को सोफ़े पर टिका दिया।

इतनी देर से सुकुल बाबू चुपचाप ही इन दोनों की बहस सुन रहे थे, अब एकदम भड़क गए, 'क्यों बेकार की छोटी-छोटी बातों पर समय बरबाद कर रहे हो ? यह बताओ कि रैली की तैयारी कैसी हो रही है ? चार दिन चाहे और ज़्यादा ले लो, पर बस यह रैली ऐसी होनी चाहिए

कि तहलका मच जाए। सारे हरिजन और खेत-मज़दूर मौजूद हों उसमें—औरत-बच्चों के साथ। बहुत ज़रूरी हो गया है यह अब !'

'काशी से कहिए आप...वे ही करेंगे इंतज़ाम !' एक रूठे हुए बच्चे की तरह बिहारी भाई ने कहा तो ज़ोर से हँस पड़े काशी। हँसते हुए बोले, 'भारी कोप है हम पर बिहारी भाई का !' फिर ज़रा ठहरकर बोले, 'देखो, सुकुल बाबू, राजनीति हमारी विचार-सून्य तो थी ही...इधर कुछ सालों से आचार-सून्य हो गई है। पर राजनीति के नाम पर यह मारपीट और हुड़दंग मचानेवाली गुंडागर्दी हमारे बस की नहीं है ! साफ़ कहे देते हैं हम !' दोनों हाथ झटककर अपनी स्थिति साफ़ कर दी काशी ने। 'पिछले चुनाव में तो यही सब किए रहे बिहारी भाई...क्या मिला ? हार और बदनामी ! फिर ?'

'आप तो हफ़्ते-भर से वहाँ जमे हुए थे...और कौन-सी आचारवाली राजनीति की, बताइए तो सुकुल बाबू को ! दा साहब की सभा का इंतज़ाम करवाते रहे ?'

आहत नहीं हो रहे काशी, बल्कि आनंद ले रहे हैं बिहारी भाई की इन व्यंग्योक्तियों का। हँसकर बोले, 'अरे, दा साहब की सभा में तो आनेवाले लोग कम और इंतज़ाम करनेवाले लोग ही ज़्यादा थे...हम क्या इंतज़ाम करते ! पर वहाँ बैठे थे तो किया कुछ ज़रूर है हमने भी, और ठोस ही किया है !'

सुकुल बाबू के चेहरे पर स्पष्ट कौतूहल उभर आया और बिहारी भाई चाहकर भी उदासीन नहीं रह सके। पूछा किसी ने कुछ नहीं, पर दोनों की उत्सुक नज़रें काशी के चेहरे पर टिक गईं।

'देखो, जोरावर वाले वोट ही सबसे बड़ी ताक़त हैं दा साहब की। पैंतीस प्रतिशत सालिड वोट ! एक नहीं टूटता इनमें से।'

'और क्या, सो तो है ही। इन्हीं के चक्कर में तो इंसानियत को सूली पर चढ़ा रखा है उस गीता के भक्त और बापू की औलाद ने ! पर तुम उसमें क्या कर लोगे ? बचे हुए पैंसठ प्रतिशत वोट दिलवा दोगे अपनी आचारवाली राजनीति से या मूक-विरोध से ?' खीझ और कुढ़न ज़रा भी कम नहीं हुई बिहारी भाई के स्वर में से।

'नऽहीं, उसमें से भी बीस-पच्चीस प्रतिशत तो ले ही जाएँगे दा साहब इस योजना-वोजना के चक्कर में। पर हाँ, इससे ज़ियादा वोट

नहीं ले जा पाएँगे इस तबक़े के, जमा-खातिर रखो तुम...। सो भी बहुत ज़ोर मारा तो। वो इंतज़ाम हम कर दिए हैं !'

और अपने इंतज़ाम से बेहद संतुष्ट होकर उन्होंने डिबिया में से दो पान निकाले और बाएँ गाल में दबा लिए...उँगली से ज़रा-सा चूना भी चाटा।

पैंतीस जमा पच्चीसवाले सीधे-से हिसाब के बाद जमा-खातिर रखने के लिए बचा ही क्या था, सो बिहारी भाई ने शरीर फिर सोफ़े की पीठ के हवाले किया। लेकिन सुकुल बाबू समझ गए कि काशी के पास है ज़रूर कुछ कहने के लिए, पर अपनी आदत के अनुसार कहेगा टँगा-टुँगाकर ही ! उन्होंने स्वर में आदेश का पुट घोलते हुए इतना ही कहा, 'काशी !'

'हमने जोरावर को तैयार कर लिया है खड़ा होने के लिए आख़िरी दिन अपना नामांकन-पत्र भरेगा।'

एक धमाका-सा करके पीक थूकने के लिए काशी भीतर चले गए। सुकुल बाबू और बिहारी भाई अवाक् ! काशी की इस बात पर विश्वास किया जा सकता है भला ? दा साहब के बूते पर जोरावर मनमानी करता है और जोरावर के बूते पर ही दा साहब अपने पाँव के नीचे ज़मीन महसूस करते हैं। जोरावर विरोध में क्या खड़ा होगा भला ? काशी लौटकर आए तो सुकुल बाबू ने पूछा, 'तुमने तैयार किया खड़ा होने के लिए और हो गया ?'

'हो गया !...हम खुद नहीं गए उसके पास...हमने तैयार करवाया !'

'उसे मालूम नहीं कि इन दो घटनाओं के बाद जान फँसी हुई है उसकी दा साहब की मुट्ठी में !'

'यही तो समझाया उसे कि यहीं रहा तो ज़िंदगी-भर गुलामी करनी पड़ेगी उसे दा साहब की। पैसा भी दो और अँगूठे के नीचे भी रहो। एक बार जीतकर विधानसभा में पहुँच जा, फिर दा साहब को मुट्ठी में रखना। बऽस, बात गले उतर गई उसके।' फिर थोड़ा रुककर बोले, 'जाट आदमी है, ऊपर से पैसे ने भेजे में गरमी भर रखी है बुरी तरह। गुलामी करना तो दूर, गुलामी की बात भी रास नहीं आती उसे। फिर दा साहब की इस घरेलूवाली योजना से बहुत भड़का हुआ है। समझवा

दिया उसे कि दा साहब जड़ काटने पर लगे हैं। जितना फ़ायदा उठाना था, उठा लिया तेरा।'

'हूँ ऽऽ !' पूरी तरह विश्वास न होने पर भी दिमाग़ आँकड़ों में उलझ गया सुकुल बाबू का। स्थिति का नया नक़्शा उभरने लगा मन में ! पर बिहारी भाई बिलकुल तटस्थ ही है सारी स्थिति से। न विश्वास जम रहा है, न कोई नक़्शा उभर रहा है।

'बस, अब खेत-मज़दूरों और हरिजनों को अपनी तरफ़ करने का काम ज़ोर-शोर से करो। योजना का पैसा सरकार से लें और वोट हमको दें। पिछले चुनाव में जैसा हमारे साथ हुआ, ठीक वैसा ही दा साहब के साथ करवा दो इस बार ! हो भी जाएगा। यह योजना-वोजना ठीक है—बाक़ी बड़ी निराशा है लोगों में बड़े दुखी हैं लोग इस सरकार से !'

लोगों में फैली निराशा की बात से बड़ी आशा जागी सुकुल बाबू के मन में। उत्साहित होकर बोले, 'अब एक ऐसी रैली करवा दो जैसी इस प्रांत के इतिहास में न हुई हो। देखते रह जाएँ दा साहब भी। पैसा पानी की तरह भी बहाना पड़े तो कोई चिंता नहीं।'

'सो काम बिहारी भाई का। पैसा दे-देकर लोग जुटा देंगे ढेरों। आपके समय में इस काम की ट्रेनिंग बहुत अच्छी हुई है इनकी ! किराए के लोगों की सभा-रैलियाँ करवाने में माहिर हैं।'

पहली बार काशी ने भी जमाया बिहारी भाई को तो डपट दिया सुकुल बाबू ने। वे नहीं चाहते कि इन छोटी-छोटी-सी बातों को लेकर किसी तरह का मन-मुटाव हो इस समय। ज़रूरत है इस समय एक होकर और मिलकर काम करने की। बिहारी भाई को बढ़ावा देते हुए बोले, 'हाँ, तो इसमें तो कोई शक नहीं। बिहारी भाई ने वो-वो रैलियाँ और सभाएँ करवाई हैं कि मैं खुद दंग रह गया। आज शाम को पार्टी-मीटिंग है। सबके साथ मिलकर योजना बना डालो और जुट जाओ। वैसे प्रचार तो हो ही रहा है रैली का भी।'

'बिंदा को फोड़ सको तो काम और आसान हो जाए। सुना है, बिसू ने जो प्रमाण जुटाए थे आगजनी की घटना के, वे अब बिंदा के पास हैं। पर हाथ नहीं रखने देता ससुरा किसी को। खुदै भाग-दौड़ कर रहा है इस केस को फिर से खुलवाने की।'

सुकुल बाबू सुन चुके हैं यह सब बात और कोशिश भी करवा चुके

हैं भरपूर। बिंदा को तो बहुत आश्वासन भी दिया कि प्रमाण दे दे, वे सब तरह की मदद करवाएँगे...पैसे से भी और दूसरी तरह से भी। विधानसभा में धज्जियाँ बिखरवा देंगे और दिल्ली तक तहलका मचवा देंगे। पर वह तो किसी से सीधे-मुँह बात ही नहीं करता। इसलिए काशी की बात सुनकर इतना ही कहा, 'मूर्ख है...अपना हित-अहित नहीं मालूम उसको।'

'मूर्ख नहीं है।' हँसे काशी—'हाँ, आपका हित ज़रूर नहीं जानता।'

तभी नौकर ने आकर सूचना दी कि खाना तैयार है। सबसे पहले काशी उठे और बिहारी भाई के पीछे जाकर उनके कंधे दबाकर बोले, 'चलो, अब गरमा-गरम भोजन के साथ रैली की बातचीत करते हैं। और कुछ चाहे हमसे न हो...हाँ, एक पोस्टर लेकर जरूर बैठ जाएँगे ट्रक में और रास्ते-भर नारा गुहारते रहेंगे।'

बिहारी भाई की उदासीनता गरम भोजन से टूटी या कि बड़ी गर्मजोशी से हुई रैली की तैयारी की बातचीत से, पर वहाँ से निकलते समय वे भी अपनी पूरी फ़ॉर्म में आ गए थे।

आज सवेरे से ही थाने की बड़े ज़ोर-शोर से सफ़ाई हो रही है। टीन की कुर्सियाँ हटाकर लकड़ी की कुर्सियाँ लगाई गई हैं। उन पर गद्दियाँ भी बिछी हुई हैं। दो बेंचें और डाली गई हैं। सजावट के नाम पर दीवार पर दो कैलेंडर टाँगे गए हैं—एक शिव-पार्वती का और दूसरा भारतमाता का। भारतमाता के एक ओर चरखा कातते हुए गाँधीजी हैं और दूसरी ओर तिरंगा लिए जवाहरलाल। गाँधी-नेहरू को देश एक क्षण के लिए भी नहीं भूलता ! चप्पे-चप्पे में वे आपको विराजमान मिलेंगे, चाहे निर्जीव तसवीरों के रूप में ही सही। थानेदार से लेकर चौकीदार तक—सबकी कलफ़ लगी वर्दियाँ निकल आई हैं। वर्दी में लगे पीतल के बटन और बकसुए ब्रासो लगाकर चमकाए गए हैं। सब एकदम लक़दक़, चुस्त-दुरुस्त।

वैसे तो थाने के नाम पर है ही क्या ? एक बरामदा, कोठरीनुमा दो छोटे-छोटे कमरे। पीछे कच्चा आँगन है, जिसके दूसरे सिरे पर सुरंगनुमा एक पतली लंबी-सी कोठरी है—अँधेरे, सीलन और बदबू से भरी हुई। तीस गाँवों की शांति-सुरक्षा का भार इसी थाने पर है। तीसों गाँवों में अमन-चैन रहे, इसलिए गड़बड़ फैलाने वाले तत्त्व बीस-पच्चीस की संख्या में हमेशा इस सुरंग में बंद रहते हैं। वे भीतर गाने गाते हैं...गाली-गलौज करते हैं...जुआ खेलते समय झगड़ा हो जाने पर खुलकर मार-पीट भी करते हैं। पर आज सबको सख़्त हिदायत कर दी गई है कि किसी तरह का कोई शोर नहीं होगा। जो भी बोलेगा, रात को बेंत से उसकी धुनाई होगी।

थाने के सामने जो कच्चा अहाता है, वहाँ बाल्टी भर-भरकर पानी का छिड़काव कर दिया गया है, जिससे धूल जम जाए, वरना जून की इस गर्मी में सारे दिन धूल-धक्कड़ ही तो उड़ता रहता है। यहाँ के लोगों को तो आदत है, पर शहर के लोगों को तो परेशानी हो ही सकती है।

दा साहब के ख़ास आदेश पर एस.पी. सक्सेना आ रहे हैं। ख़ास कचहरी बैठेगी। शायद दो-तीन दिन लग जाएँ। सबके बयान होंगे फिर से। गाँव में ख़ासी चर्चा है इस बात की। दा साहब कहकर गए थे कि वे बयान लेने के लिए किसी बड़े अफ़सर को भेजेंगे। अब जिसको जो कहना हो कहे, डरने की कोई बात नहीं। सबकी बात सुनी जाएगी और उस पर ग़ौर किया जाएगा ! एस.पी. कोई मामूली आदमी नहीं, बहुत-बहुत बड़ा अफ़सर होता है पुलिस का। बड़े अफ़सर की नज़र भी बड़ी पैनी ही होती होगी...सब भाँप लेगा। अब बिसू की मौत की असलियत का पता लगेगा ! पहले की तरह बात गोल-मोल होकर नहीं रहेगी। पहले ऐसी ख़ास कचहरी बैठी ही कब थी ? इस बार तो दा साहब ने खुद आदेश दिया है। बात के सच्चे निकले दा साहब। यह नहीं कि कहने को तो कह दिया और बात आई-गई हो गई। कहा तो करके भी दिखा दिया। लोगों के मन में बड़ा आदर जाग रहा है दा साहब के लिए। वरना ग़रीब के लिए कौन इतना सोचता है ?

आज जिन लोगों के बयान होने हैं, उनके पास थानेदार ने पहले से ही सूचना भिजवा दी है। जोगेसर साहू, महेश बाबू, हीरा और बिंदा के बयान होंगे आज। महेश बाबू तो पढ़े-लिखे आदमी हैं...बात को और बात की अहमियत को समझते हैं। वैसे बयानबाज़ी के इस झमेले में वे बिलकुल नहीं पड़ना चाहते थे, पर बिसू रोज़ उनके यहाँ बैठता था, घंटों उनसे बतियाता था, सो पूछताछ तो उनसे होनी ही थी। थानेदार को भरोसा है कि चाहे अनखाते हुए ही आएँ, पर वे समय पर पहुँच ज़रूर जाएँगे। बाक़ी तीनों को ठोंक-बजाकर कह दिया है कि आठ बजे ही थाने पर पहुँच जाएँ ! इस ख़ास कचहरी में गाँववालों की बेशुमार दिलचस्पी देखकर सख़्त हिदायत कर दी गई थी सबको, कि भीड़ नहीं लगनी है थाने के पास। यह कोई नौटंकी का तमाशा नहीं कि जिसे देखो मुँह उठाए देखने चला आ रहा है। पर इन गाँववालों को लाख समझाओ, भेजे में घुसती ही नहीं कोई बात ! आठ बजते-बजते हीरा और जोगेसर के साथ बीस-पच्चीस लोग आ ही गए। थानेदार ने झिड़का तो बोले, 'यहाँ दूर बैठे रहेंगे, सरकार...बैठने दो।' और वे थाने

से दूर खुले मैदान में एक घने पेड़ की छाया में झुंड बनाकर बैठ गए।

कोई और मौक़ा होता तो धकिया देता थानेदार, पर आज ग़म खा गया। ऊपर से आदेश आया हुआ है...किसी के साथ किसी तरह की कोई सख़्ती न बरती जाए। ठीक है, उसका क्या है...वह कुछ भी करेगा-कहेगा नहीं। इन देहातियों से पाला पड़ेगा तो एक ही दिन में पता लग जाएगा। शहरी लोग भले ही नरमी से काबू में आ जाते हों—पर ये देहाती भुच्च ? डंडे के बिना कोई रास्ते पर ला सकता है इन्हें भला ? अब इस बिंदा को ही देखो—अभी तक पता नहीं है साले का। अजीब सिरफिरा है यह आदमी। देहात का आदमी जब एक बार शहर की हवा खा लेता है तो फिर बिलकुल लाटसाहब ही समझने लगता है अपने को। मेरी तो किरकिरी करवाकर रख देगा। थानेदार के हुकुम पर आदमी आए नहीं...थानेदार हुआ या स्साला...ख़ैर छोड़ो, मेरा क्या है ? सख़्ती का हुकुम होता तो मुश्कें बँधवाकर ले आता उस हरामी को। अब नरमी से बुलाएँ एस.पी. साहब खुद।

दो बार आए हुए लोगों को आगाह कर चुका है थानेदार, पर जैसे भरोसा नहीं हो रहा। तसल्ली नहीं हो रही तो एक बार फिर गया और सख़्त हिदायत कर दी—'जैसे ही एस.पी. साहब की जीप अहाते में घुसे बतकही एकदम बंद। बिलकुल चुप। जिसका बयान होना है, वही भीतर आएगा और एकदम इकल्ला। बाक़ी लोग यहाँ से हिलोगे भी नहीं, समझे ? यह नहीं कि भीतर तो बयान हो रहा है और बरामदे में झुंड बनाकर, मुंडियाँ निकाल-निकालकर ताक-झाँक कर रहे हैं। सऊर तुम लोगों को ज़िंदगी-भर नहीं आने का ! पर समझ लो, एस.पी. साहब के सामने देहाती मामला नहीं चलने का है। जो पूछें उसी का जवाब देना...इधर-उधर की फ़ालतू बात एकदम नहीं।'

एस.पी. के सामने फिर से बयान देना होगा, जब से यह सुना, जोगेसर साहू का दिल तो तभी से धकधक कर रहा था। थानेदार की बार-बार की हिदायतों से उसे लगने लगा जैसे उसके दिल की धड़कन ही बंद हो जाएगी। ज़िंदगी में कभी तो थाना-पुलिस का काम नहीं पड़ा और आज सीधे एस.पी. के सामने ही खड़ा होना पड़ रहा है। बैठे-बिठाए

कहाँ की मुसीबत गले आ पड़ी ! पता नहीं किस बुरी साइत में बिसू की लाश देख ली !

तभी जीप की आवाज़ सुनाई दी। थानेदार एकदम अटेंशन की मुद्रा में खड़ा हो गया। एस.पी. साहब के उतरते ही एक कड़कदार थानेदारी सैल्यूट मारा। एस.पी. के साथ तीन कांस्टेबल भी आए हैं। सक्सेना ने माहौल को भाँपते हुए चारों ओर एक नज़र दौड़ाई। नहीं, किसी तरह के तनाव या सरगर्मी की गंध तो नहीं है हवा में। दूर बैठी भीड़ को देखकर पूछा, 'क्या इतने लोगों के बयान होने हैं आज ?'

'नहीं सर, बयान तो केवल चार लोगों के ही होने हैं।' फिर ज़रा हिचकिचाते हुए कहा, 'तमाशबीनों को जुटने के लिए सख़्ती से मना कर दिया था, पर ये देहाती लोग हैं न सर...।'

'हूँऽ।' सक्सेना ने वाक्य पूरा नहीं करने दिया थानेदार को।

सक्सेना के साथ आए कांस्टेबल ने जीप से फ़ाइलें निकालकर अंदर मेज़ पर जमा दीं और थानेदार बहुत अदब के साथ सक्सेना को भीतर ले आया। भीतर एक कोने में चाय का सारा इंतज़ाम था। बहुत क़ायदेवाला टी-सेट, साथ में बिस्कुट और नमकीन तथा मिठाई। सक्सेना जब बैठ गए तो थानेदार ने झुककर बहुत अदब से पूछा, 'पहले थोड़ा चाय-पानी हो जाए, सर ?'

'इस समय ? यह काम का समय है या चाय-पानी का ?' सक्सेना के तेवर से भीतर-ही-भीतर सकपका गया थानेदार।

'जिनके बयान होने हैं, वे लोग आ गए सब ? तब काम शुरू किया जाए !'

'सर, और सब तो आ गए पर वो बिंदा है न...,' थोड़ा हकलाने-सा लगा थानेदार, 'वो...वो...क्या बताऊँ सर, बहुत ही सिरफिरा आदमी है। दो बार आदमी भेजकर कहलवा दिया था, पर नहीं आया।'

'हूँऽ।'

'आप हुकुम करें तो पकड़वाकर मँगवा लें। खेत पर मिल जाएगा अपने। वो तो सख़्ती न करने का हुकुम था वरना...।'

'किसी के साथ किसी भी तरह की सख़्ती नहीं बरती जाएगी...

समझे ?' सक्सेना ने बहुत ही ठंडे लहजे में आदेश को एक बार फिर दोहरा दिया। उनके अपने भेजे में दा साहब का आदेश चिपका हुआ था—'देखो सक्सेना, किसी के साथ ज़ोर-ज़बरदस्ती या सख़्ती न हो। मिठास से पेश आओ... लोगों में हिम्मत और हौसला जगे और वे अपनी बात कहें...बिना डर के कहें...खुलकर कहें। गाँववालों को लगना चाहिए कि उन्हें बोलने का पूरा मौक़ा मिला है। बहुत तसल्ली होती है अगर बात कहने का मौक़ा मिले तो। और हमें लोगों का विश्वास जीतना है।'

और सक्सेना ने भी तय कर लिया है कि मिठास से पेश आएगा और विश्वास जीतकर ही जाएगा।

'जोगेसर साहू को बुलाओ।' आदेश के साथ ही चौकीदार नाम गुहारता हुआ बुलाने चला गया।

थोड़ी देर में जोगेसर साहू थरथराता हुआ भीतर घुसा और काँपते हाथों से ही उसने नमस्कार किया।

सक्सेना ने एक बार ऊपर से नीचे तक उसका मुआयना किया और फिर अपनी कार्रवाई शुरू की। नाम, उम्र और पेशे की ख़ानापूरी करने के बाद पहला प्रश्न आया, 'तुमने बिसेसर की लाश किस समय देखी ?'

'जी यही कोई भोर साढ़े चार-पाँच का समय रहा होगा।'

'उस समय तुम क्या करने गए थे उधर ?'

'जी, दिशा-फरागत के लिए उसी रास्ते से जाना पड़ता है।'

'हूँ ऽ...तुम्हें दूर से कैसे पता लग गया कि पुलिया पर लेटा हुआ आदमी मरा हुआ है ?'

'नहीं, बिलकुल पता नहीं लगा, साहब ! लग रहा था जैसे कोई सो रहा है। पुलिया के नीचे नाला है ना...मुझे लगा कि इस आदमी ने कहीं करवट ली तो गिर पड़ेगा नाले में...जाकर चेता दूँ। पास जाकर देखा कि अरे यह तो बिसू है। बिलकुल ही नहीं लग रहा था कि मरा हुआ है। मरने की बात तो तब पता लगी जब जगाने के लिए मैंने उसे छुआ।'

'हूँऽऽ।' क़लम चल रही है सक्सेना की। खुद ही लिखेंगे सारे बयान

बिलकुल अपने हाथ से।

'मैं तो भला करने गया था सरकार, और मैं ही फँस गया। पर सच कहता हूँ साहब, इस सारे मामले में मेरा कोई क़सूर नहीं। मुझे तो न बिसू से कुछ लेना-देना, न बिसू की मौत से।'

'जितनी बात पूछी जाए, उसी का जवाब दो,' लिखते-लिखते ही सक्सेना ने कहा।

'हाँ, ज़्यादा बकवास की ज़रूरत नहीं।' थानेदार ने घुड़का तो सक्सेना ने डंडे के हलके-से इशारे से उसे चुप करा दिया। संकेत पाते ही थानेदार सहमकर अपने में सिमट गया।

'बिसू को जानते थे तुम ?'

'जी, गाँव में सभी तो एक-दूसरे को जानते हैं।' बड़ी कातरता और बेबसी से जोगेसर ने कहा, मानो बिसू को जानना भी कोई अपराध हो।

'किस तरह का लड़का था वह ?'

'अरे एकदम सिरफिरा, साहब। हम तो कहें कि सारे गाँव के लिए बला था ससुरा।' सक्सेना ने 'सिरफिरा' को रेखांकित किया।

'सिरफिरा से तुम्हारा क्या मतलब ? पागल था ?' सक्सेना ने नज़रें जोगेसर के चेहरे पर गड़ाकर पूछा। नज़रों के पैनेपन से ही हकबका गया जोगेसर। गले से आवाज़ ही नहीं निकली।

'बोलो, बोलो।' सक्सेना ने हौसला बँधाते हुए पूछा, 'पागल लगता था तुमको वह ? पागलपन के आसार नज़र आते थे तुमको उसमें ?'

'और क्या पागल तो था ही, सरकार। आप ही सोचिए, जिसका दिमाग़ ठीक होगा वह कुछ काम-धाम नहीं करेगा...धंधा-रोज़गार नहीं करेगा ? सो सब कुछ नहीं। वहाँ हरिजन-टोला में घूमा करता था आवारों की तरह। यह किसी समझदार और अच्छे आदमी का काम है भला ?'

'पागल' और 'आवारा' रेखांकित।

'जब तुमने लाश देखी तो आसपास किसी आदमी को भी देखा था...घूमते-टहलते या और कुछ करते हुए ?'

'नहीं साहब, किसी को नहीं देखा ! निपट सन्नाटा था वहाँ।'

'कोई चीज़ देखी वहाँ ! जैसे कोई डंडा, चाकू, पिस्तौल या ऐसी कोई चीज़ जिससे कि मारा जा सके आदमी को।'

'नहीं साहब, हमने कुछ नहीं देखा। हम क्यों छानबीन करेंगे इतनी ?'

'अच्छा, लाश को देखने के बाद तुमने क्या किया ?'

'क्या करता साहब, मैं तो एकदम डर गया। उलटे पैरों लौटकर उसके बाप को खबर दी।' फिर जैसे अपने को ही कोसते हुए बोला, 'बेकार ही अपने को फँसाया, चुपचाप आगे बढ़ जाना चाहिए था। पर डर के मारे...'

थानेदार ने आँखों से ही घूरा तो वाक्य अधूरा ही छूट गया।

'उसके बाप के घर जाते समय रास्ते में तुम्हें कोई नहीं मिला ?'

'नहीं साहब, कोई नहीं मिला। वह रास्ता थोड़ा सुनसान ही रहता है।'

'हूँऽऽ !' कुछ सोच में पड़ गए सक्सेना। दो क्षण चुप रहकर वे केवल जोगेसर को घूरते रहे। नज़र के इस पैनेपन से जोगेसर को भीतर-ही-भीतर कँपकँपी छूटने लगी। उसने अपनी नज़रें ज़मीन पर गाड़ दीं, पर उसके बावजूद वह अपने चेहरे पर सक्सेना की नज़र की चुभन महसूस करता रहा और उसके पैर थरथराते रहे।

'अच्छा यह बताओ, तुम्हारी जानकारी में गाँव में उसकी दुश्मनी थी किसी से ?'

जोगेसर के मन में तो आया कि कह दे, 'आधा गाँव तो दुश्मन बना रखा था ससुरे ने...इसको उससे लड़ाना, उसको इससे लड़ाना, और काम ही क्या था उसका ? अच्छा-भला काम करते मज़दूरों को भड़काया करता था सारे दिन।' पर जैसे ही नज़र सक्सेना की नज़रों से मिली, आवाज़ जैसे भीतर ही भिंच गई। बोला ही नहीं गया कुछ।

'सच-सच बोलो और साफ़-साफ़ बोलो। डरने की कोई बात नहीं। गाँव में किसी से दुश्मनी थी उसकी ?'

सक्सेना की तरफ़ से आश्वासन मिलते ही जोगेसर के मन में एक क्षण को जोरावर का नाम कौंधा ज़रूर, पर अदृश्य लाठियों ने टिकने नहीं दिया इस नाम को। हिम्मत बाँधकर इतना ही कहा, 'हमने कहा न साहब, हमें उसके बारे में नहीं मालूम। ऐसे आवारा लोगों से हम तो दूर ही रहते हैं, साहब...बहुत दूर !'

'हूँऽऽ ! तो तुम्हारी जानकारी में गाँव में उसका कोई दुश्मन

नहीं था ?'

'हाँ, साहब, हमें नहीं मालूम। मैं तो वैसे भी दूसरों के मामले में पड़ता ही नहीं। परचून की छोटी-सी दुकान है। बस घर से दुकान—दुकान से घर, यही कुल जमा ज़िंदगी है और अपन खुश हैं अपनी ज़िंदगी से। चैन से खाता और चैन से सोता हूँ। मैं तो कहता हूँ साहब, लोग अपने-अपने धंधों से लगे रहें तो कैसा अमन-चैन हो जाए सब तरफ़ ! सब अपनी-अपनी सुलटो भाई ! पागल कुत्ते ने काटा है, जो दूसरों की बात में टाँग...।'

कुछ नोट करते-करते सक्सेना का डंडा हवा में हिला और जोगेसर की ज़बान की लगाम खिंच गई।

एक मिनट सक्सेना यों ही शून्य में देखता रहा, फिर कहा, 'अच्छा, अब तुम जा सकते हो।'

पर गया नहीं जोगेसर। हाथ जोड़कर रिरियाता हुआ बोला, 'हम आपसे फिर कहते हैं सरकार, इस मामले से हमारा कोई लेना-देना नहीं। आप तो हमारे माई-बाप हैं, आपसे झूठ नहीं बोलेंगे। हम एकदम बेक़सूर हैं। अब आप ही सोचिए साहब, हम नियम से पूजा-पाठ करनेवाले आदमी...आप हमारा विश्वास करिए...।'

संकेत पाते ही थानेदार ने धीरे से बाँह पकड़कर जोगेसर को बाहर किया। पर बाहर जाते-जाते भी उसने बड़ी ही कातर और याचना-भरी नज़रों से सक्सेना को देखा !

थोड़ी देर तक सक्सेना कुछ लिखते रहे। जैसे ही उन्होंने फ़ाइल पर से नज़र ऊपर उठाई, थानेदार ने चेहरे पर ढाई-इंची मुस्कान लपेटकर बरफ़ का ठंडा पानी पेश किया ! पानी पीकर गिलास वापस थमाते हुए उन्होंने पूछा, 'कैसा आदमी है ये जोगेसर ?'

'एकदम गऊ, सर ! बहुत भला और शरीफ़ आदमी है। लड़ाई-झगड़ा, दंगा-फ़साद सबसे दूर। थोड़ा डरपोक ज़रूर है ! जब से सुना...।'

'हूँ ऽऽ !' सक्सेना ने अंकुश लगा दिया।

'महेश शर्मा को बुलाओ।'

थोड़ी देर बाद महेश शर्मा हाजिर हुए। शहरी लिबास, शहरी अदा ! सक्सेना ने पहले ऊपर से नीचे तक महेश शर्मा को अपनी नज़र में समेटा, फिर पूछा, 'आप यहाँ के तो नहीं मालूम पड़ते, मिस्टर शर्मा ?'

'जी नहीं, मैं दिल्ली से आया हूँ।'

'किस सिलसिले में ?' सक्सेना के चेहरे पर आश्चर्य-मिश्रित कौतूहल उभर आया।

'अपने रिसर्च-प्रोजेक्ट के सिलसिले में। गाँव में क्लास-स्ट्रगल और कास्ट-स्ट्रगल !'

सक्सेना की क़तई दिलचस्पी नहीं है इस विषय में। बात बीच में ही तोड़कर पूछा, 'कब से हैं आप यहाँ ?'

'कोई डेढ़ महीना हुआ।'

'बिसेसर से कैसे परिचय हुआ आपका ?'

'अपने काम के सिलसिले में हम गाँव के अलग-अलग लोगों से मिलते थे—तभी हुआ !'

'हम लोग कौन ? क्या और लोग भी आपके साथ हैं ?'

'जी हाँ, एक और साथी भी है—अखिलन रामचंद्रन !'

'वो कहाँ हैं ?'

'माँ की बीमारी का तार पाकर वह घर चला गया।'

'हूँ ! सुनते हैं, बिसू आपके घर रोज़ आया करता था। शामें उसकी आपके घर ही गुज़रती थीं।' अपनी नज़रें महेश के चेहरे पर गड़ा दी सक्सेना ने !

'जी, रोज़ तो नहीं, पर हाँ, अकसर आया करता था।' नज़रों के पैनेपन से थोड़ा असहज हो आया महेश।

'किस तरह की बातें किया करता था वह आप लोगों से ?'

थोड़ा असमंजस में पड़ गया महेश। समझ ही नहीं पाया कि बिसू की बातचीत के विषयों को दो पंक्तियों में समेटकर कैसे बताए।

'मैं पूछ रहा हूँ, क्या बातचीत होती थी आप लोगों के बीच ?'

'जी, बात यह है कि वह बहुत सेन्सिटिव था..एक्स्ट्रा सेन्सिटिव ! और बहुत सोचता था ! यहाँ इस तरह के किसी आदमी से मुलाक़ात होगी, यह तो हम सोच भी नहीं सकते थे। इट वाज़ रियली...।'

'मिस्टर महेश, यह मेरा प्रश्न नहीं है और मैं अपने प्रश्न का जवाब चाहता हूँ।' आवाज़ में थोड़ी सख़्ती घोलकर सक्सेना ने कहा तो एक क्षण को सिटपिटा-सा गया महेश ! फिर अपने को सँभालकर कहा, 'कोई एक विषय तो होता नहीं था उसकी बातचीत का। असल में वह बहुत परेशान रहता था...बहुत दुखी और अकसर उसी की बात किया करता था।'

'क्या थी उसकी परेशानी...उसका दुख ? वही तो जानना चाहता हूँ मैं ? कोई निजी कारण था उसके दुख का...आई मीन पर्सनल ?'

'पर्सनल ?' कुछ इस भाव से पूछा महेश ने मानो इस शब्द का अर्थ ही न समझ पाया हो !

'हाँ-हाँ, पर्सनल ! आपने बताया न कि वह एक्स्ट्रा सेन्सिटिव था...और वह बेकार भी था।' फिर एक क्षण रुककर अपनी बात पूरी की, 'वह जवान था और उसकी शादी नहीं हुई थी। हो सकता है, कभी किसी लड़की...'

'अरे, नहीं-नहीं सर, एकदम नहीं !' तपाक से बातचीत बीच में ही काट दी महेश ने ! फिर आवाज़ को बहुत धीमी करके पर दृढ़ता के साथ बोला, 'इस तरह का लड़का वह था ही नहीं, सर !'

इस बार सक्सेना ज़रा मुसकराए, 'लड़कियों से प्रेम करनेवाले लड़के किसी ख़ास तरह के होते हैं क्या ?'

महेश केवल नकारात्मक भाव से सिर हिलाता रहा।

'किस तरह का लड़का था वह ?'

बड़ी असहाय-सी नज़रों से महेश ने सक्सेना को देखा जैसे समझ ही नहीं पा रहा हो कि क्या बताए ? फिर धीरे से बोला, 'कहने को तो कोई ख़ास बात नहीं। नथिंग वेरी स्पेशल...नथिंग रोमांटिक अबाउट हिम ! बहुत ही मामूली आदमी ! गाँव का एक ग़रीब लड़का जो दो जून की रोटी भी माँ-बाप या दोस्तों के माथे ही खाता था।'

सक्सेना बहुत ग़ौर से महेश का चेहरा देखते रहे—एकटक ! उनके चेहरे की प्रश्नवाचक मुद्रा वैसी ही बनी हुई थी मानो बिसू के बारे में जो असली बात जानना चाहते हैं, वह तो आ ही नहीं रही है।

'फिर भी कहीं कुछ था, साहब... आप यदि एक बार मिलते—उससे बात करते न...।'

'नहीं मिला हूँ, तभी तो पूछ रहा हूँ कि क्या था वह कुछ ?'

महेश एक क्षण चुप रहा, फिर एकदम सर झुकाकर बोला, 'नहीं साहब, शब्दों में मैं नहीं बाँध पाऊँगा ! बहुत मुश्किल है...।'

'कमाल है ! आप रिसर्च करने आए हैं...थीसिस लिखकर देंगे और साथ उठने-बैठने वाले एक आदमी के बारे में दो लाइन भी नहीं कह सकते !'

फिर आवाज़ को बहुत सख़्त और सर्द बनाकर पूछा, 'आपके इस तरह कतराने का कोई ख़ास अर्थ लगाया जाए तो ? आप समझ रहे हैं न मेरी बात ?'

एक बड़ी ही दयनीय-सी कातरता उभर आई महेश के चेहरे पर, जिसमें भय से अधिक अपनी बात न कह पा सकने की असमर्थता छिपी हुई थी।

'मेरा प्रश्न अभी भी वहीं है, मिस्टर महेश ! किस बात को लेकर परेशान रहता था बिसू ?' और उन्होंने अपनी नज़रें महेश के चेहरे पर गड़ा दीं !

'वैसे तो इस पूरे सेट-अप को लेकर ही वह परेशान रहता था, पर पिछले महीने आगजनी की जो घटना घटी, उसने तो उसे बिलकुल ही बौखला दिया। ही वाज़ नॉट इन हिज़ प्रापर सैन्सिज़ !'

'हूँऽऽ।' एक लंबी हुंकार के साथ अंतिम वाक्य रेखांकित हो गया था !

'उसका कहना था कि पूरे-का-पूरा मामला जान-बूझकर दबा दिया गया है। झूठी तसल्ली देने के लिए बेचारे कांस्टेबल को सस्पेंड कर दिया गया। मामूली जुर्म करनेवाला सज़ा पा गया और असली मुजरिम के ख़िलाफ़ कुछ नहीं...कभी कुछ होगा भी नहीं।'

एक क्षण ठहरकर बात पूरी की महेश ने, 'बस, इसी को लेकर वह तिलमिलाता रहता था। उसका कहना था—यह थोड़े-से आदमियों के मरने-भर की ही बात नहीं है, महेश बाबू...समझ लीजिए कि पूरी-की-पूरी बस्ती का हौसला ही मर गया। आठ महीनों तक रात-दिन समझा-समझाकर इस लायक बनाया था कि छाती ठोंककर अपना हक़ माँग सकें...अब बहुत दिनों तक ये लोग अपने हक़ के लिए लड़ने का हौसला नहीं जुटा पाएँगे !'

'हूँऽ !' फिर एक दूसरा प्रश्न दागा—

'लड़का नक्सली था ?'

'नहीं, नक्सलियों की तो आलोचना करता था।'

'आलोचना ?' इसमें प्रश्न से अधिक अविश्वास की ध्वनि थी।

'उनके काम करने के तरीक़े को वह ग़लत मानता था।'

'उसका अपना काम करने का तरीक़ा क्या था ?'

'काम ! काम तो शायद वह कुछ करता ही नहीं था !'

'क्यों, सुना है हरिजनों और खेत-मज़दूरों को मालिकों के ख़िलाफ़ भड़काया करता था। नक्सली भी तो यही सब करते हैं।'

'भड़काया नहीं करता था, सर...उन्हें केवल अवेयर करता था अपने अधिकारों के लिए। जैसे सरकार ने जो मज़दूरी तय कर दी है वह ज़रूर लो...नहीं दें तो काम मत करो। पर झगड़ा-फ़साद या मार-पीट के लिए वह कभी नहीं कहता था।' फिर एक क्षण रुककर बोला, 'इसी बात में वह शायद नक्सलियों से अलग भी था।'

'हूँऽऽ!' सक्सेना एक क्षण चुप रहे। फिर बात को दूसरी ओर से घुमाकर पूछा, 'अच्छा, यह बताइए कि जब वह अपनी परेशानी की बात आप लोगों को बताया करता था तो आप लोग क्या कहते थे उसे ?'

'हम ?' थोड़ा रुका महेश। फिर हिचकिचाते हुए बोला, 'देखिए सर, बात यह है कि हम लोगों को गाँव की समस्याओं, घटनाओं और गाँव के लोगों के साथ इन्वॉल्व होने की अनुमति नहीं है। हमारे काम की पहली शर्त ही यह होती है कि हम सारी बातों से एकदम तटस्थ रहेंगे।'

सक्सेना के चेहरे पर हल्की-सी शिकन उभरी। बात को साफ़ करते हुए महेश ने फिर कहा, 'मैं ठीक कह रहा हूँ। हमें फ़ार्म में भरकर देना होता है यह सब ! इसी बात को लेकर तो बिसू बहुत नाराज़ रहता था हमसे !'

'नाराज़ क्यों ?'

'केवल नाराज़ ही नहीं, लड़ता था बाक़ायदा हमसे कि आप जैसे पढ़े-लिखे लोग खाली तमाशबीन ही बनकर बैठे रहेंगे तो इन ग़रीबों की लड़ाई कौन लड़ेगा ? जहाँ दिन-दहाड़े इतना जुलुम होता हो वहाँ कोई कैसे अलग-थलग बैठकर ख़ाली काग़ज़ पोतता रह सकता है ?' एकाएक

महेश की आवाज़ भर्रा गई। पर जल्दी ही अपने को साधकर उसने बात पूरी की, 'अपनी मजबूरी हम उसे कभी नहीं समझा सके।'

'हूँ !' थोड़ी देर तक कुछ सोचते रहे सक्सेना ! फिर असली मुद्दे पर आए, 'सुना है, जिस रात को वह मरा उस दिन शाम को वह आपके पास आया था। ठीक बात है यह ?'

'उस दिन नहीं, उसके एक दिन पहले आया था। उस दिन शाम को तो मैं अखिलन को गाड़ी पर बिठाने के लिए स्टेशन गया था और लौटने में ही मुझे रात हो गई थी।'

'क्या बातें की थीं उसने उस दिन ?'

'बहुत उत्साहित था उस दिन। कह रहा था कि बहुत भाग-दौड़ करके, जैसे-तैसे उसने बहुत सारे प्रमाण जुटा लिए हैं उस आगजनी की घटना के। यहाँ पुलिसवालों के हवाले बिलकुल नहीं करेगा, बल्कि दिल्ली जाकर जैसे भी होगा, जहाँ से भी होगा, फिर से खुलवाएगा मामले को।' एक क्षण ठहरकर महेश ने फिर कहा, 'दोनों बाँहें झिंझोड़कर याचना करता रहा हमसे कि कम-से-कम इस मामले में तो हम उसकी मदद करें, उसके साथ दिल्ली जाएँ। पर हम...।' होंठ काटकर आँसू पी लिए महेश ने।

'क्या प्रमाण जुटाए थे ?'

थोड़ी देर में अपने को साधकर जैसे-तैसे जवाब दिया, 'वह सब हमने नहीं पूछा, सर ! बताया न आपको...।'

'आपने न पूछा हो, पर उसने अपनी तरफ़ से कुछ बताया हो !'

'नहीं !' स्वर भीग आया महेश का।

सक्सेना एकटक देखते रहे महेश के चेहरे को। फिर पूछा, 'माना कि एक स्टूडेंट की हैसियत से ऐसे वाक़यात से अपने-आपको बिलकुल अलग रखना है, फिर भी एक व्यक्ति की हैसियत से तो आप कुछ कह सकते हैं। आपकी राय में बिसू की मौत का कारण क्या हो सकता है ?'

'नहीं सर, बहुत मुश्किल है कुछ भी कहना।' फिर एक क्षण रुककर बोला, 'बस इतना ही कह सकता हूँ कि बहुत सदमा लगा उसकी मौत से...एक भीतर तक हिला देनेवाला सदमा ! समझ लीजिए सर कि हम सब लोगों के ज़िंदा रहने पर एक बड़ा-सा प्रश्नचिह्न लगाकर

वह मर गया', और एकाएक महेश की आँखों में आँसू छलछला आए। फूट पड़ा वह।

'बी काम, मिस्टर महेश...बी काम।' सक्सेना ने तसल्ली दी।

कमीज़ की बाँहों से आँखों की कोरों को पोंछते हुए महेश ने कहा, 'एक्सक्यूज़ मी सर, इस विषय में मैं और कोई बात नहीं कर सकूँगा।'

'ठीक है मिस्टर महेश, इस समय आप जा सकते हैं। ज़रूरत होने पर बुलवा लिया जाएगा।'

झटके से महेश पलटा और बरामदे से उतरकर अहाता पार करता हुआ पगडंडी पर चला गया। सक्सेना एकटक दूर होती हुई महेश की आकृति को ही देखते रहे और थानेदार अगले आदेश की प्रतीक्षा में बुत बना खड़ा रहा।

थोड़ी देर बाद सक्सेना ने जैसे ही थानेदार की ओर देखा—बड़े अदब से झुककर उसने पूछा, 'अब थोड़ा रेस्ट हो जाए, सर ? चाय का एक राउंड ?'

'अभी नहीं !' और सक्सेना फिर जैसे अपने में ही डूब गए।

महेश की बातों से फैली ग़मगीनी को दूर करने के लिए थानेदार ने कहा, 'सर, ये शहर से आए लोग न गाँव को समझें, न गाँव की बात समझें। इनकी बात को अहमियत मत दीजिए। ख़ानापूरी होनी थी, हो गई। जुमा-जुमा आठ दिन तो हुए आए। इनकी बात का क्या ?'

'हीरा को बुलवाओ।' सक्सेना के आदेश ने थानेदार की बात को बीच में ही काट दिया।

थानेदार ने आँख से ही चौकीदार को इशारा किया तो वह बाहर को लपक लिया। थोड़ी देर में हीरा लाठी टेकता हुआ धीरे-धीरे कमरे तक आया। छोटा भाई गनेसी उसे थामे हुए साथ चल रहा था। पर जैसे ही ये लोग बरामदे पर चढ़े, थानेदार ने रोका, 'बस, सिर्फ़ हीरा अंदर आएगा। कित्ती बार समझाया था...।'

'आने दो सरकार ! बिसुआ की मौत ने बहुत थका दिया है दद्दा को। मेरे रहते थोड़ा हौसला रहेगा।'

'हौसले को क्या करना है ? यहाँ कोई...।'

'आने दो उसे भी !' सक्सेना ने थानेदार की कड़क आवाज़ को वहीं रोक दिया। सिटपिटाकर चुप तो हो गया थानेदार, पर भीतर-ही-भीतर एक वज़नी गाली भी उभरी सक्सेना के लिए। 'स्साला, गाँव में ही बेइज़्ज़ती कर रहा है मेरी जब से। यह तो दो दिन में चलता बनेगा. ..थानेदारी तो मुझे ही करनी है इनके सर पर।' लेकिन ज़हर का यह घूँट भीतर ही ठेलकर आवाज़ में शहद घोला और बहुत नरमी से बोला, 'आओ...आओ, तुम भी आओ ! देखा, सर कितना ख़याल रखते हैं सब लोगों का !'

दोनों भीतर आकर हाथ जोड़कर खड़े हो गए। सक्सेना कुछ देर तक हीरा के भाव-शून्य चेहरे को देखते रहे, फिर बोले, 'बैठ जाओ बाबा, तुम बैठकर ही बयान दो।' और फिर बड़ा दिलासा देते हुए बोले, 'देखो, जो कुछ पूछा जाए, साफ़-साफ़ कहना। डरने की कोई बात नहीं है–सब बात सच-सच कहो !'

'हम झूठ काहे बोली, सरकार ? जो कहब सच ही कहब !'

'हाँ, सच कहने से ही तो सारी बात का पता लगेगा न !'

'अब पता लगाकर भी का हुई सरकार ! हमार बिसुआ तो चला गवा।'

और हीरा ने अपनी पनीली आँखें ज़मीन में गाड़ दीं। सक्सेना दो मिनट ख़ामोश रहे। थोड़ा सहज हो ले हीरा ! फिर उन्होंने बयान लेना शुरू किया। आरंभिक ख़ानापूरी करने के बाद पूछा, 'बिसेसर तुम्हारा बेटा था ?'

'जी सरकार, सबसे बड़ा बेटा !'

'उसकी उम्र ?'

'एक बीसी और आठ बरस ! भादों का ही तो जनम रहा, सरकार !'

'कुछ पढ़ा हुआ था ?'

'कुछ ! अरे बहुत पढ़े रहा, सरकार ! चौदह किलास पास। सहर भेजिके पढ़ावा रहा। मेहनत-मजूरी कीन...रूखी-सूखी खाई पर अपने बिसू को बहुत पढ़ावा रहा, साहेब !'

एक क्षण रुककर वह फिर बोला, 'बिसू का बारे मा बहुत सोच रहा सरकार...न जाने कउन-कउन सपना देखा रहा...बड़ा आदमी बनिहै...कुर्सी पर बइठ के काम करिहै पर...।' आवाज़ भर्रा गई हीरा

की। गरदन झटककर बड़े हताश भाव से बोला, 'सब धरा रहिगा।'

'क्या काम करता था ?'

'कुछौ नहीं !'

'कुछ नहीं ? अट्ठाइस साल का जवान आदमी और काम-धाम कुछ नहीं करता था ?' सक्सेना के ललाट पर सलवटें उभरीं और आवाज़ में हलकी-सी जिज्ञासा।

'पहिले तो हियें गाँव में आपन इसकूल खोले रहा। लरिकन, बड़न सबका पढ़ावत रहा...अउर न जाने का-का समझावत रहा।'

'क्या समझाया करता था ?' नज़र में हलका-सा पैनापन उतर आया सक्सेना की।

'अब हम उई सब बातें का समझीं, सरकार ! हम तो खुरपा अउर फरुहा वाले मजूर ठहरे। चौदह किलास पास वाले की बातें हमारी समझ में का आय सकी ?'

'हूँ ऽ ! कौन-कौन आता था उसके स्कूल में ?'

'बतावा न सरकार, गाँव का सबै लरिका-लरिकिनी आवत रहैं। बड़ा लोगवा आवत रहैं। हरिजन-टोला मा तो खुदै जायके पढ़ावत रहा। बहुतै सौक रहा पढ़ावै का...पर बाद मा तो सब छुटिगा।'

'क्यों ?'

'जेहल चला गवा रहै न ! चार साल मा सब मटियामेट होइगा ! लौटे के बाद फिर पहिले जस इसकूल जमवे नहीं भा।'

'जेल क्यों गया था ?'

'का जानी सरकार ! बऽस एक दिन अइसे ही पकरि लै गए।'

'अरे कुछ तो किया होगा।...लड़ाई-झगड़ा, दंगा...मार-पीट... ?'

'नहीं, नहीं !' एकदम उछलकर हीरा बीच में ही बोला, 'ऊ सब-कुछ नहीं। हमार बिसू कौनौ दिन काहू से मारपीट नहीं किहिस ! झूठ नाहीं बोलत सरकार आपसे...गुस्सा तो ओहिका बहुत आवत रहा...आँख लाल हुइ जात रही अंगारा जस...पर हाथ तो आज तक काहू पर नहीं उठाइस रहा, सरकार !'

'तो फिर किसलिए हुई जेल ?'

'सो तो आप लोग जानौ, सरकार ! आपै लोग तो पकरि लै गए रहो।'

सक्सेना ने थानेदार की तरफ़ देखा। थानेदार ने ज़रा-सा आगे झुककर धीरे-से कहा, 'नक्सली था, सर !'

सक्सेना, थानेदार की ओर ही देखते रहे, कुछ इस भाव से मानो थानेदार की बात से महेश की इस बात, 'नक्सलियों की तो वह आलोचना करता था' का तालमेल बैठाने की कोशिश कर रहे हों ! थोड़ी देर बाद एक लंबी हुंकार के साथ नज़र फिर हीरा के चेहरे पर टिका दी, 'कितने दिन की सज़ा हुई थी ?'

'सजा तो कौनौ भई नहीं, सरकार ? कौनौ मुकदमऔ नहीं चला। बस, एक दिन भिनसारे आए अउर बाँधि लै गए। दुई महीना तक तो हमका पतौ ही नहीं लगा सरकार कि कहाँ है हमार बिसुआ। बड़े जी कलपा हमार...बहुत छटपटाएन हम। ओकर महतारी तो खानौ-पीना तक छोड़ दिहिस रहै !'

सक्सेना को पूरी तरह विश्वास हो जाए कि बिसू एकदम बेगुनाह था, हीरा ने भर्राई आवाज़ में एक बार फिर दोहराया, 'सच कही सरकार, हमार बिसू कौनौ दिन जुलुम नाहीं कीन्हा रहा, कौनौ गलत कामौ नाहीं कीन्हा रहा।' फिर एकाएक याचना-भरे स्वर में उसने पूछा, 'आपै बताओ सरकार...काहे लै गवा रहै हमार बिसुआ को ? बेगुनाह का जेहल भैजे काऔ कौनौ कानून होत है का ?'

'कितने दिन रहा जेल में ?' सक्सेना खट्-से बात को वापस लाइन पर लाए।

'पूरा चार बरस रहा, सरकार ! जैसे एक दिन बाँध के लै गए रहै, वही तरै एक दिन छोड़ौ दिहिन !'

'नई सरकार ने छोड़ा न ?'

'हाँ सरकार, तबै छुटमल रहा ! हम तो बड़ा जस गाइत हैं नई सरकार का। हमार बिसू घर तो आवा ! अउर दा साहब तो देवता आदमी हैं, सरकार ! हम गरीबन का कइसा मान दिहिन ! ऊ दिन हमार घरै आ...हमका अपने सँग लिवाय लै गए...नहीं तो को पूछत है गरीबन का दुख-दर्द...'

हीरा का गला भर्रा गया, कुछ दुख से पर उससे अधिक कृतज्ञता से। सक्सेना भी कुछ क्षण चुप रहे। हीरा को दा साहब की गरिमा में पूरी तरह डूबने का मौक़ा दिया !

'जेल से छूटने के बाद क्या करता था बिसू ?'

'का करत, सरकार ? एक-दुई महीना तो पड़ा रहा। न काहू से बोलब न चालब ? न कहूँ आउब न जाब। बस, गोड़न में मुँह दिए बइठा रहत...जो खटिया पे लेटिगा तो लेटिके आसमानै ताकत रहत !...जो खाय का कहौ तो खाय लै...न कहौ तो भूखै...'

थानेदार ने चुप रहने का इशारा किया तो सक्सेना ने रोक दिया, 'नहीं-नहीं, बोलने दो।' एक-एक शब्द लिखते जा रहे थे हीरा की बात का वह।

'हमका तो लगतै नहीं रहा कि ये हमार वही बिसुआ है। अरे का बताई सरकार, बड़ी चुस्ती-फुर्ती रही वाहिके सरीर मा ! मुला सब निचुड़ गई ?'

हीरा चुप हो गया। सक्सेना कुछ देर हीरा के बोलने की प्रतीक्षा करते रहे, फिर पूछा, 'पर कुछ तो करता होगा...आख़िर दिन कैसे गुज़ारता था।'

'का करता, सरकार ? बस बहुत बेचैन रहता रहा ! रात-रात भर टहरा करता। जाने कउन दुख लागि गवा रहै ?'

तुरंत रेखांकित।

'इसका मतलब कमाता-धमाता कुछ नहीं था ! कोई काम-धंधा, रोज़गार ?'

'पहिले तो इसकूलै मा लरिका लोग कुछ दइ देत रहे—जितना जेहिका परि जाए पर इधर तो हरिजन टोलै माँ जियादह जात रहा... ऊ बिचारे का देइहैं, सरकार। उनका तो अपनै पेट भरब मुसकिल !'

'तुम लोग कुछ कहते नहीं थे। जवान आदमी निकम्मा बैठा रहे और बूढ़े माँ-बाप मज़दूरी करें।'

'का कहत, सरकार ! हाँ, महतारी लड़त रही ! छोटे-छोटे लरिकन का पेट काटि के पढ़ावा अउर अब न कछू करै न धरै। तब हिम्मत रही साहब...अब हाथ-पाँव नाहीं चलत एही से महतारी बकत रही... कोसत रही।' फिर भर्रायेे गले और रुँधी हुई आवाज़ में कहा, 'पर जबसे गवा है, आँखिन से आँसू नहीं टूटत। रोए-रोए के आधी होइ गई है। सब दिन अपने को कोसत है—दैया रे ! हमहिन लड़ि-लड़ि के अपने बिसू को मारि डाला। दुइ-दुइ रोटीन का तरसाय दीन। बहुत कलपती

है, सरकार ! वाहिकेर दुख नाहीं देखा जात।'

गला भिंच गया हीरा का और आँखों की कोरों से दो बूँदें ढुलककर झुर्रियों में ही बिला गईं।

सक्सेना ने बड़ी मुस्तैदी से एक-एक शब्द लिखा और फिर सबको रेखांकित किया। दो क्षण रुककर अगला प्रश्न पूछा, 'माँ जब लड़ती थी तो बिसू क्या कहता था ? कभी घर छोड़ने की बात...भाग जाने की बात...या कोई ऐसी... ?'

'नाहीं सरकार, भागत काहे ? ई गाँव तो बहुतै पियारा रहा ओकर। ऊ तो हमेस कहत रहा, थोड़े दिनौ अउर रुकि जाव अम्मा...फिर तुमको कौनो बात की सिकायत न हुई ! का जानी सरकार, वाहिके मन में का रहै ? मन की मनै मा लैके चला गवा !'

हीरा का गला फिर भर्रा आया। सक्सेना साहब कुछ देर तक चुभती-सी निगाहों से हीरा को देखते रहे, फिर अगला प्रश्न फेंका, 'तुम कहते हो, बिसू ने कभी किसी से मार-पीट नहीं की कहीं बाहर। उसकी बेकारी को लेकर क्या कभी घर में कोई ऐसा झगड़ा हुआ, जिसमें मारपीट हुई हो... ?'

पूछने के साथ ही सक्सेना ने अपनी नज़र में और अधिक पैनापन घोल लिया, पर इस नज़र से एकदम बेख़बर हीरा बीच में ही बोल पड़ा, 'अरे नाहीं-नाहीं साहेब कब्बो नाहीं...एकौ बार नाहीं। आज तलक घर मा कब्बो मारपीट नहीं भई। घर मा तो कोऊ छुइसि तक नाहीं वहिका ? दुइनौ छोटे भाई बहुतै प्यार करत रहैं...बहुतै मानत रहैं बिसू दादा का ?'

'हूँऽऽ !' जैसे कुछ विचार में पड़ गए सक्सेना साहब ! फिर हीरा के चेहरे पर उसी तरह आँखें गड़ाकर पूछा, 'जानते हो, जब उसकी डॉक्टरी जाँच हुई तो उसके शरीर पर कई जगह मार-पीट के निशान थे ! कलाइयों और टखनों में तो ऐसे निशान कि जैसे कभी गहरे घाव लगे हों। और तुम कहते हो कि उसकी कभी किसी से मार-पीट ही नहीं हुई...तब शरीर के वे निशान ?'

कुछ इस भाव से पूछा सक्सेना ने मानो बहुत मासूमियत में लपेटकर कही गई हीरा की बातों से धोखा नहीं खाएँगे वह। पर हीरा का ध्यान न सक्सेना की नज़रों के पैनेपन पर था, न बात की तह तक पहुँचने वाले लहजे में। वह तो जैसे अपनी ही रौ में बोले चला

जा रहा था।

'ऊ निसान तो सरकार जेहल से छूटि के जब आबा, तबै के हैं। जब आवा रहै न साहब, तब कलाई और टखनन पर घाव रहै...उनसे खून और मवादौ आवत रहा। घी अउर हरदी के फाहे रखि-रखि के बड़ी मुसकिल से घाव ठीक किहिस वहिकी महतारी। चार साल तक जेहल मा हथकड़ी-बेड़ी नहीं खोली गई रहै हमरे बिसू के हाथन-पावन से। सरीर पर बहुतै मार लगाई रही सायद...सारे सरीर पर जखमै-जखम रहे—बाहर-भीतर सब जगह।' एक क्षण रुककर फिर उसी तरह काँपते हुए स्वर में बोला, 'बहुतै मुलायम रही खाल हमरे बिसू की साहब... बहुतै मुलायम !'

और घुटनों में सिर देकर हीरा फूट-फूटकर रोने लगा। गनेसी ने भाई को दिलासा देने के लिए पीठ पर हाथ रखा और सक्सेना साहब ने पास खड़े कांस्टेबल को इशारा किया कि पानी पिलाए।

बिजली की फुर्ती से कांस्टेबल पानी का गिलास लाया और बड़े अदब के साथ उसने सक्सेना के सामने पेश किया।

'मुझे नहीं, हीरा को पिलाओ।' गिलास गनेसी ने लिया और इंतज़ार करने लगा कि दद्दा थमें तो पानी दे। इसी बीच थानेदार ने झुककर झिझकते हुए पूछा, 'अब थोड़ा रेस्ट हो जाए, सर ? एक-एक चाय ? यह भी इस बीच चाय-पानी कर लेगा।'

थानेदार को यही लग रहा था कि कितनी भाग-दौड़ करके तो उसने गरमागरम इमरतियों का इंतज़ाम किया था और यह एस.पी. साला ऐसा काम का सगा बना हुआ है मानो इसने काम रोका तो दुनिया रुक जाएगी। सऽऽब ठंडी हो गई होंगी ? एक गाली उभरी उसके मन में।

'ठीक है, ले आओ !' फिर हीरा को संबोधित करके, 'तुम्हारे पास भी कुछ खाने-पीने को है या नहीं ?'

जवाब दिया गनेसी ने, 'है सरकार, बाँध के लाए रहे।'

'नहीं है तो एक दुकान है वहाँ बाहर चाय की। ले लेना वहाँ से कुछ। जाओ, बाहर जाओ। कुछ चा-वा पी लो, मन थोड़ा थिर हो जाएगा।'

बात ख़त्म करते ही सक्सेना की घूरती हुई नज़र से थानेदार की नज़र मिली तो अपनी आवाज़ की सख़्ती से खुद ही थोड़ा सकपका गया। तुरंत चेहरे पर मुलायमित घोलकर कहा, 'देहात के लोग थाना-कचहरी आते हैं सर, तो खाना तो बाँधकर लाते ही हैं। देर-अवेर तो हो ही जाती है इन कामों में।'

थानेदार को यह डर लग रहा था कि कहीं हीरा और गनेसी को भी यहीं चाय पीने के लिए न कह दें। इन गाँववालों के लिए मन में बड़ा प्रेम फूट रहा है न एस.पी. साहब के ! ज़रूर यह भी कोई चक्कर होगा ससुरा—वरना पुलिसवाला आदमी इतना लिजलिजा नहीं होता... गाँव का हो, चाहे शहर का। आया है तब से लगा रखी है—इन्हें रोको मत, इन्हें घुड़को मत...सख़्ती से पेश मत आओ, जितनी बकवास करें करने दो ! ज़रा-सा बोलते ही कैसा नज़रों से दाग़ देता है कि जीभ तालू से ही चिपककर रह जाती है। लगता है जैसे यहाँ बयान लेने नहीं, आरती उतारने बुलाया है सबको ! ये तो अपने चल देंगे, गाँव में कैसी-कैसी गालियाँ उछलेंगी उसके नाम, वही जानता है ! आगे तो उसे ही सँभालना है। सबेरे बिंदा के न आने से जो एक घबराहट हो रही थी, वह अब खुशी में बदलने लगी। ठीक कर देगा बिंदा, दो-चार गाली बक देगा तो धरी रह जाएगी यह नरमी और यह शहरातीपन। तब देखूँगा, कैसे नहीं करते हैं सख़्ती !

'देखो, मैं चीनी नहीं लेता।' किनारे की मेज़ पर चाय ढालते हुए कांस्टेबल को आदेश दिया सक्सेना ने। प्लेट में इमरतियाँ जमाते थानेदार के हाथ वहीं रुक गए !

'अरे सर, यह क्या ? मैंने तो आपके लिए स्पेशल मिठाई का इंतज़ाम किया था। इधर गाँव में कहाँ मिलती है मिठाई ? वो तो सरपंच साहब ने आपके... ।'

'डाइबिटीज़ का मरीज़ हूँ न...मना है चीनी !' सक्सेना ने कोई ख़ास तवज्जह नहीं दी—न स्पेशल इंतज़ाम को, न सरपंच को। ज़ेब से स्वीटेक्स की छोटी-सी डिबिया निकाल ली। साथ ही एक सिगरेट सुलगाने के बाद सिगरेट-केस थानेदार की ओर बढ़ाया। बढ़िया ब्रांड

की सिगरेट देखकर मन लपलपाया तो बहुत, पर अदब ने हाथ नहीं बढ़ाने दिया।

'नहीं सर, बस आप ही पीजिए।' कृतज्ञता में आकंठ डूबकर कहा थानेदार ने।

'क्या बात है, सिगरेट नहीं पीते ! अच्छा चाय तो लो अपनी।' और खट्-से सिगरेट-केस बंद करके सक्सेना ने वापिस रख लिया।

एक बार और तो कहता, एकदम समेट ही लिया—मन में उभरा, पर 'जी सर' कहकर अदब से चाय का प्याला उठा लिया और बड़े संकोच से घूँट भरने लगा।

चाय की चुस्कियाँ और सिगरेट के कश खींचते हुए सक्सेना कुछ सोचने लगे। सिगरेट से निकले हुए धुएँ के गोरख-धंधे में उनका मन ऐसा उलझ गया कि मानो वे कमरे से ऊपर उठ गए हों।

थानेदार की इच्छा हो रही है कि एस.पी. साहब उससे कुछ बातें करें। गाँववालों के बारे में ही कुछ पूछें—इस केस के बारे में ही उसकी राय जानें—आख़िर पहली बार तो उसने ही लिए हैं सारे बयान।

'गरम कुछ ज़्यादा ही है यह जगह।'

लो, ये तो मौसम पर चालू हो गए ! ख़ैर किसी पर बात करें, उसे तो जवाब देना ही है।

'जी, वो बात यह है सर, कि चारों तरफ़ खुले मैदान-ही-मैदान हैं। पेड़-वेड़ तो हैं नहीं ज़्यादा; सो बस, लू के सपाटे चलते रहते हैं।'

'हूँऽ ।' सक्सेना फिर चुप ! आख़िर थानेदार ने ही हिम्मत करके अपनी ओर से बात चलाई।

'सर, हीरा के बाद जिसका बयान होना है न—बिंदा, वो तो आया नहीं ! आएगा भी नहीं। मैंने आपसे अर्ज किया न, एक ही सिरफिरा आदमी है वह। बहुत ही ख़तरनाक !'

'ख़तरनाक ?' बहुत ही पैनी नज़रों से देखा सक्सेना ने, मानो इस शब्द का अर्थ जानना चाहता हो। इस नज़र से एक क्षण को हकबकाया थानेदार, पर फिर इतनी देर से घुमड़ती हुई बात सरका ही दी—

'जी, गाँव में जितने झगड़े-फसाद होते हैं न, सब इन्हीं लोगों की वजह से। सच पूछें तो बिसू भी ऐसा ही था, सर ! खुद तो कुछ करना-धरना नहीं, बस काम करनेवालों को भड़काना सारे दिन।

उलटी-सीधी बातें...।'

'हूँऽऽ !' बात बीच में ही तोड़ दी सक्सेना ने एक छोटी-सी हुंकार उछालकर। थोड़ी देर चुप रहा थानेदार, फिर धीरे से पूछा, 'उसका फिर कैसे होगा, सर ? आप कहें तो...।'

'देखते हैं अभी।' सक्सेना कोई परेशानी ही महसूस नहीं कर रहे।

अजब आदमी है यह भी। इसमें देखने को क्या रखा है ? कोई तमाशा है यह भी ! कहें तो अभी पकड़वाकर बुला लें उसे। वैसे कोई आसान काम नहीं है उसे लाना। पर ऐसे टेढ़े आदमियों को ठीक करना वह खूब जानता है। एक बार मौक़ा तो दें उसे भी अपना कमाल दिखाने का। पर ये हैं कि अपनी ही धुन में बैठे हैं। बयान तो उसे भी आए दिन लेने ही पड़ते हैं...देहात-गाँव में कुछ-न-कुछ लगा ही रहता है... पर ऐसा बेतुकापन तो उसने न देखा, न जाना। कहीं कोई कड़क ही नहीं ! वर्दी के साथ-साथ शरीर में थोड़ा कलफ़ लगाकर आ जाते तो ठीक था।

'काम शुरू किया जाए,' कप एक तरफ़ सरकाकर सक्सेना ने कहा, 'बुलवाओ हीरा को !'

'यस्सर !' तपाक से आदेश को सरकाया थानेदार ने, पर मन में कहीं उभरा—घिस्सू कहीं का !

थोड़ी ही देर में हीरा और गनेसी फिर हाज़िर। दोनों आकर पहले की जगह बैठ गए।

सक्सेना थोड़ी देर तक दोनों को देखते रहे एकटक। फिर बात को बिलकुल नए सिरे से शुरू किया—

'अच्छा, यह बताओ, गाँव में उसकी दोस्ती किस-किससे थी ! किन लोगों के बीच उठता-बैठता था बिसू ?'

'अइसे तो सबहीं के साथ उठत-बइठत रहा, सरकार ! पर हाँ, खास दोस्त तो बिंदे रहा। भइयन मा भी अइसा पिरेम न मिलि है आपको।'

'कौन है यह बिंदा ?' थानेदार से इतनी गाथा सुनने के बाद भी सक्सेना ने इस तरह पूछा जैसे पहली बार सुन रहे हों यह नाम।

'रुक्मा का घरवाला, पहिले शहर मा रहत रहा।'

'इस गाँव का रहनेवाला नहीं है ?' सक्सेना के ललाट पर हलकी-सी शिकन उभर आई। कहीं जेल-वेल का साथी तो नहीं ? थानेदार उसके ख़तरनाक होने की बात कह ही चुका है अभी।

''नाहीं। सहर मा रहत रहा...हुँवै नौकरी करत रहा। लेकिन जब रुक्मा का बाप मरिगा तो रुक्मा लै आई बाप की खेती सम्हारै के खातिर। अउर कोई बाल-बच्चा तो नहीं रहा उहिके। रुक्मे अकेले बिटिया रही अउर बीस बीघा की खेती रही। कुआँ, गाय, बैल, भैंस...अमराई...।'

'यह रुक्मा कौन है !'

'अरे वहिकेर घरवाली, सरकार ! एही गाँव केर लड़की...बिटिया जस।'

हीरा ने कुछ इस भाव से कहा, मानो इतनी जगत-विख्यात बात भी नहीं जानते सक्सेना साहब।

'बहुतै अच्छी लड़की है, सरकार ! बिसू का तो बहुतै मानत रही। पिरान देती रही वहि पर तो।'

'हूँऽऽ !' एक लंबी हुंकार के साथ सक्सेना ने यह वाक्य अपने भीतर उतार लिया।

'उहै के इसकूल मा पढ़ती रही न सरकार, बस तबै से...।'

'बिसू के स्कूल में पढ़ती थी ?'

'हाँ-हाँ, तब सादी कहाँ भई रहै...तउन पढ़त रही। बहुत हुसियार रही पढ़े मा। बिसवो बहुत मान रहा...बहुत नेह रहा वहि पर बिसू का।'

'हूँऽ !' बात कुछ और गहरे उतरी।

'जब बिसू का जेहल लइगे...बहुत रोई। बिसू की माई की तरह कलपत रही साहब रुक्मा...खाब-पियब सब छोड़ दिहिस रहै।'

'हूँऽऽ !' बात ताल में जाकर जम गई और बयान की हर पंक्ति रेखांकित होती चली गई।

'शादी कब हुई रुक्मा की ?'

'बस यही कौने तीन बरस।'

'बहुत रो-धोकर की शादी या खुशी-खुशी कर ली ?'

'अरे सरकार...रोउती तो है ही बिटिवै सादी के समै। महतारी का घर छोड़त करेजवा बहुत कसकत है बिटियन का। फिर यहिके तो

महतारिउ नाहीं रही, सरकार ! बाप का घर वही देखत रही...मोह तो होतै है।'

'शादी करके शहर में चली गई या गाँव में ही रही ?'

'सादी के बाद कउन गाँव में छोड़त, सरकार ? गई तो सहर ही, पर उहाँ एको दिन मन लागे नहीं सरकार उहिका।'

'तो गाँव चली आई ?'

'अउर का ! बाप की बीमारी मा आई तो फिरकै गइवै नहीं। साफ कहि दिहिस बिंदा से...मैं अब सहर न अइहौं। आवै का होइ तो बिंदा आवै, नहीं तो रहै अपना सहर मा...ऊ अब बाप की खेती देखिहै। बस, फिर बाप के मरे पै बिंदाऔ गाँव आइ रहा।'

तल में बैठी बात पर मुहर लग गई।

'तो बिसू की जान-पहचान कैसे हुई बिंदा से ? वह तो जेल में रहा होगा उस समय ?'

'जेहल से छूट के जब आवा तब भई, सरकार ! जब बिसू छुटिके आवा तो बहुतै खुस भई रहै रुक्मा।'

रुक्मा की खुशी की याद क्षण-भर के लिए हीरा के चेहरे को भी हुलसा गई।

'फिर ?'

'फिर का सरकार, जेहल से छूटै के बाद जौन बहुत गुमसुम, बहुत चुप रहता रहा हमार बिसुआ, तौन रुक्मा रोजै बिंदा के लेइके आवत रही बिसुआ से बोले-बतियावै। वही ठीकौ किहिस बिसुआ का।'

'हूँऽ।' लिखना ख़त्म हुआ तो एक क्षण पेन को मेज़ पर टकोरते रहे सक्सेना—जैसे कुछ सोचने लगे हों। फिर पूछा—

'तो इसका मतलब यह हुआ कि बहुत पुरानी दोस्ती नहीं थी बिंदा और बिसू की...जैसे बचपन की दोस्ती होती है !'

'नहीं, ऊ तो रुक्मा से रही। बिंदा से तो यहै छ-सात महीने केर आय। मुदा गर आप देखत सरकार तो जान परत जानो बचपन की नहीं, पिछले जनम की दोस्ती आए। जरूर पिछले जनमै का संजोग रहा होई सरकार... नहीं तो अइसा पिरेम... ?'

'अच्छा, कभी लड़ते भी दोनों आपस में ?'

'अरे खूब लड़त रहै, सरकार। मार जोर-जोर से लड़त रहै।'

एकाएक हीरा के झुर्रियों-भरे चेहरे पर वात्सल्य की तरलता झलकने लगी मानो सामने ही बिसू-बिंदा लड़ रहे हों।

'किस-किस बात पर लड़ते थे ?' प्रश्न पूछने के साथ ही सक्सेना ने अपनी निगाह पैनी और सूँघने की शक्ति को तेज़ कर लिया।

'न जाने कउनी-कउनी बातन पर ! अइसी बतकही—अइसी बतकही कि बस्स। बिंदा पढ़ै-लिखै है न सरकार...फिर सहर का रहवैया...अब हम का उनकी बातन का समझ सकति हैं, सरकार बतियात-बतियात जो लड़ परै तो लड़तै रहत...।'

'अच्छा, यह बताओ, रुक्मा अपने आदमी के साथ खुश है ?'

'बहुत खुस्स है, सरकार ! एक बेटवौ है डेढ़ बरस का।'

'हूँऽऽ !' दो मिनट चुप रहकर कुछ सोचते रहे सक्सेना। फिर उन्होंने कुछ लिखना शुरू किया और हीरा जैसे बिसू की उन पुरानी यादों में खोया रहा।

कोई पाँच मिनट तक कुछ लिखते रहे सक्सेना। फिर बात को दूसरी ओर घुमाते हुए पूछा—

'अच्छा, अब यह बताओ, गाँव में दुश्मनी थी उसकी किसी से ?'

हीरा चुप !

'किसी से लड़ाई या दुश्मनी थी उसकी ? डरो नहीं...बोलो।'

इस प्रश्न के साथ ही थानेदार ने कुर्सी पर बैठे-बैठे अपना धड़ थोड़ा आगे को निकाल लिया। अब ज़रूर कोई-न-कोई नाम टेप देगा यह बुड्ढा। डर तो किसी का रह नहीं गया है !

'का बताई, सरकार...दुश्मनी तो नाहीं मुदा'...फिर हिचकिचाने लगा हीरा, पर सक्सेना की सच कहने को उकसाती हुई मुद्रा से हौसला पाकर कह दिया, 'जोरावर सिंह और मालिक लोग वहि से बहुत नाराज़ रहत रहे।'

'मालिक लोग कौन ?'

'अरे येई, सरकार...जेहिके बड़े-बड़े खेत हैं। सरपंच साहबो बहुत नाराज रहत रहे।'

'क्यों रहते थे नाराज़ ?'

'अरे अब का बताई, सरकार...बस बचपना रहा हमार बिसुआ का। ऊ सरकार, खेत पै काम करै वाले मजूरन से कहत रहा कि इत्ती कम

मजूरी पै काम ना करौ। मजूरी बढ़ावै की खातिर लड़ौ। बेगारी न करो—उधारी पै इत्ता-इत्ता सूदौ न देव। येई सब ऊ लोगन का बुरा लगत रहा, सरकार !' फिर एक क्षण रुककर बोला, 'अउर ठीकौ है सरकार, मजूरन का भड़क जाए से...खेतन मा नुकसान जउन हो रहा, ओकर कौन सहिहै ? बिना मजूरन कहीं खेती हुई सकै है, सरकार ?'

थानेदार के शरीर में जैसे लहरें उठने लगीं—यह बताने के लिए कि बिसू मज़दूरों को उपद्रव करने के लिए कैसे-कैसे भड़काया करता था और कितना नुक़सान होता था खेत मालिकों का ! न तुम्हारे पास ज़मीन, न तुम्हें मज़दूरी करनी...फिर मालिक-मज़दूरों के बीच आने की ज़रूरत ? पर हिम्मत नहीं पड़ी कुछ भी कहने की।

'हूँ ऽऽ। कभी मार-पीट भी हुई इन लोगों से इस बात को लेकर ? कोई धमकी-वमकी दी गई उसे ?'

'नाहीं सरकार...मारपीट कबौ नहीं भै। हम तो बहुत समझावत रहे बिसुआ का, पर हमारी एकौ नाहीं मानत रहा। जोरावरौ समझावत रहा...धमकातौ रहा कि देख रे बिसुआ...तू जो हमरे मजूरन का हड़काइ है तो जेल भिजवाय देब। बिसुऔ खूब बहस करत रहा...खूब झगड़ा करत रहा जोरावर से...पर मार-पीट तो कबौ नाहीं भइल, सरकार ! हम सच कहित है आपसे। बिसुआ को कोऊ हाथौ नाहीं लगावत रहा, सरकार...कौनौ दिन नाहीं...।'

अंतिम वाक्य पर थानेदार के तनाव एकाएक ढीले हो गए—समर्थन के-से स्वर में।

'जी सर...कभी कोई मार-पीट नहीं हुई।'

'हूँऽऽ,' और थानेदार की मुहर लगे हीरा के वाक्य को रेखांकित कर दिया सक्सेना ने। फिर पूछा, 'अच्छा, यह बताओ कि जिस दिन उसकी लाश मिली, उससे एक दिन पहले उसका किसी से झगड़ा हुआ था या कोई कहा-सुनी हुई थी...घर में...बाहर या जोरावर से ?'

'नाहीं सरकार, काहू से नाहीं। इधर तो ऊ लड़बै छोड़ दिहिस रहै। जब से हरिजन टोला मा आगजनी भई न सरकार...तब से ऊकाहू से लड़बौ नाहीं करा। बऽस, भीतरै-भीतर कलपत रहा। बहुत रोवा रहा उइ दिन सरकार, बहुत रोवा रहा। कबौ-कबौ तो रात-भर छटपट-छटपट करै, सरकार ! अब का बताई, बहुत रिसियावत रहा कि उत्ता बड़ा कांड

हुई गवा और कौनौ के नाहीं धरा पुलिस !'

फिर एक क्षण रुककर बोला, 'बहुत दरद रहा ऊका मन में।'

'हूँ... ! अच्छा, क्या करता रहा था उस दिन वह ? कहाँ-कहाँ गया...किस-किससे मिला ?'

'दुपहर तई तो बिंदा कने रहा, सरकार ! वहि के खेत पर। फिर बिंदा तो शहर चला गया और ऊ घरै आवा। संझा का फिर निकरिगा तौन रात कै आवा। न जानी कहाँ गवा रहा, सरकार ? हम तो कबौ पूछतै नाहीं रहे, सरकार !'

'रात में जब लौटा तो उसकी तबीयत ठीक थी ?'

'ठीक रही, सरकार !'

'खाना खाया था ?'

'खाना तो ऊ संझा का खातै नाहीं रहा, सरकार ! जेहल से छूटें के बाद से पेट बहुत खराब रहत रहा...दुइ टैम का खानौ नाहीं हजम होत रहा।'

'तुम्हारे सामने सोया था घर में ?'

'हाँ सरकार, बाहर खुलन मा तो सोवा रहा।'

'रात में उसे बाहर जाते या घर में किसी को आते देखा ?'

'नाहीं सरकार !'

'किसी तरह की कोई आवाज़, बातचीत या शोरगुल कुछ सुना, जैसे कोई बिसू को उठाकर ले जा रहा हो या कि... ?'

'नाहीं सरकार, कुच्छौ नाहीं देखा-सुना हम तो। हमरे आगे तो अच्छी तरा सोवा अउर भोरै आई के जोगेसर साहू बताइन कि पुलिया पर लहास परी है। कब गवा..कइसे गवा—कुच्छौ पता नाहीं। इ मुदा नींद... ।'

गला भर्रा गया और हीरा की आवाज़ रुँध गई।

एक क्षण सक्सेना रुके, फिर पूछा—

'तुमको क्या लगता है...कैसे मौत हुई बिसू की ?' पूछने के साथ ही नज़रें हीरा के चेहरे पर गड़ा दीं सक्सेना ने। थानेदार ने भी उचककर गरदन ज़रा-सी आगे को निकाल ली।

थरथराते गले से ही बोला हीरा, 'हम का बताई सरकार...पर अपन मौत नहीं मरा हमार बिसू। जरूरै कोऊ मरवाइस है हमार बचवा का।'

बोल तो कुछ नहीं पाया, पर तनाव से चेहरा बुरी तरह खिंच गया थानेदार का।

'किसी पर शक है तुम्हें ?' बिना किसी लाग-लपेट के सीधा प्रश्न दागा सक्सेना ने।

थानेदार की गरदन थोड़ी और आगे निकल आई।

'बोलो, डरो नहीं...किसी पर शक है तो नाम बताओ उसका।'

'हम का बताई सरकार...पर सारा गाँव...।' एक क्षण के लिए फिर रुका हीरा।

'बोलो-बोलो...बताओ...।' हिम्मत बँधाई सक्सेना ने।

'सारा गाँव जोरावर सिंह का नाम लेई रहा है, सरकार !'

इस बार चुप नहीं रहा थानेदार। इतनी देर की कुलबुलाहट निकल ही आई आख़िर। पर सक्सेना साहब पर नज़र पड़ते ही अपने को साधा और समझाने के लहजे में बोला, 'अपनी बात बोलो, बाबा अपनी बात। गाँववालों की बात गाँववाले कहेंगे। तुमको...'

हाथ के एक हलके-से झटके से थानेदार की लगाम खींच दी सक्सेना ने। थानेदार भीतर-ही-भीतर ऐंठकर रह गया और मन-ही-मन सक्सेना की सात पुश्तों का तर्पण कर डाला।

'तुम्हें भी शक है जोरावर पर ?'

'हम का सक कर सकें, सरकार ! आँखिन से देखे बिना कइसे केहिका नाम लइलें ? अउर अब नाम लेइके होइवे का, सरकार ? हमार बिसू तो चला गवा...हमार पाला-पोसा जवान लड़िका...अरे हमार बचवा...' और घुटनों में सिर देकर फूट-फूटकर रोने लगा हीरा। गनेसी ने फिर पीठ सहलाई और कांस्टेबल ने सक्सेना के इशारे पर फिर पानी का गिलास थमा दिया।

सक्सेना कुछ लिखने लगा और थानेदार मन-ही-मन भुनभुनाने लगा—बयान के नाम पर बुड्ढे से पुरान बँचवा रहा है पिछले चार घंटे से और उसने एक वाक्य बोल दिया तो इशारे से ऐसी लंगी लगाई कि आधी बात मुँह में ही घुटकर रह गई। अपने ही हलके में गीदड़ बनाकर रख दिया इस ससुरे एस.पी. ने ! ऐसे पुचकार-पुचकारकर बयान लोगे

तो कही-अनकही सब कहेंगे ही ये लोग। गाँववालों से पाला नहीं पड़ा लगता है इनका कभी। जानते नहीं कि ज़रा-सी शह मिलते ही सीधे खोपड़ी पर सवार होते हैं ये लोग। जूते की नोंक पर ही ठीक रहते हैं। अभी तो बिंदा जाने और क्या गुल खिलाएगा !

फ़ाइल से सिर उठाकर सक्सेना ने कहा, 'अच्छा बाबा, अब तुम जाओ।' फिर जैसे उसे सांत्वना देते हुए बोले, 'देखो, हम अपनी तरफ़ से पूरी कोशिश करेंगे...खूब अच्छी तरह छानबीन करेंगे...बस, थोड़ा धीरज रखो। ज़रूर पता लगाएँगे कि आख़िर मौत कैसे हुई बिसू की ?'

सक्सेना के इस आश्वासन से ही थानेदार के गले में जैसे कुछ फँसने लगा।

उठते हुए हीरा उखड़े-उखड़े स्वर में बोला, 'बड़ी मेहरबानी सरकार आपकी।' फिर एक गहरा निःश्वास छोड़कर बोला, 'मुदा अब पता लगाइन के का होई ? हमार बिसू तौ लौट के आवे से रहा। अब न आवै का बिसू...अब तो बस चले गवा...' और कुर्ते की बाँह से आँखें पोंछता, गनेसी के हाथों में थमा धीरे-धीरे हीरा बाहर हो गया।

हीरा के जाते ही सक्सेना ने अपना सिर कुर्सी की पीठ पर टिका दिया और आँखें मूँद लीं। लगा जैसे वे एकाएक बहुत थक गए हैं। थानेदार उनके अगले आदेश की प्रतीक्षा करता रहा। थोड़ी देर बाद सक्सेना सचेत हुए, कलाई उठाकर घड़ी देखी, फिर सोचते हुए बोले, 'बिंदा का बयान अब कल के लिए ही रख लेते हैं। आया भी नहीं है वह, और... ।'

'वह तो कल भी नहीं आएगा, सर ! आदमी तो मैं आज फिर भेज दूँगा आप कहेंगे तो, पर वह आएगा नहीं। बुलाने पर न आए तो हथकड़ी डालकर ला सकते हैं, पर उसे डर नहीं किसी बात का। मैंने कहा न सर—बहुत ख़तरनाक... ।'

'ठीक है, कल ही देखेंगे।' बिंदा के ख़तरनाकपने से तनिक भी विचलित हुए बिना सक्सेना ने कहा और फिर अपने साथ आए कांस्टेबल को आदेश दिया कि काग़ज़-फ़ाइल समेटे, और एकदम उठ खड़े हुए।

'यह क्या सर, खाना ?'

'खाना यहाँ नहीं।'

'यह कैसे हो सकता है, सर... ? खाने का पूरा इंतज़ाम किया है आपके लिए। वैसे भी शहर पहुँचते-पहुँचते बहुत अबेर हो जाएगी। गर्मी भी तो कितनी है, सर...तबीयत-वबियत...।'

'नहीं, कोई ख़ास देर नहीं होगी...चालीस मिनट में पहुँच जाएँगे। खाने के बाद निकलना तो और भी मुश्किल होगा।'

'तो थोड़ा आराम कर लीजिए, सर ! खाने का इंतज़ाम तो पंचायतघर में है...सोने का सरपंच साहब के यहाँ हो जाएगा ! बहुत खुश होंगे सरपंच साहब, सर !'

सक्सेना एक क्षण चुप होकर कुछ सोचने लगे। थानेदार और उत्साह में आ गया—'चलिए सर, पाँच मिनट में पहुँच जाते हैं। दो-ढाई मील तो है कुल। सर, बहुत खुशी होगी हम सबको, और गाँववालों को भी, यदि आप भोजन यहीं करेंगे तो। बयान लेने के लिए आप खुद आ रहे हैं, इससे कैसी खुशी की लहर फैली है गाँव में...आप अपनी आँखों से एक बार देख भी लेंगे तो...।'

ढेर सारा आग्रह सँजोकर एक तरह से गिड़गिड़ा ही रहा है थानेदार।

'नहीं भाई, आज तो नहीं हो सकेगा। कुछ ज़रूरी काम भी है।' फिर उसे जैसे तसल्ली देते हुए कहा, 'अभी तो दो-तीन दिन तक रोज़ ही आना है। एक दिन खाना भी हो जाएगा।'

काग़ज़-फ़ाइल सिमट गए तो सक्सेना बरामदे में आए। उन्होंने वहीं से देखा—दूर पेड़ के नीचे छितराया हुआ लोगों का समूह इस समय हीरा-गनेसी के इर्द-गिर्द सिमट आया है। एक हलकी-सी मुसकान उनके होंठों पर फैल गई...। फिर धीरे-धीरे दो सीढ़ियाँ उतरकर वे अहाते में आए। थानेदार भी ताबेदारी-मुद्रा में लेफ्ट-राइट करता हुआ साथ चला। जीप में बैठकर सक्सेना ने कहा, 'देखो, बिंदा के पास आदमी भेजने की ज़रूरत नहीं। मैं अपना आदमी भेजूँगा उसके पास।'

और थानेदार इस बात को पूरी तरह समझे न समझे तब तक एक और आदेश मिला—अफ़सरी-मुद्रा और सख़्त आवाज़ में लिपटा हुआ, 'बिंदा के बयान के समय कमरे में कोई नहीं रहेगा...सिर्फ़ मैं और वह !' और खटाक-से जीप स्टार्ट हो गई।

भीतर उभरी एक वज़नी गाली को वापस ठेलकर मशीनी ढंग से

एक ज़ोरदार सैल्यूट मारा थानेदार ने और जब तक जीप सरक नहीं ली, उसी पोज़ में खड़ा रहा।

धूल उड़ाती हुई जीप जैसे अहाते के बाहर हुई तो सारे शरीर को एकदम ढीला छोड़कर, बगल के डंडे को पूरी ताक़त के साथ दो-तीन बार हवा में भाँजा, फिर मुड़ा और सामने पड़े ढेले को ज़ोर की लात जमाई—'बिंदा के साथ अकेले में बयान लेगा...सूअर की औलाद।'

कल जब से सरोहा से लौटे हैं सक्सेना, एक अजीब-सी ऊहापोह में पा रहे हैं अपने को। डी.आई.जी. ने बुलाकर जब यह काम सौंपा था तो थोड़ा आश्चर्य हुआ था सक्सेना को। वैसे किसी गाँव में जाकर बयान लेना कोई इतना महत्त्वपूर्ण काम नहीं है। साधारणतः एस.पी. जाते भी नहीं ऐसी वारदातों के लिए—गाँव का थानेदार ही निपट लेता है। पर इस समय सरोहा साधारण गाँव नहीं है, इसलिए वह काम भी बहुत महत्त्वपूर्ण हो उठा है ! इतना महत्त्वपूर्ण कि गृहमंत्री दा साहब ने खुद बुलाकर हिदायत दी।

'सुना है, आतंक जगानेवाला पुलिसी रवैया नहीं है तुम्हारा ! बहुत अच्छी बात है, मैं क़दर करता हूँ इसकी। इसलिए तुम्हें सौंपा भी गया है यह काम। एक बार फिर से बयान लो लोगों के और इस तरह पेश आओ कि हिम्मत और हौसला जागे लोगों का और वे अपनी बात कहें...बिना झिझक और डर के कहें। हमें लोगों का विश्वास जीतना है।'

रोम-रोम पुलकित हो उठा था सक्सेना का और कृतज्ञता में डूबा हुआ 'यस सर' बड़ी तपाक से निकला था।

'सख़्ती किसी के साथ नहीं हो और किसी तरह की भी नहीं हो।' इस आदेश के साथ अपनी बात का समापन किया था दा साहब ने तो सक्सेना के अपने मन में बड़ी हिम्मत और हौसला जागने लगा। लौटे तो वह बेहद खुश ! बस दा साहब का एक ही वाक्य रह-रहकर मन में गूँजता रहा। आज तक अपने इस अपुलिसी रवैये की क़ीमत ही चुकाते आए हैं बेचारे, पर आज कोई क़दर करनेवाला तो मिला ! और मिला है तो अपने को इस लायक़ सिद्ध करके ही दिखाएँगे !

आज की इस चूहा-दौड़ में इतने पीछे पड़ गए हैं सक्सेना कि अब तो अपने लिए किसी तरह की उम्मीद करना भी छोड़ दिया है। अभी-अभी सरकारी नौकरी की सारी सुविधा-सुरक्षा को चुनौती देते आई.जी. के तबादले की ख़बर ने पुलिस-विभाग में खलबली मचा दी। यों सबको ही अपनी-अपनी नौकरी अधर में लटकी हुई दिखने लगी है आजकल, पर मौक़ा मिलते ही एक सीढ़ी ऊपर चढ़ जाने की जी-तोड़ कोशिश करने से कोई नहीं चूकता। एक सक्सेना ही हैं, जिन्होंने अपने मन को समझा रखा है कि वे एस.पी. हैं और रिटायर होने तक भी शायद एस.पी. ही बन रहें। क्या करें, मजबूरी है उनकी, या कहना चाहिए कि यह सीमा है उनकी कि सबको प्रसन्न करनेवाला लोच है ही नहीं उनके व्यक्तित्व में। इसीलिए दा साहब के इस वाक्य ने अतिरिक्त रूप से पुलकित ही नहीं किया था, बल्कि मन में एक उम्मीद भी जगा दी थी सक्सेना के !

लौटकर डी.आई.जी. को बताईं सारी बातें तो बिना कोई ख़ास प्रतिक्रिया ज़ाहिर किए इतना ही कहा—

'बहुत ग़ौर से सारे केस को देख चुका हूँ मैं, और रिपोर्ट भी क़रीब-क़रीब तैयार ही है—इट्स ए क्लीयर केस ऑफ़ सुसाइड। आप यह रिपोर्ट देख लीजिए, कोई छोटा-मोटा चेंज करना हो तो कर दीजिए। वैसे ख़ास ज़रूरत नहीं पड़ेगी। लेकिन बयान सबके लीजिए और पूरे लीजिए। गाँववालों को पूरी तरह तसल्ली हो जानी चाहिए कि कोई बात अनकही नहीं रही।' तो सारा उत्साह बुझ गया था सक्सेना का ! जब रिपोर्ट तैयार ही है तो फिर जाकर उन्हें करना ही क्या है ! मात्र ब्लॉटिंग-पेपर की तरह लोगों की कही बातें सोखकर ले आना है। वह भी इस तरह कि निष्कर्ष निकले—'इट्स ए क्लीयर केस ऑफ़ सुसाइड !'

चेहरे का बुझापन छिपा नहीं रह सका डी. आई. जी. से। अपने आदेश में हलका-सा संशोधन करते हुए कहा, 'अगर कोई नई बात निकलती है...समथिंग वेरी इम्पॉर्टेंट, दैन वी विल कन्सिडर !'

आदेश और उसका संशोधन—दोनों का मतलब समझते हैं सक्सेना ! ठीक है, इस बार यही करके आएँगे वे। हमेशा अगर-मगर में फँसा उनका मन सामने आए अवसरों को इसी तरह ठुकराता आया है। पर उस सबसे हुआ क्या, यही न कि वे खुद ही सबकी ठोकरों में पड़े हैं आज। लेकिन इस बार वे वही करेंगे जो उनसे कहा है दा साहब ने, डी.आई.जी. ने। शाम को अकेले में बैठकर दो पैग चढ़ाए सक्सेना ने और मन में उग आए सारे मलाल की ऐसी-की-तैसी कर दी। बात को कहीं से घुमा दो, कैसे भी मोड़ दो और जो चाहे निष्कर्ष निकाल लो...बाएँ हाथ के खेल हैं ये सब पुलिसवालों के लिए। मन को सब ओर से निर्द्वंद्व बनाकर ही कल वे सरोहा के लिए चले थे। लेकिन हीरा का बयान लेकर लौटे तो भीतर जाने कैसा ममत्व जागने लगा ! महेश का यह वाक्य—'बस समझ लीजिए सर, हम सब लोगों के ज़िंदा रहने पर प्रश्नचिह्न लगाकर वह मर गया'—उसके अपने सामने जाने कितने प्रश्नचिह्न लगाकर खड़ा हो गया। हीरा के इस वाक्य ने—''बहुतै मुलायम रही हमार बिसुआ की चमड़ी...बहुतै मुलायम'—चमड़ी पर दो दिन पहले चढ़ाए गए पलस्तर को झाड़कर फेंक दिया। नहीं, बिसू ने आत्महत्या नहीं की। आत्महत्या वह कर ही नहीं सकता था, इसीलिए शायद उसकी हत्या की गई। जो भी हो, अब वे इस मामले की तह तक पहुँचेंगे, बाद में जो भी हो, जैसा भी हो। लेकिन सवेरे-सवेरे सरोहा के लिए रवाना होने से पहले डी.आई.जी. का फ़ोन आया—

'आई मस्ट कांग्रेच्यूलेट यू, सक्सेना ! कल के तुम्हारे काम का, तुम्हारे व्यवहार का बड़ा अच्छा रिएक्शन हुआ है गाँववालों पर। लोग बहुत खुश हैं।'

फिर एक क्षण ठहरकर आवाज़ को थोड़ा धीमा करके कहा, 'और दा साहब भी ! गो अहेड !'

'थैंक्यू सर !' लाइन काटी और साथ ही थोड़ी देर पहले का संकल्प भी जैसे कहीं से कटने लगा। तो दा साहब के पास उनके काम की और गाँववालों की प्रतिक्रिया की रिपोर्ट पहुँच गई ! वे अच्छी तरह जानते हैं कि बहुत चुस्त है दा साहब का विभाग। प्रांत के किस कोने में कहाँ क्या हो रहा है, इसकी विस्तृत जानकारी रहती है उन्हें। दा साहब खुश हैं और यदि वे खुश ही बने रहे तो उनकी अपनी ज़िंदगी

में खुशियाँ आने में देर नहीं लगेगी। पर तभी उनके सामने हीरा का कातर चेहरा उभर आया—महेश की नम आँखें उभर आईं। 'ओ गॉड', और उन्होंने सायास सारी बातों को परे सरकाया और उठकर तैयार होने लगे।

रास्ते में वे बिंदा की बात ही सोचते रहे। वह आज भी नहीं आया होगा तो ? सख़्ती नहीं करनी है, पर उसे लाना तो है ही। थानेदार के हिसाब से वह ख़तरनाक आदमी है और हीरा के कहे अनुसार बिसू का ख़ास दोस्त। अच्छा किया जो कल उन्होंने थानेदार को फिर से बुलाने के लिए मना कर दिया।

वे आज अपना आदमी भेजेंगे।

पर ऐसा कुछ भी नहीं करना पड़ा। जैसे ही उनकी जीप थाने के अहाते में घुसी, थानेदार ने एक कड़कदार सैल्यूट ठोंका और होंठों पर ढाई-इंची मुस्कान फैलाकर सूचना दी, 'बिंदा आ गया है, सर ! कल मैं खुद गया था उसके पास और वो डाँट पिलाई कि सिर के बल चला आया आज। आप भी ज़रा सख़्ती से पेश आइए। वैसे मेरी डाँट से काफ़ी सीधा हो गया है सर, फिर भी कुछ भरोसा नहीं इसका...।' फिर ज़रा हिचकते हुए कहा, 'मैं सोचता हूँ बयान के समय मेरा रहना ठीक ही होगा, सर...थोड़ा काबू में रहेगा।'

सक्सेना ने जवाब कुछ नहीं दिया, केवल एक बार चुभती-सी निगाह से थानेदार को देखा और फिर दूर बैठे झुंड की ओर नज़रें घुमा लीं। कल की तरह आज भी काफ़ी लोग थे और सब जैसे इसी ओर देख रहे थे। सक्सेना ने वातावरण में कुछ भाँपने की कोशिश की, पर ऐसा विशेष कुछ लगा नहीं। आश्वस्त हुए सक्सेना और भीतर आकर कुर्सी पर जम गए। आज जिन लोगों के बयान होने थे—उनके नामों पर एक सरसरी-सी नज़र डाली और आँख के इशारे से आदेश दिया कि कार्रवाई शुरू की जाए। चौकीदार बिंदा के नाम की गुहार लगाता हुआ बाहर दौड़ गया तो सक्सेना ने कहा, 'आप सब लोग बाहर बैठेंगे,

बिंदा का बयान मैं अकेले में लूँगा।' दोनों कांस्टेबल तपाक से हुक्म-अदायगी की मुद्रा में खड़े हो गए, पर थानेदार ने हिम्मत करके फिर कहा, 'सर, देख लीजिए वो—बहुत टेढ़ा... ।'

'टेढ़े आदमियों को सीधा करना जानता है सक्सेना, आप जाइए !' आवाज़ में कोई ख़ास सख़्ती नहीं थी, फिर भी भीतर-ही-भीतर तिलमिला उठा थानेदार। उसे समझ क्या रखा है एस.पी. ने... थानेदार है गाँव का आख़िर, और उसे इस तरह दुत्कारा जा रहा है, जैसे भीड़ में जुट आए लौंडों-लपाड़ों को दुत्कारा जाता है ! कमरा छोड़ते समय एक झूठी मुसकान तक वह अपने होंठों पर नहीं खिला सका; बस गुस्से के मारे उसकी मूँछ का बायाँ कोना फड़कता रहा।

चौकीदार के साथ बिंदा आया। साथ में बाईस-चौबीस साल की एक औरत भी। दुआ-सलाम कुछ नहीं, पत्थर की तरह सख़्त चेहरा लिए दरवाज़े पर खड़ा है बिंदा। सक्सेना कुछ क्षण तक एकटक देखते रहे बिंदा को—साँवला चेहरा, तीखे नाक-नक्श और गठी हुई देह। चेहरे पर न किसी तरह का भय, न क्रोध...सिर्फ़ एक अनासक्ति। सक्सेना से नज़र मिलते ही थड़ाक-से थूक दिया बिंदा ने, तो चौकीदार ने हड़काया, 'ऐ क्या करता है साहब के सामने ?'

'क्यों, थूकना मना है क्या ?'

चौकीदार कुछ और कहता या करता उससे पहले ही सक्सेना ने कहा, 'भीतर आओ', और हाथ के डंडे से ही चौकीदार को बाहर जाने का इशारा किया।

'यह भी आएगी ! छोड़ नहीं रही है मुझे एक मिनट के लिए अकेला !' फिर मन-ही-मन में भुनभुनाते हुए बोला—खा जाएगा जैसे मुझे कोई।

'औरत है तुम्हारी ?'

इस बार औरत ने स्वीकृति में सिर हिलाया और चेहरे पर एक याचना-भरी कातरता उभर आई उसके। थोड़ा-सा सरककर वह बिंदा से एकदम सट-सी गई।

'ठीक है, आने दो इसे भी !'

'बिंदा ही नाम है तुम्हारा ?'

'बिंदेश्वरी प्रसाद !' आवाज़ में कड़क और एक-एक अक्षर पर ज़ोर।

पता नहीं क्यों, सक्सेना को बिंदा का यह लहजा अच्छा लगा—अपने लिए चुनौती-सा !

'कल तुम्हारा बयान होना था और तुम नहीं आए, क्यों ?'

बिंदा कुछ कहता उसके पहले ही रुक्मा बोली, 'सरीर ठीक नहीं था इनका। ताप चढ़ा था, कैसे आते... ?'

'मत झूठ बोल ! डर पड़ा है किसी का ?' डपट दिया बिंदा ने, फिर सीधे सक्सेना की ओर देखकर कहा, 'हाँ, नहीं आया। क्या होगा बयान लेकर ? क्या रखा है इस नाटकबाज़ी में ? निकलेगा तो वही जो दा साहब कह गए हैं।'

'फिर आज क्यों आए ?' थोड़ा-सा व्यंग्य घुल गया सक्सेना की आवाज़ में तो एकदम भड़क उठा बिंदा, 'आज भी नहीं आता अगर काका ने सौगंध न दिलवाई होती तो।'

'कौन काका ?'

'हीरा काका ! नहीं जानते ? आप सब लोगों के तो समधी बने हुए हैं आजकल ! जिसे देखो वही धोती की लाँग उठाए चला जा रहा है उनके पास।' सामने वाले को तिलमिला देनेवाली नफ़रत भरी है बिंदा के स्वर में, पर सक्सेना पर जैसे कोई प्रतिक्रिया ही नहीं हुई। बड़े ही सहज भाव से पूछा, 'जानते हो कि सरकारी बुलावे पर न आना जुर्म है ?'

'जुर्म !' एकाएक लपट-सी कौंधी बिंदा की आँखों में, 'जुर्म की पहचान रह गई है आप लोगों को ? बड़े-बड़े जुर्म आप लोगों को जुर्म नहीं लगते। ज़िंदा आदमियों को जला दो...मार दो...यह सब जुर्म नहीं है न आपकी नज़रों में ?' आँखों के डोरे सुर्ख़ हो आए और कनपटी की नसें फड़कनें लगीं बिंदा की। रुक्मा ने उसके आवेश पर अंकुश लगाने के लिए कसकर उसकी बाँह पकड़ ली। भय से उसका चेहरा ज़र्द पड़ने लगा ! पर सक्सेना के चेहरे पर फिर भी कोई विकार नहीं आया।

'है ! इसीलिए तो यहाँ बैठकर तहक़ीक़ात कर रहा हूँ।'

'तहक़ीक़ात क्यों कहते हैं, कहिए बेवकूफ़ बना रहे हैं सबको !' और बिंदा का चेहरा और स्वर बुझ-सा गया। याचना-भरे स्वर में उसने कहा, 'क्यों झूठमूठ गाँववालों के साथ मज़ाक़ कर रहे हैं ? दा साहब से लेकर आप तक की शतरंज में आज बिसू की मौत का मोहरा फ़िट बैठ रहा है; इसीलिए इतने ज़ोर-ज़ोर से तहक़ीक़ात हो रही है–बड़े प्यार से बुला-बुलाकर बयान लिए जा रहे हैं ! पर होना-जाना कुछ नहीं है।' फिर एकाएक आवाज़ को सप्तम स्वर पर ले जाकर चिल्लाया, 'क्या हो गया है आप सब लोगों को...कोई ईमान-धरम नहीं रह गया है किसी का भी...लानत है सब पर !'

'बिंदा !' सख़्ती और कठोरता में लिपटी एक अफ़सरी आवाज़ गूँजी, 'याद रखो यह थाना है, पागलख़ाना नहीं।'

'दोनों में कोई भेद रहने दिया है आप लोगों ने ? थाने में जो कुछ होता है, उसका सिर-पैर या कोई तुक समझ में आता है आप लोगों को ?' आवेश के मारे सारा बदन थरथरा गया बिंदा का।

सक्सेना के चेहरे की नसें तन गईं, ललाट पर गहरी सलवटें उभर आईं। सख़्त आवाज़ में कहा, 'यह बकवास बंद करो और होश में आकर जवाब दो।'

सक्सेना की इस फटकार से रुक्मा धाड़ मारकर रो पड़ी और उसने कसकर बिंदा की बाँह पकड़ ली–'न बोलो...न बोलो !'

एक झटके से उसे परे धकेला बिंदा ने और उसी पर बरस पड़ा, 'मत टसुए बहा, हरामज़ादी ! मेरे भीतर सुलगती आग इन आँसुओं से ठंडी हो गई तो सबकी तरह ज़नख़ा हो जाऊँगा मैं भी। अभी तो मुझे इन सबसे निपटना है...एक-एक से।'

भीतर इतना शोर-शराबा सुनकर थानेदार अपने को रोक नहीं पाया। बड़ी मुस्तैदी से भीतर घुसा। सुलगती आँखों से बिंदा को देखा और फिर बड़ी विनम्रता से बोला, 'सर, मैंने आपसे पहले ही कहा था न... ।'

'कोई ख़ास बात नहीं, आप बाहर बैठिए !'

भीतर-ही-भीतर तिलमिला गया थानेदार। बिंदा के चीखने-चिल्लाने से मन में खुशी की जो लहर दौड़ी थी, इस आदेश से वह ठंडी पड़ गई। मन-ही-मन उभरा...स्साला, सचमुच का ही ज़नखा लगता है यह तो ! देहातियों की गालियाँ खा रहा है बैठा-बैठा ! मेरे सामने इतनी बकवास करता तो टाँगें चीर कर रख देता इस हरामख़ोर की !

रुक्मा ने कसकर अपने होंठ भींच लिए और सक्सेना एकटक बिंदा के चेहरे को देखता रहा...उसकी कनपटियों की फड़कती हुई नसों को देखता रहा ! दो मिनट तक एक अजीब-सा सन्नाटा छाया रहा कमरे में !

'बिंदा, मैं तुम्हारे साथ शराफ़त से पेश आ रहा हूँ और उम्मीद करता हूँ कि तुम भी शराफ़त से ही पेश आओगे।' अफ़सरी रौब और गरिमा में लिपटे इस वाक्य में ऐसा कुछ था कि बिंदा ने नज़रें उठाकर सक्सेना के चेहरे पर टिका दीं, पर बोला वह कुछ नहीं !

'बिसू तुम्हारा दोस्त था न, ख़ास दोस्त ?'

'नहीं, दुश्मन था !'

'दुश्मन ?'

'और नहीं तो क्या, जो आदमी बीच में ही दग़ा दे जाए उसे दोस्त कहेंगे आप ?' यह वाक्य कहते-कहते चेहरे का तनाव और आक्रोश जाने कहाँ धुल गया और एक अजीब-सी मायूसी पुत गई बिंदा के चेहरे पर।

'ओह !' एक नामालूम-सी मुस्कान फैल गई सक्सेना के चेहरे पर।

'तुम चाहते हो कि बिसू की मौत का असली कारण पता लगे ?'

'मेरे चाहने से क्या होता है—जोरावर की रखैल इस थानेदार ने रिपोर्ट तैयार करके दे ही दी है। भरी सभा में दा साहब भी कह गए कि बिसू ने आत्महत्या की है। 'मशाल'वालों ने छाप भी दिया। बस, आप लोगों के लिए तो बात ख़त्म हो गई ! पर मैं नहीं मान सकता...मरते दम तक नहीं मान सकता कि बिसू...।' बात को अधूरा छोड़कर नकारात्मक भाव से सिर हिलाने लगा बिंदा।

'कारण ?'

'कारण ?' एकटक सक्सेना के चेहरे की तरफ़ देखते हुए बिंदा ने कहा, 'जो ज़िंदगी को इतना प्यार करता हो...अपनी ही नहीं, हर किसी की ज़िंदगी को...वह आत्महत्या करेगा ? नहीं साहब, नहीं...नहीं ! उसे मारा गया है !'

'पर किसने मारा ? क्यों मारा ?'

बिंदा की आँखों में फिर कुछ दहकने लगा और कनपटी की नसें फड़कने लगीं, 'क्योंकि वह ज़िंदा था ! ज़िंदा रहने का मतलब समझते हैं न आप ? लोग भूल गए हैं ज़िंदा रहने का मतलब, इसीलिए पूछ रहा हूँ।'

एक क्षण रुका बिंदा। सक्सेना एकटक उसका चेहरा देखते रहे, उसके आवेश को देखते रहे और बिंदा उसी रौ में कहता रहा—

'और जो ज़िंदा हैं, वे अब जी नहीं सकते अपने इस देश में। मार दिए जाते हैं, कुत्ते की मौत ! जैसे बिसू को मार दिया गया ! सोच-सोचकर ही दिमाग़ की नसें फटने लगती हैं।' और सचमुच ही बिंदा ने दोनों हाथों से कसकर अपना माथा पकड़ लिया।

रुक्मा बिंदा की पीठ सहलाने लगी और बड़ी याचना-भरी दृष्टि से उसने सक्सेना की ओर देखा। भीतर-ही-भीतर उभर आई खीझ पर जैसे-तैसे नियंत्रण पाकर सक्सेना ने कहा—

'देखो बिंदा, कहने-सुनने में ये बातें बहुत अच्छी लग सकती हैं, सुननेवालों के जज़्बात भी उभार सकती हैं, पर मैं पुलिस का आदमी हूँ। मेरे लिए इनका कोई मतलब नहीं...क़ानून के सामने यह निरी बकवास है, समझे ! हमें ठोस प्रमाण चाहिए, उसके बिना हम कुछ नहीं कर सकते। बिना प्रमाण के कोई बेगुनाह और निर्दोष आदमी पकड़ लिया जाए तो ?' लेकिन अंत तक आते-आते उनकी खीझ उभर ही आई।

'तो क्या पकड़े नहीं जाते निर्दोष आदमी ? पाँच साल पहले बिसू को किस गुनाह पर पकड़ा गया था ?' सक्सेना की आँखों में आँखें डालकर बिंदा ने पूछा।

'ज़रूर कोई कारण रहा होगा।' कहने को सक्सेना ने कह दिया, पर उन्हें खुद लगा जैसे उनकी आवाज़ से कड़क ग़ायब हो गई है।

'कारण तो सबका ही निकल आता है, साहब ! बेगुनाहों को

पकड़ने का भी और गुनहगारों को छोड़ने का भी। यही तो न्याय है आप लोगों का। इसीलिए तो कहता हूँ कि यह सब...।'

'बहुत कह लिया, अब कहो मत, बल्कि कुछ मदद करो हमारी।' और मात्र इस वाक्य से उन्होंने सचमुच ही बिंदा के बोलने पर अंकुश लगा दिया।

कोई दो मिनट ख़ामोश रहने के बाद स्वर को बिलकुल बदलकर और आँखों को बिंदा के चेहरे पर गड़ाकर सक्सेना ने पूछा, 'जिस रात बिसू की मौत हुई, उस दिन दोपहर को वह तुम्हारे घर गया था ?'

'हाँ।'

'तुम्हें मालूम है कि उसके बाद कहाँ गया था ?'

'हाँ, वह अपने घर गया था और मैं शहर।'

'शहर तुम किसलिए गए थे ?'

'बीज और खाद ख़रीदना था। मंडी में कुछ वसूली भी करनी थी।'

'खाना उसने तुम्हारे यहाँ खाया था ?'

'हाँ, दिन का खाना वह अक्सर मेरे साथ ही खाता था। बदले में वह घंटे-दो-घंटे मेरे खेत पर काम भी कर दिया करता था। मेरे मना करने पर भी मानता नहीं था।'

'हूँऽ। खाना तुमने भी उसके साथ खाया था, या अकेले उसने ही खाया था ?'

'मेरे बिना उसके गले से कौर ही कहाँ उतरता था, साहब !'

'अच्छा, यह बताओ कि तुम्हारी और उसकी दोस्ती तो बहुत पुरानी नहीं थी। हीरा ने बताया कि आठ महीने पहले वह जेल से छूटकर आया, तभी तुम्हारा परिचय हुआ उससे, फिर इतनी निकटता...इतनी आत्मीयता...?' नज़रों में एक ख़ास तरह का पैनापन उभर आया सक्सेना की। पर उससे एकदम बेख़बर बिंदा ने कहा—

'महीनों से क्या होता है साहब, यह तो मन मिलने की बात है। हमको तो ख़रा आदमी मिल जाए तो एक दिन में उसके गुलाम हो जाएँ। देखने को भी मिलता कहाँ है आजकल ख़रा आदमी ?' फिर रुक्मा की ओर देखकर बोला—

'यह जो औरत है न साहब, बेहद बदज़बान और बदमिज़ाज है। कोई आदमी बरदाश्त नहीं कर सकता ऐसी औरत को। पर मैं करता हूँ। बरदाश्त ही नहीं, आदर करता हूँ, साहब ! बाहर से भीतर तक कुंदन की तरह खरी। बिसू की असली चेली है। पर कैसी सहम गई है बिसू की मौत के बाद से !'

इन सब बातों में ख़ास दिलचस्पी नहीं है सक्सेना की। बात को दूसरी ओर मोड़ते हुए उन्होंने पूछा, 'उस दिन जब तुम्हारे यहाँ आया था, क्या बातें की थीं उसने ? वह दुखी या परेशान था ? किसी से कुछ कहा-सुनी या झगड़ा हुआ था उसका ?'

'मुझसे झगड़ा किया था।'

'तुमसे ? किस बात पर ?' ललाट पर सलवटें उभर आईं सक्सेना के।

'दिल्ली चलने के लिए। जब से उसने आगजनी के घटना के प्रमाण जुटाए, वह पागलों की तरह पीछे पड़ा हुआ था दिल्ली चलने के लिए। मैं यही कहता था कि अब कुछ नहीं होने का...जब सरकार ही सारी बात को दाब-ढाँक रही है तो मेरे-तेरे भाग-दौड़ करने से क्या होगा ? जैसी यहाँ की सरकार, वैसी दिल्ली की सरकार। हमने तो सबको देख लिया साहब, एक वह शराबी सरकार थी, एक यह पिशाबी सरकार...ससुरे सब एक से...।'

'बिंदा !' सक्सेना ने अंकुश लगाया इस अनर्गल प्रलाप पर। वापस लाइन पर आते हुए बिंदा बोला, 'कहा न साहब, बस एक ही धुन थी उसको–'जब तक असली मुजरिम को नहीं पकड़वा दूँगा मैं चैन से नहीं सो सकूँगा, बिंदा–पर किसी ने ऐसा सुलाया उसे साहब कि अब तो वह चाहकर भी नहीं उठ सकता।'

फिर एक गहरी निःश्वास छोड़कर बोला, 'वह तो सो गया साहब, पर अपनी सारी बेचैनी मुझे दे गया। अब जब तक असली मुजरिम को पकड़वाने की उसकी आख़िरी इच्छा को पूरी नहीं कर देता, मैं चैन से नहीं सो पाऊँगा...।' पहली बार स्वर भीग गया बिंदा का।

'क्या प्रमाण जुटाए थे उसने ? अगर ऐसे प्रमाण हैं तो पुलिस को दो। वह नए सिरे से सारे मामले को...।'

'नहीं, कुछ नहीं करेगी यहाँ की पुलिस...कभी कुछ नहीं करेगी।

करना होता तो पहले ही नहीं करती ?'

'कैसी बातें करते हो, बिना प्रमाण के कर ही क्या सकती है पुलिस ?'

'क्यों, क़ानून और पुलिस के हाथ तो बहुत लंबे होते हैं ! केवल ग़रीबों को पकड़ने के लिए ?'

'क़ानून के लिए अमीर-ग़रीब कुछ नहीं होता,' डपटते हुए सक्सेना ने कहा।

'झूठ बात है यह, सरासर झूठ।' एकदम चीख पड़ा बिंदा और उसकी आँखों के डोरों में फिर सुर्ख़ी उभर आई, 'सीने पर हाथ रखकर पूछिए अपने-आपसे कि कितनी सच्चाई है आपकी बात में !'

इस प्रश्न से भीतर-ही-भीतर क्षण-भर को असहज हो आए सक्सेना, पर मन का भाव चेहरे पर नहीं आने दिया। निहायत अफ़सरी लहजे में इतना ही कहा, 'बिसू के मामले में तुम कोई ऐसा प्रमाण या संकेत दे सकते हो, जो हमें आगे बढ़ने में मदद दे सके ?'

बिंदा एकटक सक्सेना के चेहरे को देखता रहा मानो समझने की कोशिश कर रहा हो कि जो कुछ सक्सेना कह रहे हैं वे मात्र शब्द हैं या उनका कोई अर्थ भी है ? फिर धीरे से बोला—

'उस दिन शाम को आठ बजे पुत्तन की दुकान पर चाय पी थी बिसू ने। कोई दो लोग उसके साथ थे। पुत्तन कहता है, उसने उन आदमियों को कभी गाँव में नहीं देखा ! कौन थे वे आदमी...कहाँ से आए थे...क्यों आए थे ? थानेदार ने बयान तक नहीं लिया है पुत्तन का और आप कहते हैं कि असलियत का पता...!'

'मत बोलो...मत बोलो...!' एकाएक बिंदा की बाँह झकझोर-झकझोर कर रुक्मा रोने लगी, 'नहीं साहेब, इन्हें कुछ नहीं मालूम ! ये तो उस दिन यहाँ थे ही नहीं। बस, आप अब इन्हें छोड़ दो। इन्हें किसी ने कुछ कर-करा दिया तो मैं कहाँ... ?'

'चुप कर ! बुक्का मत फाड़।' बाँह छुड़ाने की कोशिश करते हुए बिंदा ने फटकारा।

'नहीं, मैं चुप नहीं करूँगी...मैं नहीं बोलने दूँगी...कुछ भी...साहेब, हम पर रहम करो...।'

थानेदार हिम्मत करके फिर भीतर घुस आया, 'सर !'

'पानी पिलाओ इन लोगों को और मुझे भी।'

रुक्मा ने पानी भी नहीं पिया। हाथ जोड़-जोड़कर यही रिरियाती रही, 'इनसे कुछ मत पूछो, साहेब...इन्हें...अब छोड़ दो। हमें कुछ नहीं मालूम !'

'जानते हैं साहब, बिसू इसके लिए भगवान था बिलकुल। वह मरा है तो ऐसे रोई है जैसे यह भी ज़िंदा नहीं रहेगी अब ! और बिसू की मौत के बारे में आज मुझे कुछ सोचने नहीं दे रही है।'

रुक्मा के आँसुओं ने जैसे बिंदा के सारे तैश और आवेश को धो दिया। बहुत ही कातर स्वर में बोला, 'ऐसा आतंक आपने कहीं देखा नहीं होगा, साहब ! लोगों के घर, ज़मीन और गाय-बैल ही रेहन नहीं रखे हुए हैं जोरावर और सरपंच के यहाँ, उनकी आवाज़ और जबान तक बंधक रखी हुई है। कोई चूँ तक नहीं कर सकता है।' उसकी आवाज़ में फिर आक्रोश घुलने लगा और कनपटी की नसें फड़कने लगीं। गुस्से में वह कह उठा—'मन करता है, फावड़ा लेकर दो टुकड़े कर दूँ जोरावर के, फिर चाहे फाँसी पर ही लटक जाऊँ !'

'मत बोलो ऐसी बात...भगवान के वास्ते मत बोलो। इन्हें जाने दो, साहेब !' और रुक्मा सचमुच ही बिंदा की बाँह खींचकर उसे दरवाज़े की ओर घसीटने लगी।

थानेदार उम्मीद कर रहा था कि कम-से-कम इस बेहूदगी पर तो सक्सेना भड़केंगे ही, या उसे ही कुछ करतब दिखाने का आदेश मिलेगा। पर ऐसा कुछ नहीं हुआ। उन्होंने बिंदा से केवल इतना ही कहा, 'ठीक है, आज तुम जाओ ! पर तुम्हें कल फिर आना होगा। और हो सके तो अकेले ही आना।'

'और क्या, यह थाना है कोई सैरगाह नहीं कि कोई भाई को लिए चला आ रहा है तो कोई लुगाई को।' और फिर बड़े अदब से सक्सेना के सामने पानी पेश करके पूछा, 'चाय अभी लेंगे सरकार या एक बयान और हो जाए उसके बाद ?'

'दूसरा बयान ज़रा ठहरकर लूँगा। आप तब तक बाहर बैठिए, ज़रूरत होने पर बुला लूँगा।'

थानेदार के जाते ही सक्सेना ने शरीर को इस तरह ढीला छोड़कर कुर्सी के हवाले किया मानो बड़ी देर से वे एक भयंकर तनाव के बीच में रहे हों।

जिन लोगों के बयान होने थे उस सूची में पुत्तन का नाम कहीं नहीं था। उन्होंने वह नाम जोड़ा, कुछ और बातें नोट कीं और फिर कुर्सी की पीठ पर सिर टिकाकर आँखें मूँद लीं। बिंदा और रुक्मा चले गए हैं, लेकिन फिर भी उसकी आवाज़, उसका चेहरा, उसका तेवर जैसे वे अपने आसपास ही महसूस कर रहे हैं।

इसके बाद तीन बयान और हुए, पर बयान के नाम पर मात्र ख़ानापूरी। बने-बनाए प्रश्न और उनके बने-बनाए उत्तर जो इस मामले को न आगे ले जा सकते हैं न पीछे...केवल मामले की फ़ाइल को थोड़ा और भारी-भरकम बनाने में सहायक हो सकते हैं। मन कहीं से उखड़ गया था सक्सेना का और वे कोशिश करके भी उसे जमा नहीं पा रहे थे।

आख़िर अपनी कचहरी बर्ख़ास्त की सक्सेना ने। आज चाय भी नहीं पी और समय से कुछ पहले ही चल दिए। चलने से पहले सक्सेना ने आदेश दिया थानेदार को, 'कल चाय की दुकानवाले पुत्तन को भी बयान के लिए बुला लेना।'

'पुत्तन को ?' इस तरह पूछा थानेदार ने मानो इस नाम का कोई तुक नहीं समझ में आ रहा हो उसके, 'वह तो चाय की दुकान करता है, सर !'

'मैंने भी तो यही कहा है—चाय की दुकानवाला पुत्तन। बहुत ज़रूरी है।' और खट्-से वे उठ खड़े हुए।

'ठीक है सर,' और वह सक्सेना के पीछे-पीछे जीप तक चला आया। आज जब चाय भी नहीं पी तो खाने के लिए कहने की हिम्मत भी नहीं हुई थानेदार की। इस बिंदा ससुरे ने मिज़ाज बिगाड़ ही दिया साहब का आख़िर।

व्हील पर नहीं बैठे सक्सेना, बग़लवाली सीट पर बैठे और जब जीप

स्टार्ट होकर अहाते के बाहर निकल आई तो अपना सिर सीट की पीठ पर टिका दिया उन्होंने।

पैंतालीस मिनट की वह ड्राइव अजीब-सी बेचैनी में ही काटी उन्होंने। पर बेचैनी किस बात को लेकर है, वे खुद नहीं समझ पाए। बिंदा की इन भावुकता-भरी बातों से बेचैन होनेवाली उम्र और मानसिकता वे बरसों पीछे छोड़ आए हैं। पुलिसवालों के लिए वैसे भी इस तरह की बातें मात्र लफ़्फ़ाज़ी के और कोई अहमियत नहीं रखतीं। बहुत बार, बहुतों से सुने हैं इस तरह के अनर्गल प्रलाप उन्होंने। बातों में नहीं, पर उसके चेहरे में ज़रूर कुछ ऐसा है जो सक्सेना को बेचैन बनाए हुए है। बिंदा का चेहरा फिर उनकी आँखों में उभर आया और एकाएक ही बरसों पुराना दिनेश उनके सामने आ खड़ा हुआ। सचमुच दिनेश से कितना मिलता है इसका चेहरा और इतनी देर से बिंदा नहीं...बिंदा की बातें नहीं, वरन् अतीत की असंख्य परतों के नीचे दबा हुआ दिनेश ही उन्हें परेशान कर रहा था शायद।

बयालीस के दिन आँखों के आगे उभर आए। क्या उमंग, क्या जोश था उन दिनों में ! हड़तालें, जुलूस और नारों के बीच ही दिन गुज़रते थे और रात को नींद में भी भुजाएँ फड़कती रहती थीं और मुट्ठियाँ हवा में उछल जाती थीं। एक बार वे और दिनेश सेक्रेटेरियेट पर तिरंगा लगाने का संकल्प लेकर निकले थे। दूसरी मंज़िल तक पहुँच भी गए थे कि अचानक गोली चलने की आवाज़ सुनकर वे भाग आए. ..बिना इस बात की परवाह किए कि पीछे दिनेश अकेला रह जाएगा। पुलिस का डर था या प्राणों का मोह, जिसने सोचने ही नहीं दिया कि दोनों साथ निकले हैं, साथ क़दम बढ़ाया है, तो अंत तक साथ ही रहना चाहिए। दिनेश पकड़ा गया था और इतनी पिटाई हुई थी उसकी कि सारी पसलियाँ चकनाचूर हो गई थीं। एक सप्ताह तक अस्पताल में रहकर वह मर गया था। दीवार से सिर फोड़-फोड़कर कितना रोए थे वे...कितना कोसा था अपने को...कैसी-कैसी धिक्कार और लानत भेजी थी अपने खुद के नाम ! कितने दिनों तक एक भयंकर अपराध-बोध के नीचे घुटा-घुटा और मरा-मरा महसूस करते रहे थे ! लेकिन तब से लेकर आज तक—उनके भय और उनके मोह का दायरा बढ़ता ही गया और हर बार वे भीतरी उमंग और जोश में आकर आगे बढ़ते हैं, पर

ऐन मौक़े पर कभी भय से तो कभी मोह से मैदान छोड़कर भाग खड़े होते हैं—लंबे समय तक पश्चात्ताप की आग में झुलसने के लिए।

जीप शहर में घुसी तो उन्होंने कहा, 'ऑफ़िस नहीं, सीधे घर ही चलो।' ड्राइवर ने गाड़ी बाईं तरफ़ मोड़ दी।

असमय घर आया देख सक्सेना की पत्नी घबरा गईं। कुछ हो-हवा तो नहीं गया ? इन गाँववालों का कुछ भरोसा नहीं, आए दिन तो ऐसी वारदातें सुनने को मिलती रहती हैं। झपटकर वे बाहर निकलीं—सामने सक्सेना को सही-सलामत देखा तो आश्वस्त हुईं—'आज इतनी जल्दी कैसे आ गए ?'

'ऑफ़िस नहीं गया, सरोहा से सीधा यहीं आ गया।'

सिर्फ़ शरबत पिया और अपने ठंडे-अँधेरे बेडरूम में पहुँचे। पत्नी से बिना विशेष कुछ बातचीत किए आँखें मूँदकर चुपचाप लेट गए।

दो दिन के बयानों से बाहर की दुविधा एकदम समाप्त हो गई थी। यह आत्महत्या का नहीं, हत्या का मामला है। ए क्लीयर केस ऑफ़ मर्डर। पर सारी दुविधा भीतर सिमट आई थी। उन्हें डी.आई.जी. के आदेश पर चलना है, या अपनी रिपोर्ट खुद तैयार करनी है ? बिंदा की जिन बातों को भावुकता-भरी बातें समझकर वे टालते रहे थे वे ही बातें हथौड़े की तरह उनके भेजे पर ठुकने लगीं।

काफ़ी देर तक अपने को ही कुरेदते रहने के बाद उन्होंने भीतर-ही-भीतर निर्णय कर लिया—निर्णय नहीं संकल्प किया कि जो भी हो, जैसा भी हो, वे इस मामले की तह तक जाएँगे और इस वारदात का रेशा-रेशा उधेड़कर रख देंगे। केवल यही नहीं, बिंदा के पास जो प्रमाण हैं उनमें कुछ दम हुआ तो पुलिस की फ़ाइलों में गड़ी उस घटना को भी खोद निकालेंगे।

शाम को उन्होंने डी.आई.जी. को फ़ोन पर बताया कि गर्मी के मारे

भयंकर सिर-दर्द होने की वजह से सरोहा से वे सीधे घर आ गए। साथ ही यह भी कि पहली रिपोर्ट तो उन्हें बदलनी ही पड़ेगी, शायद शुरू से आख़िर तक। मामला बिलकुल दूसरी दिशा में जा रहा है।

'अच्छा ?' आश्चर्य में लिपटा बेहद ठंडा-सा स्वर सुनाई दिया और फिर एक आदेश कि 'जाने के पहले कल ज़रूर मिल लेना और बयान की फ़ाइल रात तक किसी के हाथ भिजवा दो...आई वान्ट टु गो थ्रू इट।'

पर डी.आई.जी. की इस सख़्त और ठंडी आवाज़ ने सक्सेना के थोड़ी देर पहले किए संकल्प को कहीं से भी ठंडा नहीं होने दिया। नहीं, इस बार वे दिनेश को अकेला नहीं छोड़ेंगे। साथ देंगे अंत तक !

आज इतवार है, पर दा साहब के दैनिक कार्यक्रम में कोई फ़र्क नहीं पड़ता। रोज़ की तरह पौ फटने से पहले ही वे गीली दूब पर निकल आए हैं। इसी समय पांडेजी आते हैं उनके पास। इधर पिछले कुछ दिनों से तो नियम-सा बन गया है यह। अलग-अलग मोर्चे पर होनेवाली गतिविधियों से परिचित करवाते हैं पांडेजी, और अगले दिन का कार्यक्रम तय होता है। अपनी सजगता और व्यवहार-कुशलता से पांडेजी एकदम दाहिने हाथ बन गए हैं दा साहब के। लगन और निष्ठा से आदमी कहाँ-से-कहाँ पहुँच जाता है, यह देखना हो तो पांडेजी को देखे कोई। दा साहब खुद उदाहरण की तरह पेश करते हैं इनका नाम सबके सामने। कहने को कोई भी पद-ओहदा नहीं पर बड़े-बड़े ओहदों पर विराजमान तोपनुमा हस्तियाँ पांडेजी की कृपा-दृष्टि के लिए आगे-पीछे घूमती रहती हैं। अपने इस महत्त्व के प्रति पूरी तरह सजग रहने के बावजूद किसी तरह का गर्व या व्यवहार में अक्खड़ता नहीं है इनके, इसीलिए बहुत लोकप्रिय हैं सबके बीच !

आजकल दा साहब के दिन का सबसे महत्त्वपूर्ण हिस्सा सवेरे का यह आधा घंटा ही होता है, जिसमें वे पांडेजी के साथ विचार-विमर्श करते हैं। यह समय सोच-समझकर ही तय किया है, दा साहब ने ! सवेरे मन-मस्तिष्क एकदम तरोताज़ा रहते हैं और गंभीर-जटिल बातें भी सहज होकर ही मन में उतरती हैं। पर इसके बावजूद दा साहब ने एक आदेश

दे रखा है पांडेजी को कि कभी तीन-चार मसलों पर एक साथ बातचीत करनी हो तो हमेशा पहले हलके-फुलके मसले से ही बात शुरू करें। गंभीर बातें ऐसा जकड़ लेती हैं दिमाग़ को कि फिर मामूली बातों में भी काम नहीं करता कभी-कभी। और आजकल तो दस-दस मोर्चे एक साथ सँभालने पड़ रहे हैं। कभी सोचा भी नहीं था कि चुनाव की यह मामूली-सी लड़ाई इतने मोर्चों पर लड़नी पड़ेगी उन्हें। वैसे शायद स्थिति इतनी विकट नहीं होती, पर बिसू की मौत को मोहरा बनाकर अनेक अवांछित तत्त्व उभर आए हैं। आज तो जिसे देखो वही बिसू के नाम का हथियार भाँजता चला आ रहा है—वे फिर अपनी ही पार्टी के लोचन और राव हों या विरोधी पार्टी के सुकुल बाबू ! उन्हें तो सभी से निपटना होता है। वैसे एकाएक परेशान नहीं होते दा साहब, फिर भी हर समय सजग और चौकन्ना तो रहना ही पड़ता है और हर क्षण की यह अतिरिक्त सजगता थका देती है आदमी को।

पौ फटने से काफ़ी देर बाद तक भी जब पांडेजी नहीं आए तो दा साहब भीतर आ गए। ज़रूर कहीं फँस गया होगा, या यह भी हो सकता है कि रात को लौट ही नहीं पाया हो सरोहा से। प्रतीक्षा में समय बरबाद करने से लाभ ? सो वे नहाने घुस गए। पर नहाकर निकले तो पांडेजी को प्रतीक्षा करते पाया ! आश्वस्त हुए दा साहब। स्नेह से पूछा, 'चाय के लिए बोल दिया या कहूँ ?'

पर पांडेजी जवाब देते उसके पहले ही नौकर एक ट्रे में चाय और एक गिलास दूध लेकर घुसा तो दा साहब ने मुस्कराकर कहा—

'वाह, पांडे का छोटे-से-छोटा काम भी बिलकुल चुस्त-दुरुस्त। ढील नहीं रहती कहीं भी।' आजकल पांडेजी की प्रशंसा का कोई भी मौक़ा छोड़ते नहीं दा साहब।

तहमद की तरह लिपटी हुई धोती को ठीक से पहनकर मसनद पर टिककर बैठते हुए दा साहब ने पूछा, 'हाँ, तो अब सुनाओ !'

दा साहब की ओर दूध का गिलास बढ़ाकर अपने कप में चाय डालते हुए पांडेजी ने सबसे पहले सूचना दी, 'अगले सप्ताह होनेवाली सुकुलजी की रैली बहुत ज़ोरदार होने जा रही है। समझ लीजिए, पचहत्तर-अस्सी हज़ार आदमी इकट्ठा हो जाएँगे।'

'हूँ !' कुछ सोचने लगे दा साहब।

'आप कहें तो दो दिन के लिए बसों और ट्रकों के आने पर पाबंदी लगा दी जाए ?'

'नहीं !' तत्काल गरदन हिलाई दा साहब ने, 'अनुचित होगा यह। मात्र रैली के लिए ऐसी पाबंदी लगाना अनैतिक है, बल्कि कहूँगा ग़ैरक़ानूनी है।' फिर एक क्षण रुककर बोले, 'पुलिस का पूरा प्रबंध होना चाहिए और सख़्त हिदायत के साथ कि किसी तरह की भी अशोभनीय घटना न घटे। प्रजातंत्र में प्रदर्शन पर रोक नहीं लगा सकते।' ऐसी बातों में किसी तरह की कोई दुविधा नहीं रहती दा साहब के मन में।

'सोच लीजिए ?' चुनाव के क़रीब इतनी बड़ी रैली होने का मतलब क्या होता है ? असर तो पड़ता ही है हवा का रुख़ बदलने में ?'

'सुकुल बाबू का अनुमान कुछ...।'

'सुकुल बाबू का नहीं, यह मेरा अनुमान है, जिसे कम करके ही रखा है मैंने। देखिएगा, एक लाख आदमी ही जुटेगा उस दिन !'

'अच्छा ?'

'दो समय का खाना और पाँच रुपया प्रति व्यक्ति तय हुआ है। बच्चों के लिए भी दो-दो रुपए दिए जाएँगे। लोगों का क्या है, मज़दूरी नहीं की और मौज कर ली पूरे कुनबे ने—बच्चों के पैसे और खाना मुफ़्त !'

'राजनीतिक स्वर और आदमी के वोट की क़ीमत को पाँच रुपए पर उतार दिया जाए, बड़ी शोचनीय स्थिति है यह। पर किया क्या जा सकता है ?'

'मैं मौजूदा संकट की बात कर रहा हूँ। क्या इस रैली को रोका जा सकता है किसी तरह, या रोका जाना चाहिए ?'

'तुम चाहते हो, हम भी उनके स्तर पर उतर आएँ ? मेरे लिए यह संभव नहीं। पर इसमें परेशान होने की क्या बात है ? किराए की रैलियाँ और प्रदर्शन तो सुकुल बाबू ने पिछले चुनाव में भी बहुत करवाए थे, उन सबसे हुआ क्या ? हम तो अपने ठोस कार्यक्रमों को पूरी निष्ठा और मुस्तैदी से चलाएँगे। मात्र चुनाव जीतना नहीं, इस वर्ग की स्थिति सुधारना हमारा लक्ष्य है। घरेलू-उद्योग-योजना की पहली किश्त पहुँच गई लोगों के पास ? जिनके पास नहीं पहुँची है, उनके पास पहुँचा दो।'

इस काम की रिपोर्ट तो रोज़ ही देते हैं पांडेजी, सो उसे दोहराने

की ज़रूरत नहीं समझी उन्होंने। दा साहब की बात से अपने लिए जो निष्कर्ष निकाला, सिर्फ़ उसे दोहरा दिया, 'तो रैली में किसी तरह की कोई बाधा या अड़चन डालने की कोशिश न की जाए ?'

'नहीं !' इस तरह के अपने निर्णयों पर हमेशा अडिग ही रहते हैं दा साहब ! तब दूसरी बात उठाई पांडेजी ने—

'राव और चौधरी कोई महत्त्वपूर्ण मंत्रालय चाहते हैं अपने लिए। वित्त-मंत्रालय और उद्योग-मंत्रालय पर नज़र है उनकी ! दे सकेंगे आप ? दे दें तो आने को तैयार ही बैठे हैं।'

'क्या ऽ ?' दा साहब को जैसे अपने कानों पर विश्वास न हुआ तो पांडेजी ने अपनी बात दोहरा दी।

'आदमी जब अपनी सीमा और सामर्थ्य को भूलकर कामना करने लगे तो समझ लो, पतन की दिशा में उसका क़दम बढ़ गया। मूर्ख हैं दोनों ! और चौधरी, उसकी क्या औक़ात भला ! जो मिला है उसके लायक़ भी नहीं है वह तो।'

'मैंने उन्हें नौ बजे आपसे मिलने के लिए कह दिया है।' फिर एक क्षण रुककर बोले, 'लेकिन राव को ज़रूर कुछ-न-कुछ देना होगा ! मैंने खूब बारीकी से सारी स्थिति देख ली। बापट और मेहता के आ जाने के बाद भी हमारी स्थिति बहुत मज़बूत नहीं होती, डावाँडोल-सी रहती है। लोचन तो अपनी जगह अडिग है ही, उससे तो कोई बात ही नहीं हो सकती। हाँ, राव निकल आता है तो फिर लोचन के पाँव तले भी ज़मीन नहीं रहेगी।' स्थिति शीशे की तरह साफ़ कर दी पांडेजी ने।

'हूँ ऽ ! बात करके देखते हैं !'

'वैसे इनमें और लोचन में भी कुछ खींचतान-सी चल रही है। कल पहलेवाला-सा तेवर नहीं था राव की बात में। इसलिए बहुत मुश्किल नहीं होगा और बहुत झुकना भी नहीं पड़ेगा।'

'सौदेबाज़ी पर टिके संबंधों में कहीं स्थायित्व हो सकता है भला ? और इन बातों पर नाजायज़ तरीक़े से झुकना मेरा उसूल नहीं। तुम चिंता मत करो, इस मामले से मैं निपट लूँगा।' आश्वस्त किया दा साहब ने।

'आपके रहते किसी को भी चिंता करने की ज़रूरत रहती है भला ?'

'यह भाषा मुसाहिबों को शोभाती है, तुम्हें नहीं, और मुसाहिबगिरी का ज़माना अब गया।' तुरंत टोक दिया दा साहब ने तो हलके-से खिसिया गए पांडेजी !

इन दो हलके-फुलके मामलों को निपटाने के बाद थोड़ा गंभीर मसला रखा पांडेजी ने, 'यह सक्सेनावाली बयानबाज़ी बहुत महँगी पड़ गई हमको। सारे गाँव का वातावरण ख़राब कर दिया है इसने। बिसू के सीधे-सपाट केस में भी जाने क्या-क्या तिकड़म निकालकर रोज़ गाँव जाते रहे हैं सक्सेना। बिला वजह की सनसनी और असंतोष ! एक वह बिंदा, वैसे ही करेला...ऊपर से चढ़ने को नीम मिल गया। पिछले तीन दिनों में चार तो वारदातें हो गई हैं मारपीट की...सबमें बिंदा।'

बहुत ग़ौर से सुन रहे हैं दा साहब सारी बातचीत !

'सुना है, कुछ प्रमाण-व्रमाण लेकर दिल्ली जा रहा है बिंदा, और सक्सेना ही दिशा दिखा रहे हैं उसे। चुनाव के समय इन सारी बातों का उठना... ! सुकुल बाबू के लोग हैं कि इस बात का ज़ोर-शोर से प्रचार करने में लगे हैं।'

बिंदा का नाम मन में उतर गया दा साहब के और अपने भाषणवाले दिन का व्यवहार भी याद आया। पर उस पर कोई टिप्पणी नहीं की। केवल इतना ही कहा, 'सुना है। मैंने खुद फ़ाइल मँगवा ली है सक्सेना की, और डी.आई.जी. से कह दिया है कि वे मामला अपने हाथों में ले लें।'

'बात केवल इतनी ही नहीं है। जोरावर बहुत बिगड़ा हुआ है इस सबसे। सक्सेना ने सरपंच और जोरावर के बयान बड़ी सख़्ती से लिए और व्यवहार भी अच्छा नहीं रहा इन लोगों के साथ। सक्सेना को भेजने का निर्णय ही ग़लत रहा।'

'हो जाता है कभी-कभी ऐसा भी। डी.आई.जी. ने कहा था कि सक्सेना का रवैया...।'

'अब स्थिति यह हो गई है कि...।' दा साहब की बात को बीच में ही काटकर आज के सबसे महत्त्वपूर्ण मसले को रहस्योद्घाटन की तरह पेश किया—

'जोरावर खुद खड़ा हो रहा है।'

'क्या ?' सचमुच चौंके दा साहब ! वैसे साधारणतः पांडेजी जो

ख़बरें लाते हैं, उनमें से क़रीब अस्सी प्रतिशत ख़बरें दा साहब के पास किसी-न-किसी रूप में पहले ही पहुँच चुकी होती हैं। पर इस बात का तो कहीं से भी आभास तक नहीं मिला। विश्वास नहीं हो रहा दा साहब को।

'यह कैसे हो सकता है ? इतना बड़ा निर्णय ले लिया बिना मुझे बताए, बिना मुझसे पूछे ? आश्चर्य !'

'कल रात दो घंटे तक सिर खपाया है उसके साथ बैठकर,' अपनी बात की सच्चाई का प्रमाण दे दिया पांडेजी ने, 'आज शाम को मिलने आ रहा है आपके पास। रात यहीं रहेगा और कल अपना नामांकन-पत्र भरेगा। परसों अंतिम तारीख़ है फ़ार्म भरने की।'

दा साहब सचमुच विचलित हो गए इस बात से। पर जल्दी ही साध लिया अपने को।

'यह सब काशी का करिश्मा है। जो थोड़ी-बहुत कसर रही होगी, वह सक्सेना ने पूरी कर दी। यों इस घरेलू-उद्योग-योजना से भी बहुत नाराज़ है जोरावर।'

'हूँऽऽ !' और मन उनका काशी के करिश्मे में उलझ गया।

'लेकिन जोरावर अपने पैंतीस प्रतिशत वोटों को लेकर जीतने से तो रहा। हरिजन या पिछड़ी जातियों का तो एक वोट भी उसे नहीं मिलता, फिर तुक क्या रहा खड़े होने में ? कुछ समझ नहीं आता।'

बात सचमुच दा साहब के भी कुछ समझ में नहीं आ रही। जोरावर भी कोई मोल-भाव करना चाहता है क्या उनसे ? पर किस तरह का ? उसकी जान बचाने के लिए जो कुछ किया है दा साहब ने, उसकी क़ीमत तो उसे चुकानी ही चाहिए। सो यह क़ीमत चुका रहा है वह ? पर आज किसको क्या कहो, नैतिकता किसी में रह भी गई है ?

'उसके खड़े होने का सीधा फ़ायदा होगा सुकुल बाबू को।'

दो और चार वाले इस सीधे-से हिसाब पर टिप्पणी करना बेकार लगा दा साहब को। उन्होंने केवल इतना ही पूछा, 'तुमसे क्या बात हुई उसकी ?'

'यही सब उसे बाक़ायदा समझाया। पर उस जाट आदमी के कुछ समझ में आए तब न ! एक ही रट लगाए हुए है...खेती-बाड़ी बहुत कर ली, अब हम राजनीति करेंगे थोड़ी।'

'हूँऽऽ !' एक लंबी हुंकार के साथ समस्या को भीतर उतार लिया दा साहब ने। थोड़ी देर बाद अपने भीतर से उबरे तो काफ़ी सजग हो चले थे। चेहरे पर छायी परेशानी की हलकी-सी झलक भी दूर हो चुकी थी। बड़े सहज-स्वाभाविक स्वर में पूछा, 'और कोई बात ?'

'नहीं।'

'लखन के क्या समाचार हैं ? उसे सँभालते रहना। घबराता बहुत जल्दी है। दो दिन से आया भी नहीं।'

'काफ़ी उत्साह में है। भाषण-वाषण अच्छा दे देता है आजकल। अब चुनाव तक के लिए सरोहा में जमा दिया है उसे। लोगों में कुछ-कुछ जगह भी बना रहा है अपनी।'

'अच्छी बात है यह तो। लोगों के बीच ही नहीं, लोगों के मन में जगह बनाना ही असली उद्देश्य है हमारा।'

'तो अब चलूँ !' घड़ी देखते ही पांडेजी ने उठने की मुद्रा बनाई।

दा साहब ने हलके से सिर हिलाकर स्वीकृति दी और पांडेजी के जाने के बाद योगासन करने के लिए वे अपने शयन-कक्ष में चले गए।

ठीक नौ बजे अपने घरेलू-दफ़्तर में ही राव और चौधरी का स्वागत किया दा साहब ने, 'आओ, आओ !' और जब दोनों बैठ गए तो बिना किसी भूमिका के एकदम सीधे ही बात शुरू की—

'आप पाँच मंत्रियों ने त्यागपत्र देने का फ़ैसला किया था। उनमें से दो ने तो अपना विचार छोड़ दिया। लिखित पत्र भी भेज दिया है मेरे पास !' सामने पेपरवेट के नीचे फड़फड़ाते काग़ज़ की ओर इशारा किया दा साहब ने। आवाज़ में मुख्यमंत्री वाली गरिमा भी है और कड़क भी। फिर अपनी नज़रें राव के चेहरे पर गड़ाते हुए पूछा, 'अब आप लोगों का क्या इरादा है ?'

दा साहब की बात की कोई विशेष प्रतिक्रिया नहीं हुई राव के चेहरे पर। कल ही उन्हें सूचना मिल चुकी थी कि बापट और मेहता ने अपना क़दम वापस खींच लिया है। लेकिन क्या समझौता हुआ है, यह नहीं जान सके थे इसलिए पूछा, 'क्या दिया है आपने उन लोगों को ?'

'लेन-देन की बात तो शायद आप लोग करने आए हैं। कीजिए !'

दा साहब को कुपित होते हुए कम ही लोगों ने देखा होगा, पर जब होते हैं तो उनका स्वर और तेवर सामनेवाले को भीतर तक थरथरा देने की क्षमता रखते हैं। स्वर में आवेश क़तई नहीं होता, पर इस हद तक का ठंडापन कि सुननेवाला जम जाए पूरी तरह। राव की कंजी आँखों की चमक बुझने-सी लगी और चौधरी राव का मुँह देखने लगा ! आख़िर राव ने हिम्मत करके कहा—

'देखिए दा साहब, इधर पिछले कुछ महीनों से जिस तरह की स्थितियाँ चल रही हैं, मंत्रिमंडल का सदस्य होने के नाते उसकी जिम्मेदारी तो हम पर भी आती ही है। मगर उन सब बातों को हम अपना समर्थन क़तई नहीं दे सकते—बल्कि विरोध करते हैं। आख़िर हमारे भी तो कुछ... ।'

'सिद्धांत हैं।' बड़ी नाटकीय मुद्रा में दा साहब ने राव का वाक्य पूरा किया। फिर थोड़े सख़्त लहजे में कहा—'यह लोचन की भाषा उसी के लिए रहने दो। तुम्हारे मुँह पर ज़रा भी नहीं सोहती।'

भीतर-ही-भीतर कट गया राव। लोचन बाबू के अति-आदर्शवादी रवैये से थोड़ी परेशानी तो हो ही रही थी, फिर भी उन्हें जैसे-तैसे साधकर रख रहे थे, पर बापट और मेहता तो एकदम लंगी लगाकर ही चल दिए। औंधे मुँह तो अभी भी नहीं गिरे हैं, पर थोड़ा लड़खड़ा तो गए ही। वरना आज से एक सप्ताह पहलेवाली स्थिति होती तो दा साहब वाली कड़क उनकी अपनी आवाज़ में होती और दा साहब सामने बैठकर रिरियाते होते। यह लोचन बाबू का आदर्शवाद ले डूबा हम सबको। इसी वजह से बापट-मेहता गए, और ज़रा लचक नहीं रखी अपने भीतर तो हम भी कहीं नहीं रहेंगे। फिर भी अपने को भरसक नियंत्रित करके राव ने कहा, 'यह तो आप मानेंगे कि जब मंत्रिमंडल बना था तो हमारे साथ पूरा न्याय नहीं हुआ था। लेकिन उस समय स्थिति की माँग ऐसी थी कि हम चुप कर गए। अब आप मंत्रिमंडल को रि-शफ़ल करने की बात सोच ही रहे हैं तो कम-से-कम इस समय तो हमें हमारा ड्यू मिल ही जाना चाहिए।'

'क्या है आपका ड्यू ?' सीधा-सा प्रश्न रखा दा साहब ने।

राव की कंजी आँखों में फिर चमक कौंध गई। पता नहीं, कितने पर पटाया है दा साहब ने बापट और मेहता को ! अपने लिए क्या माँगे,

एकाएक कुछ समझ नहीं पाए राव। एक क्षण सोचकर जवाब दिया—

'लोचन भैया, मेरे और चौधरी के समर्थक आज भी आपके मंत्रिमंडल के सामने संकट खड़ा कर सकते हैं। बापट और मेहता से कोई ख़ास फ़र्क नहीं हुआ है, सारी स्थिति में। उनके समर्थकों की संख्या ही कितनी थी भला ?'

काँइयाँपन उभरने लगा राव की आँखों में।

'भाव बढ़ा रहे हो अपना ?' दा साहब ने भी उतने ही काँइयाँपन से पूछा। वैसे स्वभाव में दूर-दूर तक काँइयाँपन नहीं है दा साहब के। उनके भव्य और गरिमामय व्यक्तित्व को शोभा ही नहीं देती है यह अदा। पर कभी-कभी अपनानी पड़ती है मजबूरी में।

'नहीं, केवल अपनी स्थिति साफ़ कर रहा हूँ।' संक्षिप्त-सा उत्तर राव ने भी दिया।

'स्थिति नहीं, अपनी माँग साफ़ करो तो ज़्यादा बेहतर होगा।'

फिर पशोपेश में पड़ गए राव। दा साहब का रुख़ भी बहुत अनुकूल नहीं लग रहा था और स्थिति भी पहले जैसी पुख़्ता नहीं रही, इसलिए सीधे-सीधे अपनी माँग रखने की हिम्मत नहीं हो रही है। बात को लाइन से उतारकर थोड़ा-सा घुमाया राव ने—

'सुकुल बाबू की रैली बहुत ज़ोरदार होने जा रही है। इस दिशा में हम लोगों को कुछ करना चाहिए, वरना चुनाव पर इसका...कुछ सोचा है आपने ?'

व्यंग्य-भरी एक हलकी-सी मुस्कराहट दा साहब के होंठों पर फैल गई।

'ओढ़े हुए सिद्धांत ही इतनी जल्दी साथ छोड़ देते हैं।' फिर एक क्षण रुके और राव के खिसियाहट-भरे चेहरे पर नज़र गड़ाए-गड़ाए बात पूरी की—

'चाहूँ तो इन्क्वायरी भी बिठा सकता हूँ कि रैली के नाम पर पानी की तरह बहाया जानेवाला यह रुपया कहाँ से आया ? पर नहीं, यह घटियापन मैं करूँगा नहीं। राजनीति मेरे लिए स्वार्थनीति नहीं है और चाहता हूँ कि मेरे साथ काम करनेवाले लोग भी इस बात को अच्छी तरह समझ लें।'

राव का चेहरा बुझने लगा। पाँव के नीचे पुख़्ता ज़मीन हुए बिना

ऐसी धार नहीं आ सकती थी दा साहब की आवाज़ में। लगता है, अपना पक्ष पूरी तरह मज़बूत कर लिया है दा साहब ने। तब क्या कहें वह ?

'तुमने अपनी माँग नहीं रखी ?' बात को वापस लाइन पर ले आए दा साहब, पर राव सचमुच ही लाइन से उखड़ा हुआ महसूस कर रहे हैं। झिझकते हुए कहा, 'आप हमें हमारा ड्यू ज़रूर दीजिए।'

'ड्यू ? हूँऽ,' अब दा साहब ने बात का सिरा अपने हाथ में लिया, 'लोचन से क्या आश्वासन मिला था ?' प्रश्न पूछने के साथ ही उनकी आँखों में एक ख़ास पैनापन उभर आया, जिसके सामने आदमी आसानी से झूठ नहीं बोल सकता।

'लोचन भैया ने ब्लैंक चेक दे दिया है हमें। समझ लीजिए, गृह और वित्त सुरक्षित ही हैं हमारे लिए।'

दा साहब हँसे और थोड़ी देर तक हँसते ही रहे। उस हँसी में उपहास था, विनोद था, या व्यंग्य—समझ नहीं पाए राव।

'जिसके एकाउंट में कुछ हो ही नहीं, वही बड़े खुले हाथ से बाँट सकता है इस तरह के ब्लैंक चैक !' फिर एकदम गंभीर होकर समझाने के लहजे में बोले—

'देखो राव और चौधरी, राजनीति में तुम लोग बच्चे हो अभी। आदमी की पूरी पहचान भी नहीं तुमको।' फिर एक क्षण रुककर बोले, 'उम्र में लोचन भी कोई ज़्यादा नहीं है तुमसे, पर आदर्श और सिद्धांतों की आड़ में राजनीतिक दाँव-पेंच खेलना खूब जानता है। इसीलिए कभी सम्मान नहीं जगा पाया मैं उसके लिए अपने मन में।'

अपनी बात की प्रतिक्रिया जानने के लिए उन्होंने राव के चेहरे पर नज़रें गड़ा दीं। पर वहाँ कोई ख़ास प्रतिक्रिया थी नहीं—था तो हलका-सा अविश्वास का भाव। उसे ही मिटाने के लिए दा साहब ने बात आगे बढ़ाई—

'सुकुल बाबू की विधान सभा में जब विधायक था तो उसने हवा का रुख़ भाँप लिया था और समझ लिया कि जल्दी ही दिन पूरे होनेवाले हैं अब सुकुल बाबू के। झट से त्यागपत्र दिया और विद्रोह की मुद्रा अपनाकर खड़ा हो गया। बाद में विद्रोह की क़ीमत वसूल की और यहाँ शिक्षा-मंत्री बन गया। अब सुकुल बाबू से मोल-भाव और हमसे विरोध

चल रहा है उसका। जिसके सारे सिद्धांत और आदर्श—सारा विरोध और विद्रोह मात्र अपना भाव बढ़ाने के लिए हो, उसके लिए किसी तरह का सम्मान या सद्‌भाव नहीं रहता मेरे मन में।'

'सुकुल बाबू के साथ वे क्यों जाएँ ? इस पार्टी में रहकर वे ज़रा-सी होशियारी बरतें और चाहें तो मुख्यमंत्री बन सकते हैं।' लोचन की आदर्शवादिता को लेकर चाहे जितना भी मलाल हो राव के मन में, पर दा साहब के इस आरोप ने सचमुच कहीं बुरी तरह आहत किया उनको; चुप नहीं रह सके वह।

क़तई बुरा नहीं माना दा साहब ने राव की इस बात का, बल्कि हँसे। महज़ विनोद में लिपटी हँसी...'अपने साथ रखकर हवा में खूब ऊँचे तक उड़ना सिखा दिया है लोचन ने तुम लोगों को भी। देखो भाई, मैं बहुत ऊँचे तक तो नहीं ले जा सकता, पर जहाँ तक ले जाता हूँ, वहाँ खड़े होने के लिए कम-से-कम पाँव के नीचे ज़मीन ज़रूर देता हूँ। मेरे साथ चलनेवालों के सामने औंधे मुँह गिरने का ख़तरा क़तई नहीं रहता। अब तुम सोच लो।'

एक तरह से समझौते का हाथ बढ़ा दिया दा साहब ने तो अपनी तरफ़ से अब राव की बारी है।

पर राव और चौधरी, दोनों चुप।

'देखो, अनुशासन मेरे मंत्रिमंडल की पहली और अनिवार्य शर्त है। लोचन के रवैये से मैं ही नहीं, अप्पा साहब तक बहुत दुखी और परेशान हैं। आख़िर हमें उसे बर्ख़ास्त करने का निर्णय लेना ही पड़ा। कल पत्र चला जाएगा।' एक क्षण रुके दा साहब और फिर बात का समापन करते हुए कहा—

'शिक्षा-मंत्री का पद ख़ाली हो रहा है। राव, तुम सँभालो इस भार को। लोचन ने वैसे भी कोई संतोषजनक काम किया नहीं इस क्षेत्र में। मेरे हिसाब में सबसे महत्त्वपूर्ण है यह पद—भावी पीढ़ी का निर्माण करने का सारा दायित्व इसी मंत्रालय पर है। स्वीकारो इस चुनौती को।'

भावी पीढ़ी का निर्माण करने की दिशा में राव का कोई विशेष उत्साह नहीं। उसका ध्यान तो अपनी पीढ़ी पर भी नहीं, केवल अपने पर टिका हुआ है। फिर भी इस प्रस्ताव पर बिना किसी तरह की प्रतिक्रिया जाहिर किए अपनी कंजी आँखों को गोल-गोल घुमाते हुए राव

ने पूछा, 'और चौधरी के लिए ?'

'वे जहाँ हैं, फ़िलहाल वहीं रहें...करना चाहें तो वहीं बहुत कुछ है करने को। वैसे भी मैं चुनाव के पहले तो कोई परिवर्तन नहीं कर रहा।'

अंतिम वाक्य दा साहब ने कुछ इस तरह कहा कि उसमें बात का समापन भी था और उन दोनों के लिए उठने का संकेत भी।

चौधरी का चेहरा एकदम ही बुझ गया। जब से आया, एक शब्द भी वह नहीं बोला था और दा साहब की इस बात से तो उसकी आवाज़ भी कुंद हो गई। उठते-उठते राव ने हिम्मत करके पूछ ही लिया, 'बापट और मेहता को आख़िर आप... ?'

'अभी कुछ नहीं दिया।' बात को पूरा भी कर दिया और जवाब भी दे दिया दा साहब ने और फिर हलके-से मुसकराकर कहा, 'कुछ बच्चे ऐसे होते हैं जो केवल समझाने-भर से समझ जाते हैं। पर कुछ ज़िद्दी बच्चे ऐसे भी होते हैं जो मनचाही चीज़ लिए बिना मानते ही नहीं।'

राव हलके-से खिसिया गए। मन तो हुआ कहें, 'मनचाही चीज़ कहाँ मिल रही है,' पर चुप ही रहे। बापट और मेहता केवल बातों से मान जाएँ, विश्वास नहीं होता इस पर। हाँ, यह हो सकता है कि भविष्य के लिए कोई आश्वासन मिला हो। पर वह खुद क्या करे ? केवल इतना ही कहा, 'कल तक सोचकर जवाब दूँगा।'

'प्रशासनिक लोगों में तुरंत निर्णय लेने की क्षमता होनी चाहिए। यही तो विशेषता होती है उनकी। ख़ैर, देख लो।'

राव और चौधरी के जाने के बाद दा साहब ने अप्पा साहब को फ़ोन किया, 'लोचन की बर्ख़ास्तगी के लिए राज्यपाल को पत्र भेज रहा हूँ। मंत्रिमंडल में अब वह नहीं रहेगा, पार्टी के बारे में आप तय करें। राव से भी अभी बात हो गई...सब ठीक ही है।'

'लोचन के बारे में भी यदि एक बार फिर से सोच लेते।' कुछ झिझकता-सा स्वर सुनाई दिया अप्पा साहब का।

'नहीं अप्पा साहब, अनुशासन भंग करनेवाले को साथ लेकर चलना मुश्किल होगा मेरे लिए।' अंतिम निर्णय सुना दिया दा साहब

ने। उधर से भी फिर कोई आग्रह नहीं हुआ। केवल इतना ही सुनाई दिया, 'बधाई।' पर दा साहब को लगा कि शब्द ही बधाई का है, स्वर और भाव तो शायद बिलकुल विपरीत ही थे।

जोरावर। उम्र चालीस साल। छः फुटा गठीला शरीर। घनी-नुकीली मूँछों और अपेक्षाकृत मोटे-गदराए होंठों ने एक ख़ास ही तेवर दे रखा है उसके व्यक्तित्व को। टेरीकॉट या रॉ-सिल्क का ढीला-ढाला कुर्ता और पाजामा स्थायी वेशभूषा है उसकी। गले में काले धागे में बँधा तावीज और सोने की मोटी-सी जंजीर। दोनों हाथों की उँगलियों में चाँदी में जड़े रंग-बिरंगे नगीनों की अँगूठियाँ। आधे से ज़्यादा सरोहा जोरावर का ही है और वह पूरे सरोहा का बेताज बादशाह। लेकिन व्यक्तित्व में आभिजात्य की बू तक नहीं है कहीं भी, है तो केवल एक दर्प-भरा उद्धत अहंकार। पिता की बड़ी इच्छा थी कि शहर जाकर ऊँची पढ़ाई करे जोरावर, पर गाँव के मिडिल स्कूल से आगे बढ़ा ही नहीं। स्कूल में भी वह इस तरह जाता था मानो विद्यार्थी नहीं, मालिक हो वहाँ का। और सच पूछो तो मालिक था भी। बाप की मिल्कियत उसके सिर चढ़कर ही बोलती थी।

जब दा साहब की कोठी में घुसा जोरावर तो रत्ती ने उठकर स्वागत किया, 'आइए—आइए जोरावरजी !'

'दा साहब ?'

'अप्पा साहब से मिलने गए हैं, आ जाएँगे पाँच तक।'

'जमना बहन तो होंगी ?'

'वे अस्पताल गई हैं किसी बीमार को देखने के लिए। दोनों साथ ही लौटेंगे। पर आप बैठिए न...साढ़े चार बज ही गए हैं।'

और रत्ती ने पारिवारिक लोगों के लिए बैठने का ड्राइंग-रूम खोल दिया। पंखा और कूलर चला दिए। इस घर में परिवार के सदस्य की तरह ही समझा जाता रहा है जोरावर।

दा साहब आए तो कुछ इस भाव से स्वागत किया जोरावर का, मानो उसके अप्रत्याशित आगमन से आश्वस्त हो आए हों कहीं, 'बड़ा अच्छा किया कि तुम आ गए...वरना मैं बुलाने ही वाला था। आज पांडे आया ही नहीं, वरना उसी के हाथ संदेश भेजता।' थोड़ा-सा झूठ बोल गए दा साहब। बोलना पड़ता है कभी-कभी परिस्थिति के दबाव से। जोरावर कुछ कहता उसके पहले ही उन्होंने पूछा, 'शरबत-वरबत कुछ पिया या नहीं ?' फिर पत्नी की ओर देखकर बोले, 'आम और शरबत भिजवाओ जोरावर के लिए।'

अभी पांडेजी से मुलाक़ात नहीं हुई है इसलिए...वरना आज इस तरह के आत्मीयता-भरे स्वागत की कोई उम्मीद नहीं थी जोरावर को।

बाहर रत्ती को कुछ आदेश देकर भीतर आए दा साहब और जोरावर की बगल में बैठ गए।

'आज सवेरे से तुम्हारी ही बात सोचता रहा मैं।'

'क्यों ?'

'कल रात सक्सेनावाली फ़ाइल मँगाकर देखी थी। परेशानी तो पैदा हो गई।'

कान खड़े हुए जोरावर के, लेकिन निहायत लापरवाही से अपने जोरावरी अंदाज में ही पूछा, 'क्या लिख दिया है उस हरामख़ोर ने अपनी फैल में ?'

इस बार दा साहब ने बड़ी चुभती-सी नज़र से देखा जोरावर को, मानो कह रहे हों कि यह भाषा और तेवर अब नहीं चल सकेगा। पर कहा इतना ही, 'तुमने यह अच्छा नहीं किया। एक परेशानी से जैसे-तैसे उबरने की कोशिश कर रहे थे कि...'

'क्या किया हमने ?' ललाट पर तीन सलवटें डालकर कड़क आवाज़ में पूछा उसने।

'मैं बिसू की बात कह रहा हूँ।'

'सो हम भी समझ रहे हैं। पर हमारा उससे क्या लेना-देना ?'

दा साहब एकटक देखते रहे जोरावर को अपनी उसी सधी हुई पैनी नज़र से, जो सामनेवाले को चीरकर उसके आर-पार देख लेती है। फिर बहुत ही सख़्त आवाज़ में बोले, 'यह मत भूलो कि पुलिस और क़ानून के हाथ बहुत लंबे होते हैं और आँखें काफ़ी तेज़। न देखें तो हाथी तक

को न देखें, पर उतर आएँ तो फिर चीटीं तक भी नहीं बच सकती—नज़र से, न गिरफ़्त से।'

'और आपने उस सक्सेना को उतार दिया हमारे पीछे। पर उससे क्या, क्या कर लेगा हमारा वह ?'

कोई और होता तो एकदम भड़क जाता, इस बेबुनियाद इल्ज़ाम पर। पर दा साहब के लिए क़तई कोई अहमियत नहीं रखतीं ये बातें।

तभी रत्ती एक फ़ाइल लेकर घुसा और दा साहब के सामने पेश कर दी। दा साहब ने उसे लेकर बगल में रख लिया और उसे ही सहलाते हुए समझाने के लहजे में बोले, 'देखो जोरावर, जब आदमी अपने को ही धोखा देने लगता है तो मार खाता है निश्चय ही।'

ये महीन बातें नहीं समझता जोरावर, इसलिए सीधे ही पूछा, 'आप साफ बताओ, क्या लिखा है उस सक्सेना ने हमारे खिलाफ अपनी फैल में ?'

दा साहब भी बात साफ़ बताना चाह रहे हैं, पर उठाकर सीधा पत्थर ही मारें, यह स्वभाव नहीं उनका।

'पुत्तन की दुकान पर दो लड़कों के साथ चाय पी थी उस शाम को बिसू ने और वही आख़िरी चीज़ थी तो उसके पेट में गई थी।'

'लौंडे-लपाड़ों के साथ चाय-बीड़ी तो वह पीता ही रहता था।' बिना ज़रा भी परेशान हुए बात ऊपर से ही उड़ा दी जोरावर ने।

'लड़के सरोहा के नहीं, टिटहरी गाँव के थे।' दा साहब की सतर्क नज़र एक क्षण को भी नहीं हट रही है जोरावर के चेहरे से।

'आस-पास के गाँवों में तो भटकता रहता था वह बिसुआ। कुछ काम-धाम तो था नहीं उस हरामख़ोर के पास करने को।'

'उन लड़कों के बयान हैं इस फ़ाइल में।'

'सक्सेना ने जिनके बयान लिए हैं, हमें मालूम है वो सब। कोई लड़कों-वड़कों के बयान नहीं लिए हैं सक्सेना ने।' पर अब रंग उड़ने लगा है जोरावर के चेहरे का और बड़ी परवाह से ओढ़ी गई यह लापरवाही ढँक नहीं पा रही है उसके बदरंग होते चेहरे को।

'पुलिस के सब काम सबको मालूम होने लगें तो फिर पुलिस ही

क्या हुई वह ? उन्होंने क़बूल किया है कि...उनके पास एक मोटी रक़म भी मिली है जो उन्हें...,' बात अधूरी छोड़ दी दा साहब ने और फिर हाथ से फ़ाइल सहलाने लगे।

इस बार जोरावर चुप। एक निहायत ही नामालूम-सा निःश्वास छोड़ा दा साहब ने।

तभी भीतर से आम और शरबत आया। दा साहब ने सख़्ती को स्नेह में बदलकर कहा, 'लो खाओ, लखनऊ से आया है दशहरी का टोकरा।'

नौकर के चले जाने के बाद उन्होंने बात फिर से शुरू की, पर स्वर और तेवर पहले वाला नहीं था।

'यह सही है कि मैं जब किसी का हाथ पकड़ता हूँ तो बीच में नहीं छोड़ता। स्वभाव है मेरा। पर कोई इसे दुर्बलता समझकर नाजायज़ फ़ायदा उठाना चाहे तो...।' अधूरे वाक्य को उन्होंने शब्दों से नहीं, नज़रों से पूरा कर दिया।

पर नज़रों की भाषा समझने का माद्दा नहीं जोरावर का। उसने तो शब्दों को ही पकड़ा, 'नाजायज़ फैदा तो आप उठा रहे हैं हमारी दोस्ती का आजकल।'

'मैं ?' इस उलटे आरोप का कोई तुक समझ में नहीं आया दा साहब की !

'और क्या ? अब ये जो हरिजनों को माथे चढ़ाने के सारे धंधे आपने शुरू किए हैं—जड़ खोदना ही हुआ हमारी एक तरह से यह।'

हलके-से मुस्कराये दा साहब ! समझाने के लहजे में बोले, 'ज़माना बदल रहा है जोरावर, ज़माने के साथ बदलना सीखो ! जो चीज़ें आज से तीस साल पहले होनी चाहिए थीं—वे आज भी पूरी तरह नहीं हो रहीं। दुर्भाग्य है इस देश का यह।'

'बदल रहा होगा जहाँ बदल रहा होगा जमाना। हमारे रहते सरोहा में नहीं बदल सकता जमाना।'

'तुम्हारी यह ज़िद और जाटपना एक दिन ले डूबेगा तुम्हें।'

'इसमें जिद्द की क्या बात हुई, दा साहब ? इन हरिजनों के बाप-दादे हमारे बाप-दादों के सामने सिर झुकाकर रहते थे। झुके-झुके पीठ कमान की तरह टेढ़ी हो जाती थी। और ये ससुरे सीना तानकर आँख-में-आँख

गाड़कर बात करते हैं–बरदास्त नहीं होता यह सब हमसे।'

दा साहब इस पुश्तैनी बड़प्पन से घसीटकर जोरावर को फिर नीचे लाए–'खैर, यह सब बाद की बातें हैं, चिंता मुझे इस समय इस फ़ाइल की है। बात ज़बानी रहे, तब तक कुछ नहीं; पर एक बार फ़ाइल में आ जाए तो बहुत मुश्किल हो जाता है।'

जोरावर सचमुच ज़मीन पर आ गया। दा साहब के स्वर से इतना तो समझ गया कि बात चिंता की है।

'अब जो भी है आपको ही सुलटना है। हमारे साथ कुछ उलटा-सीधा नहीं होना चाहिए, बस...आपकी जिम्मेदारी है यह !'

दा साहब कुछ बोले नहीं। लगा, किसी गहरे सोच में डूबे हैं जैसे। जोरावर ने ही कहा, 'हम क्या सोचकर चले थे और क्या हो गया ?'

दा साहब ने नज़रों से ही प्रश्न पूछ लिया।

'इस बार हमने भी सोचा कि चुनाव लड़ लें। फारम भरने को आए थे...आप कहें तो भर दें।'

'क्या ?' दा साहब ने आश्चर्य से पूछा जैसे उन्हें अपने कानों पर विश्वास न हो रहा हो।

बिना किसी झिझक के जोरावर ने अपनी बात दोहरा दी। दा साहब एकटक चेहरा देखते रहे उसका और उनके अपने चेहरे पर सख़्ती की परत चढ़ने लगी। बहुत ठंडी और सख़्त आवाज़ में उन्होंने कहा–

'उधर बिसू ने आगजनी के जो प्रमाण जुटाए थे, उन्हें लेकर बिंदा दिल्ली जानेवाला है, इधर सक्सेना ने सारे प्रमाण जुटा लिए हैं और तुम्हें चुनाव लड़ने की सूझ रही है। विधानसभा की जगह मुझे तो डर है कि कहीं तुम्हें जेल...'

'हम आपसे पूछने तो आए हैं दा साहब, फारम अभी भरा तो नहीं !'

'नहीं, भरना हो तो ज़रूर भरो। मैं कभी मना नहीं करूँगा। बल्कि एक तरह से मुक्त होउँगा...।'

'आप तो नाराज़ होने लगे, दा साहब ! कहा न, मन में आया सो पूछने को चले आए। कौन अभी खड़े हो गए हैं !'

इतने में जमना बहन ने आकर कहा, 'खाना यहीं खाकर जाना, जोरावर ! इस बार तो पंद्रह दिन बाद ही आए होओगे शायद।'

'खाना तो खाएँगे ही, इसमें कहना क्या ?'

खाने पर भी बातचीत के विषय को दा साहब ने फ़ाइल से ज़्यादा इधर-उधर नहीं सरकने दिया; बल्कि स्थिति की सारी भयंकरता को उसके नंगेपन के साथ पेश कर दिया।

खाना खाकर चलने से पहले एक बार जोरावर ने फिर कहा, 'आप देख लीजिए दा साहब, यह फैल-फूल का मामला हम नहीं जानते। बस, हमारे साथ ऐसा-वैसा कुछ नहीं होना चाहिए, यह आपकी जिम्मेदारी है।' फिर एक क्षण रुककर बोला–

'और ससुरे उस बिंदा को भी ठीक करवाओ। क्या फैल मचा रखे हैं उसने ?'

'तुम कुछ मत करना।' सख़्त हिदायत दी दा साहब ने और जब वह चला गया तो फ़ाइल को लेकर अपने निजी कमरे में गए और कुछ देर तक फ़ाइल को उलटते-पलटते रहे। थोड़ी देर बाद फ़ोन पर रत्ती को आदेश दिया कि डी.आई.जी. सिन्हा को कह दो कि कल आठ बजे घर पर ही मिल लें।

सामान्यतः सवेरे अपने घरेलू-दफ़्तर में नहीं बैठते दा साहब, पर आज डी.आई.जी. से मिलने के लिए पौने आठ बजे ही यहाँ बैठे हैं। सामने दो फ़ाइलें हैं और एक कागज़ में उन्होंने कुछ नोट कर रखा है।

ठीक आठ बजे डी.आई.जी. ने सेल्यूट ठोंका तो गरदन के हलके-से झटके से प्रत्युत्तर दिया दा साहब ने।

'आओ !' और सामने रखी फ़ाइल पर अपना पूरा पंजा फैलाकर बोले, 'मैंने यह फ़ाइल देख ली है, खूब अच्छी तरह। सक्सेना के लिए हुए बयान भी और आपकी रिपोर्ट भी।'

सिन्हा एकटक चेहरा देख रहे हैं दा साहब का। इस उम्मीद में हैं कि शायद कोई प्रशंसात्मक टिप्पणी सुनने को मिलेगी अपनी रिपोर्ट पर।

'सक्सेना के बारे में क्या राय है ?' बात रिपोर्ट से नहीं, सक्सेना से शुरू की दा साहब ने।

'सर, आदमी तो बहुत भला है। आई मीन...,' समझ नहीं आया कि वाक्य कैसे पूरा करें ?

'हूँऽ ! ज़रूर होगा। पर यह ज़रूरी नहीं कि भला आदमी योग्य भी हो। मैं योग्यता की बात पूछ रहा हूँ !'

'वैसे सर, गाँववालों का विश्वास जीतने के लिए...मुझे लगा था बहुत सही आदमी होंगे। इसलिए मैंने...।' सिन्हा ने सक्सेना का नाम सुझाया था, और इसीलिए अब अपने को थोड़ा अपराधी-सा महसूस कर रहे हैं।

'तुम्हें उलाहना क़तई नहीं दे रहा।' सिन्हा को एक प्रकार से आश्वस्त किया दा साहब ने। फिर बोले, 'पुलिसवालों में जैसी अंतर्दृष्टि, व्यवहार-कुशलता और व्यक्तित्व का ओज होना चाहिए वैसा कुछ है नहीं सक्सेना में।' फिर सक्सेना की सी.आर.[1] को ज़रा-सा खींचकर बोले—'इसे भी देखा है मैंने। मेरी धारणा की पुष्टि ही करती हैं इसकी रिपोर्ट्स ! जब-जब महत्त्वपूर्ण काम सौंपा गया...परिणाम असंतोषजनक ही रहा। इसीलिए प्रमोशन के हर मौक़े पर तबादला करके इधर-उधर भेज दिया गया है इन्हें।'

दो मिनट को रुके दा साहब। सिन्हा समझ ही नहीं पा रहे हैं कि इस बात पर क्या प्रतिक्रिया व्यक्त करें अपनी !

'पुलिसवालों की दृष्टि बहुत निष्पक्ष और तटस्थ होनी चाहिए—कुछ के साथ सीमातीत सद्व्यवहार और कुछ के साथ अकारण ही दुर्व्यवहार ! असंतोष फैलता है ऐसी बातों से। मैंने उन्हें वहाँ असंतोष दूर करने के लिए भेजा था, फैलाने के लिए नहीं।'

सिन्हा मन-ही-मन सोच रहे हैं, यह तो बिसमिल्ला ही ग़लत हो गया, पता नहीं, उनकी अपनी रिपोर्ट पर क्या सुनने को मिलेगा।

'उस पुत्तन चायवाले के बयान का तुक ? बिला वजह चीजों को उलझाना ! अपनी महत्ता दिखाने के लिए आदमी करता है कभी-कभी यह सब भी। पर मुझे पसंद नहीं। महत्ता हो आदमी में तो दिखानी नहीं पड़ती, अपने-आप दिख जाती है।'

चेहरे पर गहरा असंतोष व्याप गया दा साहब के और सिन्हा का अपराध-बोध और गहरा गया।

'प्रांत की राजधानी में एस.पी. का पद कम महत्त्व का तो नहीं होता...तुम देख लेना', और सक्सेना की सी.आर. सिन्हा के सामने

---

1. कांफिडेन्शियल रिपोर्ट।

सरका दी दा साहब ने। फिर बिसूवाली फ़ाइल के पन्ने पलटने लगे।

'तुम्हारी रिपोर्ट भी देखी है मैंने ! मेहनत से तैयार की गई लगती है।'

कृतज्ञ हो आए सिन्हा, पर दा साहब ने ज़्यादा देर टिकने नहीं दिया यह भाव।

'मैंने भी सारे केस का अध्ययन किया है...बहुत ग़ौर से।' कुछ देर को रुके दा साहब...'ऐसा लगता है कि निष्कर्ष तुम्हारे मन में पहले से था और रिपोर्ट बाद में तैयार की। होता है कभी-कभी ऐसा भी कि दिमाग़ में एक बात बैठ जाती है तो फिर सारे निष्कर्ष उसी दिशा में निकले चले जाते हैं।'

थोड़े असमंजस में पड़ गए सिन्हा। कुछ समझ नहीं पाए कि दा साहब का संकेत किस ओर है ! कुछ सकुचाते हुए बोले, 'लेकिन सर, ये तो बहुत साफ़ मामला है आत्महत्या का। मैंने...।'

'और अगर मैं न मानूँ तो ?' अपनी सूझ-बूझ और गहरी अंतर्दृष्टि से पुलिसवालों के निर्णय को चुनौती देते हुए दा साहब ने कहा, 'मुझे खुद आश्चर्य हुआ, लेकिन खुले दिमाग़ और तटस्थ दृष्टि से देखा तो पाया कि मैं तो बिलकुल दूसरे नतीजे पर खड़ा हूँ।'

अजीब-सी परेशानी घिर आई सिन्हा के चेहरे पर। दा साहब ने अपनी बात जारी रखी—

'क्रिमिनल साइकॉलॉजी पर गहरी पकड़ और गहन अध्ययन तो नहीं है मेरा, फिर भी थोड़ा अधिकार ज़रूर है ! तुम लोग तो मास्टर हो इस लाइन के...।' और अपनी नज़रें सीधे सिन्हा के चेहरे पर गड़ा दीं।

सिन्हा दा साहब के असली मुद्दे तक पहुँचने में ऐसे डूबे कि कुछ भी नहीं कहा गया उत्तर में। पर दा साहब को अपेक्षा भी नहीं थी शायद। उन्होंने अपनी बात जारी रखी—

'चतुर अपराधी ही सबसे अधिक आक्रामक मुद्रा अपनाता है कभी-कभी।' दा साहब एक क्षण को रुके और सीधे ही कहा—

'घटनावाले दिन बिंदा का गाँव से अनुपस्थित होना और घटना के बाद उसका अतिरिक्त रूप से आक्रामक रवैया ? संदेह के लिए बहुत गुंजाइश नहीं रह जाती।'

क़तई चौंके नहीं सिन्हा। क्षण-भर पहले ही वे समझ गए थे कि दा साहब यही नाम लेने जा रहे हैं। इस बार उन्होंने ग़ौर से दा साहब को देखा और बेझिझक देखते ही रहे। उस दृष्टि में न स्वीकार था, न नकार ! था तो एक विस्मय ! पर दा साहब विचलित नहीं हुए इस दृष्टि से। बल्कि अपनी दृष्टि से थोड़ा-सा आक्रोश घोलकर उन्होंने कहा–

'आश्चर्य है, सक्सेना या आपको यह बात सूझी तक नहीं। ख़ैर, एक बार फिर सारे मामले पर नज़र डालिए–खुले दिमाग़ और पैनी नज़र से ! मुझे बिसू के हत्यारे को पकड़ना है...वचन दिया है मैंने गाँववालों को और अब आप पर छोड़ रहा हूँ यह काम...।'

बिना किसी जवाब का मौक़ा दिए ही दा साहब उठे और भीतर का दरवाज़ा खोलकर अंदर चले गए।

दा साहब की अंतर्दृष्टि से उपजा यह निष्कर्ष, यह तेवर, यह तैश, यह स्वर उनके जाने के बाद भी जैसे वहीं बना रहा और सिन्हा कुछ देर तक जहाँ-के-तहाँ खड़े रहे–जड़वत्, अवाक् और पूरी तरह विस्मय में डूबे !

आज एक घंटे तक तेल की मालिश करवाकर भाप-स्नान किया है दा साहब ने, इसलिए शरीर फूल-सा हलका हो रहा है और अंग-प्रत्यंग में एक प्रकार की कांति छाई हुई है। बड़े तुष्ट भाव से 'मशाल' का ताज़ा अंक देख रहे हैं दा साहब। पिछले सप्ताह की सारी प्रमुख घटनाएँ दी हैं और और बड़े सलीक़े और ज़िम्मेदाराना ढंग से। मुखपृष्ठ पर असंतुष्टों द्वारा मंत्रिमंडल गिराने के प्रयास की घोर असफलता की बात ही नहीं, वरन् उन लोगों की स्वार्थपरता और पदलोलुपता की कड़ी आलोचना भी है ! लोचन बाबू की बर्ख़ास्तगी को दा साहब का एक सही और साहसिक क़दम बताया है और इस बात की प्रशंसा की है कि पार्टी के अनुशासन और एकता के लिए अपनी ही पार्टी के एक मंत्री को निकाल देने का निर्द्वंद्व भाव से लिया गया निर्णय निश्चय ही अभिनंदनीय है।

बीच के पृष्ठ पर सुकुल बाबू की रैली का समाचार है। तसवीर कोई नहीं है, पर यह स्वीकार किया है कि इस प्रांत के इतिहास में इतनी बड़ी रैली शायद ही कभी हुई हो। विरोधियों की इतनी बड़ी रैली बिना किसी बाधा-व्यवधान के शांतिपूर्ण ढंग से हो गई, इसके लिए गृह-मंत्रालय और डी.आई.जी. पुलिस के प्रति आभार व्यक्त किया है।

इसके बाद तीसरी प्रमुख ख़बर : दोस्ती की आड़ में बिसू की हत्या करनेवाला बिंदा गिरफ़्तार ! फिर बड़े सनसनीख़ेज और रोचक ढंग से विस्तृत वर्णन दिया गया था कि किस प्रकार नए सिरे से बयान लेने और गहरी छानबीन करने पर कुछ ऐसे विस्मयकारी तथ्य सामने आए जिन्होंने सारी घटना की दिशा ही बदल दी। डी.आई.जी. ने जिस सूझ-बूझ का प्रमाण दिया इस सारे मामले में—उसकी भूरि-भूरि प्रशंसा थी। साथ ही एक छोटे-से बॉक्स में बधाई देते हुए यह सूचना भी थी कि आई.जी. के रिक्त स्थान को डी.आई.जी. सिन्हा ने सँभाल

लिया है।

उसके बाद सरोहा चुनाव-क्षेत्र में बढ़ती हुई सरगर्मियों के अनेक रोचक विवरण। और अंतिम पृष्ठ पर तीन तसवीरों के साथ घरेलू-उद्योग-योजना की तेज़ी से बढ़ती हुई गतिविधियों के उल्लेख के साथ आशा व्यक्त की गई थी कि इसी सक्रियता और कर्मठता के साथ योजना चलती रही तो साल-भर के भीतर-भीतर गाँव के ग़रीब तबक़े की आर्थिक स्थिति में आमूल परिवर्तन आ जाएगा।

इस पृष्ठ के एक-एक शब्द को पढ़कर दा साहब के चेहरे पर एक दिव्य आभा छा गई। बापू के सपनों का गाँव उनकी आँखों के आगे साकार हो उठा और मन कुछ बहुत ही महत्त्वपूर्ण, बहुत ही सार्थक कर डालने के तोष में डूब गया।

तभी जमना बहन खुद ही नाश्ते की ट्रे लेकर पहुँचीं। बड़ी सफ़ाई और सलीक़े से कटा हुआ लँगड़ा आम, तले हुए मखाने, केसरिया संदेश और शहद-पानी।

'आओ !' बड़ी आत्मीयता से स्वागत किया दा साहब ने तो ट्रे दा साहब के सामने रखकर बगल में बैठ गईं जमना बहन। सचमुच पति के साथ बैठने का समय ही नहीं मिलता कभी उनको। पर किसी तरह का गिला या शिकायत नहीं है उन्हें। पति का बड़प्पन ही सबसे बड़ा संतोष है उनका। यों दा साहब खुद राजनीति की बात नहीं करते उनसे, पर वे हैं कि एक-एक बात की ख़बर रखती हैं—चाहे पांडेजी से, चाहे लखन से या कहीं और से। जब कोई संकट की स्थिति आती है तो दा साहब से अधिक चिंतित होती हैं और जब संकट टल जाता है तो प्रसन्नता भी दा साहब से अधिक जमना बहन को ही होती है।

'मशाल, मशाल का यह अंक देखा ?' अख़बार की ओर इशारा करके पूछा दा साहब ने।

'सवेरे उठते ही पढ़ लिया। पहले से कितना अच्छा निकलने लगा है यह अख़बार !' दा साहब से संबंधित घटनाओं से ही अख़बार का स्तर तय करती हैं जमना बहन। विरोधी पार्टी के अख़बार 'समय के

स्वर' से इतनी दुखी, बल्कि कहना चाहिए इतनी कुपित हैं जमना बहन कि घर के भीतर आने ही नहीं देतीं उसे।

'हूँऽऽ !' मुसकराए दा साहब। पत्नी की समझ पर थोड़ा प्रसन्न भी हुए, 'कोई एक महीने पहले ही बुलाकर समझाया होगा इसके संपादक को, और अख़बार का रंग ही बदल गया। कमी नहीं है समझदार लोगों की, बस सही ढंग से दिशा-निर्देश करनेवाला कोई नहीं।' और इस वाक्य के साथ ही मन अख़बार से छिटककर एकाएक देश के साथ जुड़ गया—'देश की दुरवस्था का सबसे बड़ा कारण ही है—सही नेतृत्व का अभाव। छात्रों को देखो—युवकों को देखो—किसान-मज़दूरों को देखो, सब-के-सब दिशाहीन से भटक रहे हैं—कोई दिशा दिखानेवाला ही नहीं।' लोगों की भटकन का ज़रा-सा दुख दा साहब के स्वर में भी उभर आया। उस दुख से उन्हें मुक्त करने के लिए जमना बहन ने तुरंत कहा—

'शुक्र है भगवान का कि सब बातें सलट गईं ! आजकल राजनीति में घटिया तरह की जो घालमेल चलती है, उसे देखकर लगता है कि तुम जैसे संत आदमी को तो संन्यास ले लेना चाहिए। तुम्हारे बस का है यह सब करना ?'

हलके-से मुसकराए दा साहब, 'गीता पढ़कर भी तुम ऐसी बात करती हो ? स्थितियों की चुनौती स्वीकारना तो कर्मयोगी का सबसे पहला धर्म होता है। अर्जुन भी ऐसे ही हताश हो रहा था जब भगवान कृष्ण ने कहा...।'

हज़ार बार पढ़े और सुने भगवान कृष्ण के कथन में विशेष दिलचस्पी नहीं है ज़मना बहन की, इसलिए बीच में ही बोलीं, 'लो, यह आम तो खा लो।'

'लज़्ज़त बड़ी अच्छी होती है लँगड़े की।' आम की अंतिम फाँक मुँह में डालते हुए कहा दा साहब ने तो तुरंत जमना बहन उठीं और 'थोड़ा और लाती हूँ' कहकर भीतर चली गईं। लौटीं तो आम ही नहीं केसरिया संदेश भी थे, 'तुम्हें वैसे भी बहुत पसंद हैं ये संदेश; फिर मैंने अपने हाथ से बनाए हैं। समझ लो सारे संकट टले, इसी खुशी में।'

'अच्छा, तब तो तुम भी खाओ,' प्लेट जमना बहन की ओर बढ़ाते हुए आँखों-ही-आँखों से स्नेह में नहला दिया दा साहब ने। इस उम्र में भी सुर्ख़ी फैल गई जमना बहन के गालों पर। गद्‌गदाती-सी बोलीं, 'मेरा मन कहता है, चुनाव भी तुम ही जीतोगे। सौ फ़ीसदी !'

'लो, जब गृह-लक्ष्मी ने कह दिया तो बस जीत गए। अब संदेह कैसा ?'

और फिर दोनों परम तृप्त और प्रसन्न भाव से बनारस का लँगड़ा और केसरिया संदेश खाते रहे।

आज हरिजन-टोला से हरिजनों के एक दल के मुखिया ने आकर पांडेजी को आश्वासन दिया है कि उनके वोट लखन को ही मिलेंगे, तभी से सभी लोग पीछे पड़े हुए हैं लखन के कि इसी बात पर कुछ हो जाए। लेकिन लखन है कि साँस ही नहीं ले रहा इस पर। जोरावर ने धिक्कारते हुए कहा—

'अरे यह सूम कुछ नहीं करेगा। ठीक है, हमारी चौपाल में होगा आज का खाना-पीना।' बिंदा की गिरफ़्तारी और सक्सेना के तबादले की ख़बर ने निश्चिंत ही नहीं, बेहद उत्साहित कर दिया है जोरावर को।

'भेजे में गरमी भर दी झूठ-मूठ की, वरना हम क्या दा साहब का साथ छोड़ सकते हैं कभी ?' अपनी कही बात का विश्वास दिलाने के लिए ही तरह-तरह की फ़ितरत में रहता है आजकल।

शाम को दस-बारह लोगों का जमावड़ा जम गया चौपाल में। स्कॉच की बोतल खुली है। शहर से स्पेशल सींक कबाब और पनीर के पकौड़े आए हैं। दा साहब के संरक्षण में पला लखनसिंह पीने का शौक़ नहीं रखता। कभी-कभी चोरी-छिपे एक-आध पैग चढ़ा ले तो यह दूसरी बात है, पर पांडेजी की तो यह दैनिक आवश्यकता है। शाम को दो पैग के बिना न सारे दिन की थकान मिटती है, न ही अगले दिन के लिए चुस्ती आती है। और जोरावर, विलायती चाहे कितनी ही पी ले...जब तक थोड़ी देशी नहीं ले लेता, तृप्ति नहीं होती !

लखन की सुस्ती और ढीला-ढालापन देखकर फटकारा पांडेजी ने, 'तुम्हारी तरफ़ की दावत जोरावर कर रहा है; अब क्या है जो मुँह लटका रखा है ?' लेकिन लखन की उदासी है कि छँट नहीं रही। इधर बहुत उत्साह से काम कर रहा था लखन, लेकिन जिस दिन से बिंदा पकड़ा गया, उस दिन से पता नहीं क्या हो गया है उसे ! गिरफ़्तारी के समय वह स्वयं उपस्थित था, और शहर के थाने तक भी साथ गया था। बिंदा का बेशुमार चिल्लाना! और अंगारे की तरह धधकती हुई उसकी आँखें : भूल ही नहीं पा रहा है वह उन आँखों को, बल्कि अब तो हालत यह हो गई है कि शहर के हर आदमी के चेहरे पर उसे वे ही आँखें दिखाई देने लगी हैं। एक अजीब-सी दहशत समा गई है उसके मन में। शुरू से दा साहब के साथ रहने के बावजूद राजनीति में इतना पगा नहीं है कि ऐसी बातों का कोई असर ही न हो।

जोरावर ने जब सुना तो बड़ी ज़ोर से हँसा, 'बड़ा पिद्दी का दिल है इस लखन का जो बिंदा जैसे थर्ड-रेट गुंडे से डर गया। अगर किसी खाँटी से पाला पड़ गया तो ये ससुरा तो हगने-मूतने लगेगा।'

पांडेजी विषय को खींचकर असली मुद्दे पर ले आए, 'बिंदा की गिरफ़्तारी से पाँच प्रतिशत वोट तो कटे ही समझो। विरोधी लोग खूब प्रचार कर रहे हैं इसका भी। यह अच्छा हुआ कि रैली के एक दिन बाद हुई गिरफ़्तारी। फिर भी पाँच प्रतिशत तो गए।'

'तुम फिकर नहीं करो पांडेजी, जोरावर के रहते। हमें मालूम है, सुकुल बाबू को वोट देनेवाले कौन हैं ? तुम क्या सोचते हो, हमारे रहते बूथ पर पहुँच पाएँगे वे लोग ? जोरावर कें राज में वे ही वोट दे पाएँगे जिन्हें जोरावर चाहेगा।'

'अब यह तो चुनाव का परिणाम बताएगा।' इन बातों से पूरी तरह आश्वस्त नहीं हो पाते पांडेजी।

'चुनाव का परिणाम क्या बताएगा, हम बताते हैं। समझ लो, जीत गए चुनाव।' और हाथ के एक ज़ोरदार झटके से उसने विजय की घोषणा कर दी।

'इस जशन को जीत का जशन ही समझो।' और जोरावर ने फिर सबके गिलास भर दिए।

रात एक बजे खाना लगा, उसके पहले तक लोग जशन के मूड

में पीते ही रहे।

लॉन में कनात और शामियाना लगा है और पेड़ों और पौधों पर रंग-बिरंगे फूल खिले हैं। श्री और श्रीमती सिन्हा बड़े उत्साह और आत्मीयता से स्वागत कर रहे हैं आनेवालों का। बड़े-बड़े सरकारी अफ़सर, व्यापारी, वकील, डॉक्टर—कहना चाहिए—क्रीम ऑफ़ द टाउन—जुटा हुआ है इस समय सिन्हा साहब के लॉन में। वर्दीधारी बैरे ट्रे में साफ़्ट ड्रिंक्स लेकर घूम रहे हैं। यहाँ से वहाँ तक फैली, सजी-सँवरी मोटी-छरहरी महिलाएँ ही उपकृत कर रही हैं इन लोगों को ! पुरुषों की भीड़ तो टुकड़ों-टुकड़ों में ऊपर-नीचे आ-जा रही है। यों महिलाओं के लिए भी वह क्षेत्र वर्जित क़तई नहीं, पर कम ही है उनकी संख्या वहाँ। ऊपर के कमरे में बाक़ायदा बार बना हुआ है। शीवाज़-रीगल, ब्लैक-डॉग से लेकर देशी रम तक कम-से-कम पच्चीस क़िस्म की शराबें रखी हुई हैं वहाँ और सिन्हा साहब के दोनों पुत्र बड़ी शालीनता और मुस्तैदी के साथ सबको अपनी-अपनी पसंद का ड्रिंक ढाल-ढालकर दे रहे हैं। सिन्हा साहब शिष्टता के नाते हर किसी के पास दो-दो मिनट जाकर बधाई के बोझ से बोझिल होते जा रहे हैं। श्रीमती सिन्हा बिना किसी काम के ही अपने भारी-भरकम शरीर को बड़ी फ़ुर्ती से इधर-उधर घुमाकर ऐसी व्यस्तता का आभास दे रही हैं कि लगता है जैसे इनके चलने से ही पार्टी चल रही है।

तभी इन्कम टैक्स कमिश्नर वर्मा—जो उम्र में कुछ बड़े होने के बावजूद अपने को सिन्हा का लँगोटिया यार कहते हैं—गेट से ही गुहारते हुए घुसे, 'अरे सिन्हा, मुबारक हो भाई,' और बड़ी गर्मजोशी से सिन्हा के गले मिले। फिर बड़ी शराफ़त-भरी मुसकान के साथ कहा, 'यार, बड़ी रौनक़ें लगा रखी हैं ? लगता है, बिना डिज़र्व किए प्रमोशन मिल गया है तुझे...वरना रूटीन में ऐसा क्या रखा है ?'

'कैसी बात करते हैं भाई साहब, यह पार्टी खाली प्रमोशन की थोड़े है कोई !' कुछ थिरकते हुए श्रीमती सिन्हा ने कहा तो चेहरे पर अपार विस्मय लाकर वर्मा बोले, 'तो और क्या हो गया तुम्हारे घर में ? दस दिन को मैं बाहर गया, इस बीच भाई लोगों ने पार्टी का मौक़ा भी पैदा

कर लिया !' फिर बड़े नाटकीय अंदाज़ में पूछा, 'बात क्या हो गई ?'

'अपनी क़ैद की पच्चीसवीं वर्षगाँठ मना रहे हैं।' लाला दीनदयाल ने अपनी तरफ़ से भारी मज़ाक़ किया।

'ओ हो, यह बात है क्या...तब तो ईनाम के तौर पर महीने-दो महीने की छुट्टी दिलवा देनी चाहिए सिन्हा को इस कैद से। क्यों, भाभीजी ?'

'कमाल करते हैं आप भी, भाई साहब,' ठुमकते हुए मिसिज़ सिन्हा बोलीं, 'क़ैद तो मैंने पच्चीस साल तक काटी है। पुलिसवाले के साथ रहना किसी सज़ा से कम होता है ? ईनाम तो मुझे मिलना चाहिए।'

'ठीक है तो ईनाम के तौर पर आप छुट्टी ले लीजिए, सिन्हा को मैं अपने साथ ले जाता हूँ।'

एक सम्मिलित ठहाका !

इसके बाद छोटे-छोटे दलों में बँटकर लोग आपस में बातचीत करने लगे। हाथों में क़ीमती गिलास थामे हुए कोई दल देश में बढ़ते भ्रष्टाचार पर चिंता कर रहा था, तो कोई फैलती हुई अव्यवस्था पर। किसी के सोच और रोष का विषय था–देश का तेज़ी से गिरता हुआ नैतिक स्तर, तो किसी को दिन-ब-दिन बढ़ते हुए मूल्य परेशान कर रहे थे। रोग़न-पॉलिश से चमकती हुईं, लक़दक़ कपड़ों में लिपटी स्त्रियाँ पुरुषों की हाँ में हाँ मिला रही थीं।

लेकिन किसी के दिमाग़ में एक क्षण के लिए भी यह बात न आई कि डी.आई.जी. की हैसियत का आदमी इतनी क़ीमती शराबें कहाँ से पिला सकता है, कैसे पिला सकता है ? किसी बड़े जौहरी की दुकान के शो-केस की शोभा बढ़ानेवाला कम-से-कम बीस-पच्चीस हजार का हीरों का सेट श्रीमती सिन्हा के शरीर की शोभा बढ़ाने कैसे आ पहुँचा ? कहाँ से आ पहुँचा ?

नहीं, ये बातें गिने-चुने मूर्खों को छोड़कर, अब किसी को परेशान नहीं करतीं। परेशान करना तो दूर, क्षण-भर के लिए भी किसी के दिमाग़ में नहीं आतीं। कुछ बातें, कुछ तथ्य, कुछ स्थितियाँ प्रचलित होते-होते सबके बीच इस तरह स्वीकृति पा लेती हैं कि वे फिर लोगों

की सोच की सीमा में रहती ही नहीं।

खाने की पुकार के साथ ही लोग दो टेबलों में बँट गए—सामिष, निरामिष। गरमा-गरम खाने की महक, प्लेटों-चम्मचों की खनखनाहट, बातों...क़हक़हों...और ठहाकों से सारा लॉन गुलज़ार हो उठा। हलक़ से उतरकर पेट में गई हुई शराब अब दिमाग़ों पर छा गई थी और सारी दुनिया बड़ी हसीन...बड़ी रंगीन...बड़ी खुशगवार हो उठी थी।

दत्ता बाबू के मन में दा साहब की शाबाशी से खुशी और ज़ेब में काग़ज़ के डबल कोटे का परमिट पड़ा हुआ है और वे ज़मीन से डेढ़ इंच ऊपर महसूस कर रहे हैं अपने को। हलवाई के यहाँ से दस सेर ताज़ा बूँदी के लड्डू बँधवाए। आज प्रेस में मिठाई बाँटेंगे सबको और अगर हो सका तो पंद्रह-पंद्रह दिन के बोनस की घोषणा भी कर देंगे।

प्रेस पहुँचकर भवानी के सामने काग़ज़ का परमिट रखते हुए कहा, 'लो, अब तो हुआ विश्वास। कहते थे न कि इन मिनिस्टरों की ज़बानी तारीफ़ का कोई मतलब नहीं ! अब बोलो, है मतलब या नहीं ?'

'मिल गया परमिट ?' एकदम उछल पड़ा भवानी, 'वाह, काग़ज़-संकट के इस समय में कोटा डबल हो जाए तो समझो कि पौ-बारह।'

'पिछले पंद्रह दिनों में नौ विज्ञापन लाकर दिए तुम्हें, आज चार की बात और पक्की करके आया हूँ। रत्ती ने फ़ोन कर दिया था विकास एडवर्टाइज़िंग कंपनी को, बस चार विज्ञापनों की जगह रिज़र्व करवा ली। आइटम बदलते रहेंगे हर महीने। कल नरोत्तम को भेजकर इस महीने के ब्लॉक्स मँगवा लेना।'

'जियो...जियो !' पूरे उत्साह में चिल्लाया भवानी।

'...यह तो हो गया, अब देश में क्रांति लाओ 'मशाल' के ज़रिए, नहीं तो यह जीना मरने में बदल जाएगा।' दत्ता बाबू ने कहा।

'तुम फ़िकर मत करो,' और भवानी ने कुछ ऐसी तत्परता से दराज़ खोली, मानो दराज़ से ही क्रांति निकाल लाएँगे ! पर निकाला केवल एक सफ़ेद काग़ज़ और उसे सामने फैलाकर क़लम खोलते हुए बोले, 'देश में क्रांति जब आएगी तब आएगी...और कमबख़्त कभी आएगी भी या नहीं, भगवान जाने, पर 'मशाल' के दफ़्तर और मशाल के

संपादक, सह-संपादक की ज़िंदगी में तो क्रांति दरवाज़े पर आकर खड़ी हो गई समझो। अभी सारा हिसाब समझाकर तुम्हें क्रांति की झलक भी दिखा देता हूँ।'

'ऐसी की तैसी तुम्हारे हिसाब की।' काग़ज़ सरकाकर एक ओर कर दिया दत्ता बाबू ने, और बोले—

'पहले मिठाई बाँटो। लड्डू लाया हूँ मैं, और सोचता हूँ कि पंद्रह-पंद्रह दिन के बोनस की घोषणा भी कर दूँ।'

'अभी केवल मिठाई बाँट दो। बोनस की बात अगले महीने के लिए रहने दो—स्टेप बाई स्टेप। क्रांति को ऐसी रफ़्तार से चलने दो कि हमारे लिए करना संभव हो और बाक़ी लोगों के लिए पचाना। समझे ?'

थोड़ी ही देर में प्रेस के सारे लोग दफ़्तर के बाहरवाले बरामदे में जमा हो गए। सबको लड्डू दिए गए और फिर चाय और गरम समोसे खिलाए गए। निहायत ही अनौपचारिक-से इस जश्न में दत्ता बाबू ने एक छोटा-सा औपचारिक भाषण दिया—सबके परिश्रम और सहयोग की प्रशंसा करते हुए अख़बार के दिनों-दिन बढ़ते महत्त्व और बढ़ती हुई ज़िम्मेदारी की बात बताई।

सब लोग चले गए तो भवानी ने चुटकी लेते हुए कहा, 'यार दत्ता, तुझे मालूम नहीं शायद, पर इस तरह की भाषणबाज़ी करते हुए तुम काफ़ी बड़े चुग़द लगते हो। दा साहब के पास से आने के बाद दो-चार दिनों तक यह चुग़दपना छाया रहता है तुम पर।' और खुद ही खी...खी करके हँसने लगा।

शाम को भवानी बोला, 'अब ज़रा अपने रोज़मर्रा के रूटीन में भी क्रांति आ जाए आज। नरोत्तम को भी बुलवा लेते। लेकिन घर में चलकर बिलकुल नहीं बैठेंगे—किसी बढ़िया जगह !'

और जब वे प्रेस से निकले तो बिना पिए हुए ही हलका-हलका सुरूर छाया हुआ था उन पर।

सुकुल बाबू की शानदार रैली के उपलक्ष्य में आयोजित एक जश्न।

निःसंदेह नया कीर्तिमान स्थापित किया है इस रैली ने। पिछले महीने से केवल दा साहब का स्तुतिगान करनेवाले 'मशाल' ने भी स्वीकार किया कि इस प्रांत के इतिहास में आज तक तो ऐसी रैली कभी हुई नहीं। एक लाख से ऊपर ही आदमी जुटे थे वहाँ। देखनेवाला दृश्य था—बिसू की मौत और हरिजनों पर होनेवाले अत्याचारों के विरोध में सैकड़ों पोस्टर लिए थे हज़ारों लोग। सुकुल बाबू का कहना था कि एकदम बयालीसवाला समाँ उपस्थित हो गया था। सत्तारूढ़ पार्टी के लोग तो दीदे फाड़-फाड़कर देखते ही रह गए। सबको जैसे अपनी असली तसवीर दीखने लगी थी उसमें। सहमते मन से सब अपनी-अपनी कुर्सियों के पाए सहलाने लगे !

रैली की इस अभूतपूर्व सफलता पर गद्‌गद और भीतर तक कृतज्ञ होकर बिहारी भाई को बाँहों में भर लिया था सुकुल बाबू ने। इसमें संदेह नहीं कि इसका सारा श्रेय बिहारी भाई को ही है। पिछले दस-बारह दिन से तो रात-दिन एक कर दिया था बिहारी भाई ने। कुछ घंटों को भी मुश्किल से सोए होंगे वह। पैसा तो ज़रूर पानी की तरह बहाया, पर अपने कार्यकर्त्ताओं का दूर-दूर तक और कोने-कोने में ऐसा जाल बिछाया कि रैली वाले दिन खेत-मज़दूर और हरिजनों के किसी भी घर में आदमी तो दूर, चिड़िया का बच्चा तक नहीं रहने पाया था।

'इस रैली को तो ज़ोरदार ढंग से सेलिब्रेट करना पड़ेगा, सुकुल बाबू !' हर समय सेलिब्रेशन का मौक़ा ढूँढ़ते रहनेवाले लालता बाबू बोले तो काशी ने अपने उसी व्यंग्यात्मक लहजे में कहा—

'क्यों नहीं, क्यों नहीं, बिसू की मौत और हरिजनों पर होनेवाले जुलुम तो सेलिब्रेट होने चाहिए। इससे मौजूँ मौक़ा और कब मिलेगा ?'

बेमौक़े उछाला गया यह फ़ूहड़ व्यंग्य अच्छा नहीं लगा सुकुल बाबू को। केवल नज़रों से ही काशी को फटकार दिया उन्होंने और लालता बाबू को सौंप दिया यह काम। लेकिन रैली के ठीक दूसरे दिन बिंदा की गिरफ़्तारी ने बिहारी को सरोहा में इतना व्यस्त बना दिया कि उस दिन तो कुछ हो नहीं सका। आज भी सब लोग क़रीब दो-दो पैग चढ़ा

चुके तब जाकर प्रकट हुए बिहारी भाई।

'बिना दूल्हे के ही दावत शुरू कर दी हमने तो, क्या करते ?'

'कोई बात नहीं।' अपने इस महत्त्व पर भीतर-ही-भीतर पुलकित हैं बिहारी भाई।

बातचीत का एक ही विषय है—सरोहा चुनाव।

'बिंदा की गिरफ्तारी ने तो हमारा पक्ष और भी मज़बूत कर दिया। बड़े ही माक़ूल मौक़े पर हुई गिरफ़्तारी।'

एक उल्लसित स्वर।

'दो दिन पहले हो गई होती तो रैली में दस-बीस पोस्टर बिंदा के नाम के भी उठवा देते। वैसे घर-घर जाकर गुस्सा तो खूब भड़का दिया है सबका। मीटिंग भी खूब धुआँधार हुई थी उस दिन। देखना, नहीं-नहीं करके भी दस प्रतिशत वोट तो फूट ही जाएँगे हमारी तरफ़।'

एक सुखद सूचना !

'बिंदा ससुरा तो हाथ नहीं रखने देता था, अब उसकी बीवी से वे सारे प्रमाण निकलवाओ जो बिसू ने जुटाए थे, वह दे देगी। कहो कि हम केस लड़ेंगे बिंदा का।'

एक विवेकपूर्ण सुझाव।

'हाँ ! चुनाव हार गए तो ज़रूर केस लड़ोगे। जीत गए तो कितनी बड़ी-बड़ी बातें आ जाएँगी करने के लिए ! उनके सामने इस केस की भला क्या अहमियत ?'

एक व्यंग्योक्ति।

'दा साहब की यह चाल उलटी कैसे पड़ गई ? इतनी आसानी से उलटी चाल चलनेवाले तो हैं नहीं दा साहब। ज़रूर कुछ होगा उनके दिमाग़ में।'

एक शंका।

'भूलो मत, चतुर कौवा ही विष्ठा पर बैठता है। खेत-मज़दूरों और हरिजनों के सारे वोट गए इस बार...पक्की बात।'

शंका का समाधान।

'बहुत ऊँचे क़िस्म की घाघ और घुन्नी चीज हैं दा साहब।'

शंका जारी।

'सुकुल बाबू जब कुर्सी पर थे तो वे भी कुछ कम नहीं थे। और

आज कुर्सी मिल जाए तो फिर कल ही देखना। यह कुर्सी साली सबको... ।'

विषयान्तर।

'अरे यों तो धोती के नीचे सभी नंगे और ससुरी इस राजनीति में तो धोती के बाहर भी नंगे। पर दा साहब एकदम अपवाद ? धोती के नीचे भी धोती ही निकलेगी इस गीता बाँचनेवाले के। ख़ाल खींचने पर ही सामने आ सकता है इनका नंगापन।'

सारे बदन को थरथरा देनेवाला एक सम्मिलित ठहाका।

'चुनाव जीत गए तो बहुत शानदार पार्टी लेंगे आपकी गुलाबी बाग़वाली कोठी में।'

'धत्तेरे की, तुम जैसा आदमी अपनी औक़ात से ऊपर उठ ही नहीं सकता। माँगी भी तो पार्टी !'

'जीतने के छः महीने के अंदर-अंदर अपना मंत्रिमंडल बनाना होगा—सुकुल बाबू यह चुनौती है आपके लिए।'

'पोर्टफ़ोलियोवाले मुख्यमंत्री आप और बिना पोर्टफ़ोलियोवाले बिहारी भाई।'

और फिर धीरे-धीरे तरंग में आकर सब लोग अपनी-अपनी संभावित उपलब्धियों के ख़्वाब देखने लगे।

शहर के अलग-अलग भागों में, अलग-अलग ढंग से जश्न मनाती मौज-मस्ती में डूबी इस विशाल बिरादरी से कटे हुए तीन लोग—सक्सेना, लोचन बाबू और बिंदा—पूरी तरह उपेक्षित, परित्यक्त और एक तरफ़ फेंके हुए !

अपने सस्पेंशन का ऑर्डर पढ़ने के बाद भी जैसे कोई प्रतिक्रिया नहीं हुई सक्सेना के मन में—न दुख की, न पश्चात्ताप की ! सामने बच्चों को खाना परोसती हुई पत्नी पर नज़र पड़ी। क्या कहेंगे उससे और कैसे लेगी वह इस ख़बर को ? क्षण-भर के लिए जाने कैसी करुणा उमड़ आई पत्नी के लिए मन में, पर थोड़ी देर में ही रुक्मा का चेहरा उभर आया ! तीन दिन तक वह बिंदा को लिए-लिए हरिजन-टोला और टिटहरी गाँव में घूमते रहे थे तो रुक्मा ने हाथ जोड़कर कहा था—

''इन्हें अपने साथ इतना मत रखो साहेबजी, इन्हें ज़रूर कोई कुछ कर-करा देगा ! फिर क्या होगा...इस बच्चे का क्या होगा ?'

और इस पर बिंदा की दहाड़ती हुई घुड़की—'चुप कर ! तू सोचती है, तेरे पीछे मैं ज़नख़ा होकर बैठ जाऊँगा ?'

'बिंदा इज़ द रियल कल्प्रिट।'

'ओह, नो सर ! यह हो नहीं सकता। यह सरासर ग़लत है। मैंने इस केस का रेशा-रेशा उधेड़कर देखा है। मैं... ।'

पर डी.आई.जी. के पास पूरी रिपोर्ट तैयार है। अकाट्य तर्कों से लैस, ठोस प्रमाणों से पुष्ट।

'बिसू के जेल से आने के पहले बिंदा का पूरा व्यवहार एक सीधे-सरल सामान्य आदमी का व्यवहार था, पर बिसू से परिचय के बाद एक ख़ास तरह की तुर्शी और तेज़ी आ गई उसके मिज़ाज में। अपनी पत्नी के प्रेमी को देखकर होता ही है ऐसा। कोई बरदाश्त नहीं कर सकता; बिंदा जैसा आदमी तो कभी नहीं।

'मरने वाले दिन बिसू ने अपना अंतिम भोजन बिंदा के घर किया। हीरा के बयान से यह साफ़ है कि शाम का खाना उसने नहीं खाया। डॉक्टरी रिपोर्ट में जिस ज़हर की बात है, यह दस-बारह घंटे बाद असर करनेवाला है। वह ज़हर इस खाने के साथ ही पहुँचा है बिसू के पेट में। खाना खिलाते ही बिंदा शहर चला गया और दूसरे दिन लौटा। जाने से पहले बिंदा ने झगड़े की बात खुद स्वीकार की। बिंदा ने समझ लिया कि अभी जैसा माहौल है उसमें आसानी से... ।'

और फिर सक्सेना के लिए शब्दों के अर्थ ही ग़ायब हो गए ! सिर-पैर, अर्थ, तुक—सभी !

'पागलख़ाने और थाने में कोई फ़र्क रहने दिया है आप लोगों ने ? यहाँ जो कुछ भी होता है उसका कोई सिर-पैर, तुक... !' बिंदा की आवाज़ और उसको चीरती हुई डी.आई.जी. की आवाज़, 'बिंदा ने ही मारा है बिसू को।'

'बिसू मरा नहीं है, साहब ! सबके लिए वह मर चुका है, पर मैं तो अपने भीतर उसे महसूस करता हूँ। मर तो वह सकता ही नहीं है,

साहब ! आप देखिए, आगजनी के असली मुजरिम को जब तक...।'

''और आप इस बिंदा के साथ पार्टी बनाकर आगजनी की घटना के प्रमाण जुटा रहे थे ? बिसू के हत्यारे से ध्यान हटाने के लिए वह आगजनी की बात उछाल रहा था और आप...एक सीनियर एस.पी. होकर उसके हाथ का मोहरा बन गए ? सिम्पली...।'

'सरासर झूठ है यह।' ऑफ़िस की मर्यादा और अनुशासन की सारी सीमाओं को तोड़कर एक तरह से चीख पड़े थे सक्सेना। उसके बाद उन्होंने क्या-क्या कहा, उन्हें कुछ याद नहीं। सिर्फ़ एक अहसास था कि जैसे वे नहीं, उनके भीतर से कोई और बोले चला जा रहा था।

लेकिन अब ?

आज तक वे भीतरी उबाल और बाहरी दबाव के बीच टुकड़े-टुकड़े होकर हमेशा घुटने ही टेकते आए हैं। हर बार दिनेश को लड़ाई के मैदान में ले तो ज़रूर गए हैं, पर जैसे ही गोलियाँ चली हैं, उसे वहीं छोड़कर भाग आए हैं—अकेला, निहत्था। वह गोलियों की बौछार से लहूलुहान होता रहा है और ये खुद एक असह्य अपराध-बोध से।

'नहीं, और नहीं।' अब तो वे चाहें, तो भी शायद ऐसा नहीं कर सकते...

मंत्रिमंडल से बर्ख़ास्त कर दिए गए लोचन भैया ने पार्टी से भी त्यागपत्र दे दिया—स्वेच्छा से। लेकिन हज़ार-हज़ार प्रश्नों के सलीब पर टँगा हुआ उनका मन हर पल उन्हें मथता रहता है। अपने आस-पास और चारों तरफ़ जो कुछ हो रहा है, उसे आँख मूँदकर स्वीकारते रहें—एकदम उदासीन और तटस्थ होकर ? रह सकता है कोई भी जीवित आदमी इस तरह ? नहीं रह सकते थे, तभी तो एक बहुत बड़ी क्रांति के एक छोटे-से वाहक बने थे। पर कैसी हुई यह क्रांति ? कहीं से कुछ भी तो नहीं बदला ! अब कहाँ से होगी दूसरी क्रांति और कौन करेगा उस क्रांति को जो सब कुछ बदल दे ? आज तो परिवर्तन का नाम लेनवाले की आवाज़ घोंट दी जाती है—उसे काटकर फेंक दिया जाता है। एक तरफ़

फिंके गिने-चुने आदमियों के घुटे गले और रुँधी आवाज़ों से क्रांति का स्वर फूट सकेगा अब कभी ?

'एकला चलो रे' गीत कितने क़दम चला पाएगा किसी को भी ?

बिसू के जिस नाम को लेकर एक महीने पहले यहाँ से वहाँ तक तूफ़ान मच गया था, अब वही नाम सिमटकर या तो हीरा की आँखों से बहते हुए आँसुओं में रह गया है या बिंदा की आँखों से बरसते हुए अंगारों में।

पुलिस की बेंतों और ठोकरों की बौछार के बीच बिंदा कह रहा है, 'मैंने बिसू को नहीं मारा...मैं बिसू को मार ही नहीं सकता। मुझे तो उसकी आख़िरी इच्छा पूरी करनी है। मैं उसे पूरी करके ही रहूँगा...चाहे जैसे भी हो, जो भी हो...।'

'आख़िरी इच्छा पूरी करेगा ? ले कर...ले कर...!' और पुलिसवालों की मार की रफ़्तार और बढ़ जाती है। लेकिन बिंदा का चिल्लाना बंद नहीं होता। आवेश में थरथराता हुआ चीखता है—'मार डालो, मार डालो। तुमने बिसू को मार डाला, मुझे भी मार डालो, लेकिन देखना बिसू की इच्छा को कोई नहीं मार सकता।'

'नहीं मार सकता...ले देख !' और फिर बिंदा के शरीर को रुई की तरह धुनकर वे उसे बे-दम कर देते हैं। आवेश उसका सिसकियों में बदल जाता है और गर्जना कराह में।

रेल के सेकंड-क्लास के डिब्बे में सक्सेना की बग़ल में बैठी हुई रुक्मा घुटनों में सिर दिए सिसक रही है और सक्सेना के अपने मन में जैसे धीरे-धीरे कोई कराह रहा है। गोदी में रखे ब्रीफकेस में आगजनी के, बिसू की मौत के प्रमाणों से भरी फ़ाइलें रखी हैं।

इतना समझाने के बाद भी मुसाफ़िरों से भरे डिब्बे में रुक्मा का इस तरह रोना उन्हें अच्छा नहीं लग रहा था। थोड़ी सख़्त आवाज़ में कहा, 'चुप करो, रुक्मा !'

चौंककर रुक्मा ने झटके से सिर उठाया और बड़ी अबूझ-सी नज़रों से सक्सेना को देखती रही—इतना परिचित स्वर !

मगर वह यहाँ कहाँ ? वह तो जेल में है।

●●●